BALDOSAS
AMARILLAS EN

GUERRA

DANIELLE PAIGE

BALDOSAS AMARILLAS EN

GUERRA

Traducción de María Angulo Fernández

Rocaeditorial

Título original: *Yellow Brick War*

© HarperCollins Publishers, 2016

Publicado en acuerdo con HarperCollins Children's Books,
un sello de HarperCollins Publishers.

Primera edición: febrero de 2017

© de la traducción: María Angulo Fernández
© de esta edición: Roca Editorial de Libros, S. L.
Av. Marquès de l'Argentera 17, pral.
08003 Barcelona
actualidad@rocaeditorial.com
www.rocalibros.com

Impreso por LIBERDÚPLEX, s.l.u.
Crta. BV-2249, km 7,4, Pol. Ind. Torrentfondo
Sant Llorenç d'Hortons (Barcelona)

ISBN: 978-84-16700-52-3
Depósito legal: B-25678-2016
Código IBIC: YFB

RE00523

UNO

*L*as brujas estaban esperando.

Las llamas ardían detrás de aquellas tres figuras con capa, como si fuera una escena de *Macbeth*. Eso si *Macbeth* hubiera estado ambientada en un aparcamiento de caravanas, claro está. Las sombras danzaban sobre el terreno como fantasmas en vela. Una brisa helada azotaba la arena, creando varios ciclones diminutos. Sentí un escalofrío por la espalda. Estaba en el Parque de Recreo Móvil Dusty Acres, o en lo que quedaba de él, mejor dicho. La barbacoa estaba quemándose. Aquel bloque de cemento carbonizado era lo único que quedaba del lugar que durante varios años consideré mi hogar.

Ahora ya no tenía hogar.

Ante mí tenía a un trío de mujeres; cada una llevaba una capa enorme de un color distinto: rojo, dorado y azul. A sus pies había una capa de color lila con un ribete dorado. La bruja de la capa roja era Glamora. La de la capa azul, Mombi. La tercera, la que lucía aquella preciosa capa dorada, llevaba la capucha puesta, de forma que no pude ver sus rasgos.

—Álzate —ordenó Glamora, y recogió la capa lila del suelo—. Ocupa tu lugar entre nosotras.

Di un paso hacia delante. Las brujas tenían razón. Había llegado el momento de cumplir con mi destino. De derrotar a Dorothy de una vez por todas, con el apoyo de la Revolucionaria Orden de los Malvados, por supuesto. Di otro paso hacia delante y acepté la capa que me estaba ofreciendo Glamora.

—Llevas toda la vida preparándote para esto —dijo—. Sabías que te pediríamos que te unieras a nosotras. Ha llegado el momento. —Un segundo después, digerí lo que acababa de decirme. Estaba confusa, y perpleja. ¿A qué se refería con eso de que llevaba toda la vida preparándome para eso? Me había pasado un montón de años en aquel descampado para caravanas, en Kansas, hasta el día en que un tornado me sacó de Dusty Acres y me llevó a un mundo que, hasta entonces, me parecía que solo podía existir en los libros. Después, la Orden me reclutó. Y no solo eso, me entrenó y me enseñó a luchar en aquel laberinto de cuevas subterráneas donde alojaban a sus nuevos reclutas; sin embargo, apenas había pasado tiempo con las brujas. Solo había compartido un momento con ellas, el día en que se enfrentaron a Dorothy con toda su artillería. Y en ese preciso instante, me di cuenta de que Glamora no me estaba mirando a mí, sino a otra persona.

—Lo sé —dijo una voz familiar a mis espaldas. Y Nox dio un paso hacia delante—. Pero no esperaba que fuera tan pronto.

No daba crédito a lo que estaba ocurriendo. Me volví y Nox esbozó una sonrisa cansada.

Parecía agotado y tenía la mirada triste. Estaba igual que la última vez que lo había visto; me daba la sensación de que todo aquello había pasado hacía una eternidad. Seguí a Dorothy por la maraña de setos que se extendía detrás de Palacio Esmeralda y, durante la persecución, tuve que dejarlo atrás. Encontré a Dorothy y al Mago. El Mago abrió un portal que conducía a Kansas. Dorothy lo asesinó y después nos arrastró a las dos hacia el interior. Dorothy, pensé. ¿Dónde se habría metido? Nox y yo habíamos atravesado el portal del Mago, así que ella no podía andar muy lejos. Cerré los ojos y traté de invocar mi magia. Y... no ocurrió nada. Había desaparecido del mapa.

—Estás preparado —le dijo Mombi a Nox. Ella tampoco me miraba a mí.

¿Qué diablos estaba sucediendo?

—Nunca estaré preparado —contestó él en voz baja. Casi a regañadientes, cogió la capa que Glamora tenía entre las manos y se la colocó sobre los hombros. Luego me miró, y susurró—: Lo siento, Amy.

Abrí la boca, dispuesta a preguntarle por qué lo sentía y entonces lo comprendí. Las brujas no querían que yo ocupara mi lugar entre ellas. Querían a Nox. Después del calvario que me habían hecho pasar, después de tanto entrenamiento y tantas misiones, habían decidido apartarme, dejarme a un lado.

—¿Por qué...? —empecé, pero no tuve tiempo de acabar la pregunta.

Un estruendo resonó en aquel paisaje gris y aburrido y, acto seguido, varios relámpagos azules iluminaron el cielo y aterrizaron justo delante de Nox, produciendo un ruido crepitante. Se oyó un segundo trueno ensordecedor y la capa de Nox empezó a titilar. Su rostro se iluminó con un resplandor azul bastante espeluznante y la magia empezó a crepitar alrededor de todo su cuerpo. Notaba la energía en el aire, como si su cuerpo esbelto y fornido estuviera envuelto en un aura eléctrica. De pronto, Nox se quedó rígido y abrió la boca. Hizo una mueca, como si estuviera sintiendo un dolor insoportable.

—¡Nox! —grité, pero el zumbido de la magia se tragó mi voz. Corrí hacia él, pero la tercera bruja me lo impidió.

—No te preocupes. Estará bien —dijo—. No te entrometas hasta que acabe, Amy.

Del cuerpo de Nox empezaron a brotar unas líneas de energía; brillaban como si fueran hilos de luz. Aquellos zarcillos mágicos se separaron de su cuerpo y serpentearon en el aire, hasta llegar a las brujas. Los esquivé por los pelos. Un segundo después, la energía dio un último coletazo a las tres brujas, y a Nox. Los cuatro se elevaron hacia el cielo, mientras la magia tejía una red dorada a su alrededor, uniéndolos.

No tenía la menor idea de lo que estaba ocurriendo, pero era evidente que era algo importante. Era algo que, desde luego, jamás había presenciado antes. Algo que ni siquiera lograba comprender. Durante un segundo, los cuatro cuerpos parecieron unirse en uno solo. Entre aquel remolino mágico advertí unas calles de color esmeralda y un cielo azul. De inmediato supe que estaba contemplando el reino de Oz. Y justo entonces, tras un último relámpago aterrador, los cuatro cuerpos se separaron y se desplomaron sobre el suelo. Las líneas de energía retrocedieron y se sumergieron en su cuerpo, como si fueran una cinta métrica. Nox aterrizó junto a mis pies, envuelto en aquella capa púrpura y jadeando, tratando de recuperar el aliento. Y entonces advertí la forma arrugada que había quedado tirada en el fango, justo al otro lado de donde estaban las brujas. Enseguida adiviné quién era: aquellos zapatos rojos, que emitían una luz tan brillante que me cegaba los ojos, la traicionaron. Era Dorothy. Su vestido de cuadros estaba rasgado y sucio y tenía el cuerpo manchado de barro y sangre. Sin embargo, sus zapatos seguían siendo de aquel color rojo brillante tan enfermizo.

—Rápido, ahora —dijo la bruja de la capucha—. Aprovechemos ahora que aún está débil. —Se retiró la capucha, desvelando así su identidad. Al descubrir quién era, me quedé de piedra.

—¿Gert? —murmuré—. ¡Pero si habías muerto!

Había visto con mis propios ojos cómo había muerto. Había llorado su pérdida. Y ahora, ahí estaba, vivita y coleando. Y delante de mis narices.

—¡Ahora no tengo tiempo para explicártelo! ¡Nunca volveremos a tener una oportunidad como esta para destruir a Dorothy!

Glamora, Gert y Mombi se cogieron de las manos y empezaron a cantar. Enseguida reconocí el centelleo de la magia en el aire, justo por encima de sus cabezas. Nox cogió la mano libre de Mombi y la bruja la aceptó sin interrumpir el cántico. Se unió al coro de brujas. Una vez más, intenté invocar mi propia magia. Y una vez más, no ocurrió nada. Había desaparecido. No me quedaba ni una gota de poder. Dorothy se incorporó y se miró las manos. Estaba confundida, como si acabara de descubrir lo mismo que yo. En aquel viaje a través del portal del Mago, nos había ocurrido exactamente lo mismo. No sabía qué era, pero no había afectado a Nox, ni al resto de las brujas. Y entonces lo adiviné. Dorothy y yo éramos de Kansas. Antes de poner un pie en Oz, jamás había lanzado un hechizo. Tal vez hubiera magia en Kansas, pero nunca supe cómo llegar a ella, ni si podía hacerlo. El Mago había asegurado que la magia que fluía por el reino de Oz venía, en realidad, de los campos secos y sin vida de Kansas. Dorothy y yo habíamos corrido la misma suerte. Habíamos vuelto a un mundo en el que no podíamos usar la magia. Y si Dorothy se había quedado sin ella, yo también.

—¡Ayúdanos, Amy! —gritó Nox.

—No puedo —respondí, desesperada. Aquella noticia pareció sorprenderle y abrió los ojos como platos. El cuerpo de Dorothy comenzó a brillar con una luz azul muy pálida.

Dorothy miró a su alrededor y, al darse cuenta de dónde estaba, se horrorizó.

—Estamos en Kansas —dijo con un hilo de voz—. Me habéis traído de regreso a Kansas. Y yo odio Kansas.

Aún estaba aturdida, pero consiguió ponerse de pie. Los zapatos empezaron a centellear y el brillo del hechizo de las brujas perdió intensidad. Movió los dedos y, al comprobar que su magia no funcionaba, nos fulminó con la mirada.

—Quiero que me devolváis mi palacio —espetó—. Y mi poder. Y mis vestidos.

Echó un fugaz vistazo a sus zapatos rojos y estos se iluminaron de un rojo carmesí.

—¡No! —chilló Gert—. ¡Detenedla!

El resplandor del hechizo cada vez era más pálido y, de repente, se disolvió en una lluvia de purpurina iridiscente. Y, en ese momento, los zapatos de Dorothy empezaron a irradiar un brillo casi cegador. Se tambaleó. Ella, como todos nosotros, también estaba exhausta. Tenía los ojos hinchados y unas ojeras moradas que habían empezado a cobrar un color amarillento enfermizo. Se le había secado la piel y su hasta entonces tez de muñeca de porcelana se había vuelto ajada y sin brillo. Incluso su melena había cambiado; ahora se veía lacia y desaliñada.

—Llevadme a casa —murmuró sin fuerzas—. Por favor, zapatos, llevadme a casa.

Mombi no se lo pensó dos veces; se abalanzó sobre ella, con las palmas iluminadas, lista para atacarla con un hechizo. Sin embargo, llegó demasiado tarde.

Tras un destello rojo y una suave explosión, como la de una botella de champán al abrirse, Dorothy se desvaneció.

Dorothy había vuelto a casa. Y nosotros nos habíamos quedado atrapados en Kansas. Para siempre.

DOS

Mombi y Glamora enseguida hicieron aparecer una tienda de campaña de seda. Aunque era algo endeble, servía para resguardarnos del viento polvoriento e implacable que soplaba en Kansas. Hacía mucho tiempo que no coincidía con Glamora; cuando entré en la tienda y la vi, bajo el tenue resplandor de unos hilos mágicos, su increíble parecido con su hermana Glinda volvió a dejarme pasmada. De pronto, recordé algo. Recordé los días que había pasado a su lado, en las cavernas subterráneas de la Orden; también rememoré sus clases sobre el arte del *glamour*, su amor por las cosas hermosas y la expresión de su rostro cuando me dijo lo que Glinda le había hecho. Había estado a punto de perder aquella primera batalla con su hermana, pero sabía que se moría por vengarse de Glinda. Eran como dos gotas de agua, algo que, a pesar del tiempo, seguía fascinándome. Era casi imposible distinguirlas. Había visto a Glinda en acción y, por eso, cada vez que veía a Glamora, se me ponían los pelos de punta. Y eso que sabía que apoyaba a los Malvados. Lo que tenía que averiguar era hasta qué punto los Malvados estaban dispuestos a apoyarme a mí.

Intenté convencer a Mombi, Glamora y Gert de que

respondieran a mis preguntas, pero las tres me ignora-
ron por completo; pululaban por aquella casa improvi-
sada como tres marujas, ahuecando cojines y orde-
nando platos y cubiertos.

—¿Qué acaba de ocurrir? —le pregunté a Nox en
voz baja.

Él me lanzó una mirada desvalida. Le habría dado
un puñetazo.

—No podíamos contártelo todo, Amy. Tú mejor que
nadie sabes que la Orden debe mantener ciertas cosas
en secreto si quiere sobrevivir.

Sacudí la cabeza. Estaba furiosa. ¿Alguna vez me
habían contado toda la verdad? Creí que podía confiar
en Nox; pero, obviamente, me había equivocado. Me
sentía rabiosa pero, sobre todo, dolida. Nox y yo no
éramos simples soldados que luchaban en un mismo
bando para ganar una guerra. Sentía algo por él y, para
ser sincera, pensaba que yo también le importaba.

—Amy, dime algo —murmuró—. Por favor.

—Olvídalo —espeté.

Glamora también creó de la nada varias alfombras,
todas hermosas y suaves al tacto, cojines muy mullidos,
tapices decorativos y una mesa de madera antigua
donde, en aquel momento, las brujas estaban conju-
rando una cena. Recordé el pañuelo que Lulu me había
regalado, un objeto mágico que creaba esa misma
tienda, pero en versión Glinda. En cierto modo, las hermanas se parecían muchísimo. Los toques personales
de Glamora también incluían velas aromáticas y ramos
de flores, la misma decoración que Glinda había elegido
para su tienda. ¿Cómo dos personas tan similares habían elegido caminos tan distintos? ¿En qué más se parecían las dos hermanas? Al desplegar la tienda de
Glinda, creí que estaría a salvo. Qué ingenua. Tal vez
Glamora era tan peligrosa como su hermana.

—Amy —llamó Glamora con voz dulce y melosa—, ¿por qué no comes algo?

Preferí ignorar la cara que puso Nox cuando le di la espalda y me acerqué a la mesa. ¿Qué esperaba? Oí el frufrú de la seda y supuse que había salido de la tienda, lo cual solo sirvió para enfurecerme todavía más. No quería contarme lo que estaba ocurriendo y, para colmo, se negaba a dar la cara.

Mombi, Gert y Glamora se habían acomodado alrededor de la mesa. Las bandejas rebosaban de comida. No recordaba la última vez que había comido, pero la verdad es que no tenía hambre.

—¿Cómo podéis comer? —espeté, de repente—. ¿Me podéis explicar por qué Gert está viva? ¿Y qué ha pasado hace unos minutos? ¿Qué diablos estamos haciendo en Kansas y cómo vamos a volver a Oz? Porque esto es Kansas, ¿verdad? ¿Por eso no puedo utilizar mi magia?

Mombi dejó el tenedor sobre la mesa y, por fin, me miró.

—¿No puedes utilizar tu magia?

—No —respondí—. Aquí, no. Es como… si hubiera desaparecido. Pero eso no es lo importante. Quiero respuestas. Me lo debéis.

Gert soltó un suspiro.

—Tienes razón. Creo que ha llegado el momento.

—Perdona, pero creo que el momento ha llegado tarde —repliqué.

Gert se rio por lo bajo.

—Esa es mi chica. A nuestra Amy no le gusta andarse con rodeos.

—No soy la chica de nadie —espeté—. Estoy harta de que me mareéis. Está claro que sabéis mejor que yo lo que está ocurriendo aquí.

—Eso no es del todo cierto —murmuró Gert—,

pero entiendo que estés confundida. Y siento mucho que te sientas tan dolida. Sé que todo esto es muy difícil para ti.

—¡Sería mucho más fácil si me contarais de una maldita vez qué está pasando! —grité.

Llevaba mucho tiempo sometida a una gran presión. Y todavía no había conseguido matar a Dorothy. Los ojos se me llenaron de lágrimas. Y me eché a llorar. Lloré por Nox, probablemente mi único amigo; un amigo que dejaba mucho que desear, todo sea dicho. Lloré por Policroma, a quien había visto morir mientras intentaba derribar a Glinda. Lloré por su unicornio, que también había perdido la vida en aquella batalla. Lloré por *Star*, la rata de mi madre que el León se había zampado delante de mis narices. Lloré por todos los amigos que había perdido en aquella guerra estúpida, ridícula y sin fin. Y tal vez también lloré por mí.

Cuando por fin me hube desahogado, levanté la mirada y vi que Gert, Glamora y Mombi me observaban preocupadas. No me fiaba de ninguna de ellas, y tenía mis motivos. Estaba cansada de hacer el trabajo sucio de los demás. Sin embargo, presentía que aquel trío de brujas me apreciaba.

—¿Has terminado? —preguntó Mombi con brusquedad—. Porque tenemos mucho trabajo que hacer, niña.

—Lo siento —murmuré; después de aquel arrebato de ira, me había quedado más descansada.

Mombi le hizo un gesto a Gert con la mano.

—Dile lo que quiere saber. Luego nos pondremos manos a la obra —dijo.

Gert me miró con las cejas arqueadas, y asentí con la cabeza.

—De acuerdo, empecemos con la pregunta más fácil: ¿por qué sigo viva? La verdad es que nunca morí.

Si aquella era la pregunta más fácil, no quería imaginarme el resto.

—Pero yo lo vi —contesté—, yo vi cómo morías, en mitad de la primera batalla que libré.

Traté de desterrar el asqueroso recuerdo de mi primer encuentro con el León y su ejército salvaje. Al igual que muchas otras cosas que me habían ocurrido en Oz, me habría encantado borrar aquella imagen de mi mente.

—Te vi enfrentándote con el León. Y te vi perder. Lo vi con mis propios ojos.

—Sí, lo viste —comentó—. Y tienes razón, perdí.

Se estremeció y cerró los ojos, como si estuviera recordando aquel dolor. No sentía ninguna lástima por la Orden, pero me costaba seguir enfadada con Gert. Era como guardarle rencor a tu abuela por haber quemado tus galletas favoritas sin querer.

—Pero matar a una bruja es muy, muy difícil —continuó, y abrió los ojos de nuevo—. Incluso en una batalla tan sangrienta y brutal como esa. Si quieres que te sea sincera, no estoy segura de lo que ocurrió después de que el León me venciera. Lo único que se me ocurre es que la magia de Dorothy está difuminando las fronteras que separan tu mundo del nuestro. Cuando el León me derrotó, todo a mi alrededor se volvió negro. Fue como si me adentrara en un país de sombras.

—¿Las Tierras de la Oscuridad? —interrumpí. Gert se sorprendió. Por primera vez, me di cuenta de que había utilizado mi magia para salir de aquel universo paralelo, un universo desolador y espeluznante. Gert no se imaginaba que conociera las Tierras de la Oscuridad.

—Ella también puede entrar ahí —explicó Mombi. Gert asintió con la cabeza.

—Tu magia ha evolucionado muchísimo desde la última vez que te vi, Amy —dijo Gert—. En fin, no me adentré en las Tierras de la Oscuridad, o eso creo. No conocemos mucho ese lugar, la verdad. Pero, por lo que sé, aterricé aquí, en este claro. Y, desde entonces, no me he movido.

Tardé unos segundos en comprender que se refería a Dusty Acres.

—¿Estabas aquí? ¿En este descampado para caravanas? —pregunté.

Gert parecía confundida.

—No sé qué es este lugar —dijo—, pero no he logrado salir de aquí. Cada vez que he intentado marcharme, he aparecido en el punto de partida. Huir de aquí es imposible, es como correr en círculo. Así que al final desistí. Tampoco puedo tocar nada… Por mucho que lo intente, todo parece estar fuera de mi alcance. Ah, y no he visto a nadie por aquí; lo único vivo que he visto ha sido un pájaro. Ah, y un escarabajo. —De pronto, se entristeció y pareció envejecer varios años—. Ha sido horrible —admitió—. He tardado muchísimo tiempo en recuperar las fuerzas y, aun así, estoy mucho más frágil que antes. Después de varios días, o meses tal vez, atrapada en este lugar inhóspito logré enviar un mensaje mágico a Mombi y Glamora. Utilizaron la grieta que separa ambos mundos para reunirse conmigo. Imaginábamos que el Mago intentaría utilizarte para abrir un portal a Kansas, y estábamos seguras de que la salida estaría en este lugar, así que vinimos a esperaros.

—¿Sabíais que el Mago quería matarme y utilizarme para abrir un portal de vuelta a Kansas, y no hicisteis nada para detenerlo? —le pregunté, furiosa.

—Gert estaba hecha polvo y no podíamos contar con ella —respondió Mombi, sin rodeos—. Yo todavía sigo muy débil. Ninguna de las tres estaba lo bastante fuerte como para frenar al Mago. Pero sabíamos que si Nox se unía a nosotras y cerraba el círculo, podríamos vencerle, a él y a Dorothy.

—Espera —dije—. Retrocede un poco. ¿Qué círculo? ¿Todo esto tiene algo que ver con lo que ha ocurrido?

Si con la ayuda de Nox podían vencer al Mago y a Dorothy, ¿para qué me necesitaban?

—Ya sabes lo importante que es el equilibrio en Oz —dijo Gert, y entonces me acordé de su truquito favorito: leer mentes—. Oz depende de la magia para sobrevivir y por eso nadie puede abusar de ella. De hacerlo, dañaría a Oz. La Orden pretende mantener ese equilibrio. Siempre ha habido cuatro brujas, una en el Norte, otra en el Sur, otra en el Este y otra en el Oeste. Pero ese equilibrio se rompió cuando Dorothy vino a Oz por primera vez, cuando asesinó a la Bruja Mala del Este. Pero ese equilibrio se descompensó aún más con la Bruja del Este. Dejó un vacío que nadie ha podido llenar, al menos de momento.

—Pero sigo sin entenderlo —dije.

—Hemos intentado derrotar a Dorothy librando batallas de una en una, pero eso es como intentar apagar un incendio forestal con un cubo de agua —admitió Mombi—. La Orden está dispersada por todo el reino. La mitad de los soldados que entrenaron contigo en las cavernas están muertos. Otros... —dijo, encogiendo los hombros— sabemos dónde se encuentran, pero están tan desperdigados que no nos sirven de nada. Lo que hemos hecho antes —comentó, y señaló las ruinas que, desde que mi madre entró en su espiral de adicciones, habían sido mi hogar— ha sido convertir a Nox en uno de nosotros. Él ha ocupado el lugar de la Bruja del Este.

—Al restaurar el Cuadrante, finalmente hemos reunido las fuerzas para matar a Dorothy —añadió

Glamora—. Teníamos todas nuestras esperanzas puestas en ti...

—Pero no puedo matar a Dorothy —murmuré—. No sé cómo ni por qué, pero estamos unidas. Así que tendréis que hacerlo vosotras.

Mombi asintió con la cabeza.

—Por no mencionar el hecho de que Dorothy acaba de teletransportarse a Oz y nosotros estamos atrapados aquí, en este lugar tan horrendo.

Mombi asintió de nuevo.

Suspiré y me llevé las manos a la cabeza. Esas brujas estaban haciéndome perder la paciencia.

—Si sabíais desde el principio que Nox formaría parte de vuestro círculo, ¿por qué no lo hicisteis antes? ¿Por qué no me lo dijisteis?

—Porque desde el momento en que Nox se uniera al Cuadrante, no podría escapar de él. El compromiso es de por vida —explicó Gert—. A partir de ahora, ya no podrá anhelar otra vida que no sea esta. No te lo dijimos porque teníamos la esperanza de no llegar a esto. Y Nox no te lo contó por la misma razón. Somos criaturas ancestrales, Amy, más viejas de lo que imaginas. Y, para nosotras, el sacrificio... en fin, ya está hecho. Y no podemos dar marcha atrás. Es un destino terrible, un destino que no deseamos a nadie, y mucho menos a alguien tan joven como Nox.

—Jamás podrá llevar una vida normal —apuntó Glamora—. Al igual que nosotras, él también es responsable del futuro de Oz. Nunca podrá formar una familia, ni envejecer como un muchacho normal y corriente.

—Ni enamorarse —añadió Mombi, mirándome fijamente.

—Puede enamorarse —la corrigió Gert—, pero nada más. —Hizo una pausa—. Amy, si lo que quieres es quedarte con nosotras, puedes hacerlo, por supuesto.

Pero estamos en Kansas, cielo. No sé cómo, pero encontraremos un modo de volver a Oz y, cuando estemos allí, podremos vencer a Dorothy sin ti. Así que puedes volver a casa.

Casa. Podía volver a casa. De pronto caí en la cuenta de que estaba en Kansas, y de que podía quedarme allí si quería.

Hacía muchísimo tiempo que no pensaba en ello. Ya no sabía qué significaba Oz para mí. Cuando llegué a ese reino, creí que podría encajar, que podría convertirse en el hogar con el que siempre había soñado. Allí, había encontrado amigos de verdad. Pero después de un tiempo, todo cambió.

Por otro lado estaba Kansas. ¿De veras ese había sido mi hogar? ¿Qué me quedaba allí? Mi madre había desaparecido y solo Dios sabía si seguía viva. Tampoco podía decirse que hubiera sido Miss Popularidad en el instituto Dwight D. Eisenhower. La caravana donde había vivido los últimos meses de mi vida en Kansas no era un lugar agradable y familiar al que me apeteciera volver, la verdad. Además, la caravana también había desaparecido. Tal vez mi hogar no estuviera en Oz, pero estaba convencida de que tampoco estaba en aquel descampado desolado en mitad de la nada. En Oz había vivido muchísimas experiencias y no me imaginaba volviendo a llevar una vida normal y corriente. Había aprendido a hacer cosas que hasta entonces me parecían imposibles y había caminado por un mundo de magia y fantasía. Había volado con monos, me había codeado con la realeza y había matado a los esbirros más crueles de Dorothy. ¿A qué iba a dedicarme si volvía a Kansas? ¿A qué podía aspirar? ¿A trabajar en el centro comercial?

—La decisión es tuya, Amy —dijo Gert, leyéndome otra vez la mente. Volví a la realidad enseguida—. No tienes que darnos una respuesta ahora mismo. Pero necesitamos que nos digas si quieres ayudarnos a regresar a Oz o no.

—De acuerdo —murmuré—. Entonces, intuyo que no nos hemos quedado aquí atrapados para siempre. ¿Qué tenéis en mente?

Gert suspiró.

—No va a ser fácil —admitió—. Es una suerte que podamos contar con Nox, pero aun así no tenemos poder suficiente para abrir un portal que nos lleve de nuevo a Oz. El Mago pudo hacerlo porque tenía los tres regalos mágicos que había concedido al León, al Espantapájaros y al Hombre de Hojalata. —Intenté no pensar en la última vez que había visto al Mago; había explotado en una lluvia de sangre y vísceras. Él había conjurado ese hechizo, pero, gracias a Dorothy, se había vuelto en su contra—. Pero se nos ha ocurrido una idea.

Ah, por supuesto que sí. ¿Sería otro de sus planes secretos? ¿Me contarían la verdad esta vez o se reservarían algunos detalles, como siempre hacían? Suspiré y Gert me regaló una sonrisa compasiva.

—Está bien; soy toda oídos —dije, y me acomodé sobre uno de los cojines de Glamora. Hasta el aroma de los cojines era delicioso. Me recordó al olor de las tiendas de cosmética del centro comercial, una mezcla glamurosa y relajante al mismo tiempo.

—Supongo que recordarás los zapatos de Dorothy —empezó Glamora.

—Claro, cómo olvidar esos zapatos —farfullé.

—No nos referimos a los zapatos que lleva ahora —apuntó Gert—, sino a los originales.

Aquello sí me pilló por sorpresa.

—Un momento; ¿a qué os referís con los originales? ¿A los de «como en casa en ningún sitio»? ¿Esos zapatos también eran reales?

Casi me echo a reír. ¿En qué estaba pensando? Por supuesto que eran reales. Si Oz era real, ¿por qué no lo iban a ser los zapatos plateados de Dorothy?

—La primera vez que Dorothy vino a Oz —explicó Glamora—, su intención no era la de quedarse allí para siempre.

—Ah, ojalá no hubiera vuelto a poner un pie aquí —refunfuñó Gert.

—Mi hermana, Glinda, la envió a casa con un par de zapatos encantados de color plata, que no eran los mismos que la trajeron a Oz la segunda vez. Dorothy siempre creyó que los había perdido al cruzar el Desierto de la Muerte y, aunque removió cielo y tierra para encontrarlos, nunca dio con ellos. —No sabía muy bien cómo explicarle a Glamora que aquella historia estaba escrita en una serie de libros clásicos, por no mencionar una película de éxito, así que preferí callarme y escuchar—. ¿Pero y si los zapatos siguen aquí?

—¿Aquí? ¿En Kansas?

—Sí, niña, aquí, aquí —dijo Mombi—. En el lugar donde estaba la granja de Dorothy.

—¿La granja de Dorothy estaba aquí, en Dusty Acres? —pregunté, incrédula.

—No exactamente —respondió Glamora—. La granja de nuestra amiga estaba donde ahora está la escuela.

—Instituto —puntualizó Gert, y me miró con los ojos como platos—. Un sistema retrógrado e ineficaz. El método de enseñanza de Oz es, sin lugar a dudas, mucho mejor.

¿Estaban hablando en serio? ¿El instituto Dwight D. Eisenhower había albergado en alguna de sus aulas los zapatos mágicos de Oz durante todo ese tiempo? No podía creerlo. Si Madison Pendleton hubiera sabido que aquel par de zapatos plateados había estado en el instituto... se habría caído de culo. Sobre todo después de hacer su trabajo de literatura sobre *El maravilloso mago de Oz*. Aunque, para qué engañarnos, sacó un diez igualmente. Todo el mundo adoraba a Madison. Todo el mundo, excepto yo, claro.

—¿Cómo sabéis si los zapatos siguen siendo mágicos? —pregunté—. ¿Y si ya no funcionan? ¿Y si solo pueden viajar de Oz hacia el Otro... ejem, a Kansas?

Mombi suspiró.

—Tienes razón. Es una posibilidad bastante remota. Pero es la única que tenemos. Así que no nos queda otra que intentarlo.

—De acuerdo —dije—, imaginemos que encontráis los zapatos. ¿Y luego, qué?

—Amy —dijo Glamora—, no vamos a encontrarlos nosotras. Si accedes a ayudarnos, lo harás tú.

—Pero no entiendo cómo —protesté—. A ver, aquí mi magia tampoco funciona. ¿Por qué no los podéis encontrar sin mi ayuda?

—Porque están en tu instituto —respondió Gert—. Sería bastante curioso, por no decir llamativo, ver a tres ancianas y a un adolescente pululando por los pasillos de un instituto o en una clase de matemáticas, ¿no te parece? Considéralo una misión secreta —dijo, y esbozó una sonrisa de oreja a oreja—. Te seré sincera: en este momento, eres nuestra única esperanza. Si quieres ayudarnos a regresar a Oz, tendrás que volver al instituto.

TRES

—No —dije—. Ni de broma. No volvería a poner un pie en el instituto ni aunque me prometierais una montaña de oro. Ni siquiera quería volver a Kansas.

—No tenemos otra alternativa —dijo Mombi.

—Pero yo sí. No soy miembro del Cuadrante.

—Amy —dijo Gert con tono amable y cariñoso—. Te necesitamos.

—¿Por qué no conjuráis unos disfraces o algo parecido? —propuse, desesperada.

Quería ayudarlas… al menos así me distraería un poco. No quería pensar en la decisión que debía tomar. Pero no estaba dispuesta a hacer ese sacrificio por ellas. No se lo merecían.

—Amy, ya has visto cuánto nos cuesta usar nuestra magia aquí —respondió Glamora—. Estamos cerca del portal que abrió el Mago, y por eso aún conservamos un pequeño vínculo con Oz. Pero cuánto más nos alejemos de Dusty Acres, más débiles estaremos. No quiero andarme con rodeos: no tenemos ni idea del efecto que Kansas tendrá sobre nuestro poder, y no podemos arriesgarnos a lanzar un conjuro como el que propones.

—No me necesitáis. Podéis enviar a Nox —repliqué—. Puede… puede hacerse pasar por un alumno extranjero del programa de intercambio. Puede ser un alumno... de Francia, por ejemplo.

Glamora ladeó la cabeza y frunció el ceño.

—¿De dónde has dicho?

—Es como... eh... como el País de los Quadlings —expliqué—. Pero con *baguettes*.

Las brujas me miraban con cara de póquer. Había sido una idea estúpida. Un alumno extranjero del programa de intercambio sin papeles, sin padres y sin un pasaporte. Un estudiante que jamás había oído hablar del país en el que, supuestamente, había nacido y crecido. Nox no duraría más de cinco minutos en el instituto Dwight D. Eisenhower. Era un chico atractivo, pero aun así, no sobreviviría. No quería admitirlo, pero las brujas tenían razón. Aún no sabía si las acompañaría a Oz o si me quedaría en Kansas, pero no iban a encontrar los zapatos sin mi ayuda. Y, si no se nos ocurría otra idea, aquel par de zapatos eran la única oportunidad que tenían de volver a casa.

—Ni siquiera puedo presumir de haber aprendido a usar magia —murmuré—. Por cierto, ¿cuánto tiempo he estado en Oz? Lo más probable es que todo el mundo en Kansas crea que he muerto.

—Ya sabes que el tiempo no funciona igual aquí que en Oz —dijo Gert—, pero calculo que ha pasado un mes. Más o menos.

¿Solo un mes? Era de locos. Me daba la sensación de que había pasado muchísimo más tiempo. De hecho, me habían ocurrido un montón de cosas. Incluso sentía que ya no era la misma persona. La Amy Gumm que había vivido en Kansas era una completa desconocida para mí. Ya no encajaba en ese lugar, aunque dudaba de que alguna vez lo hubiera hecho.

—Tendrás que encontrarlos rápido —añadió Mombi—. Dorothy no estará perdiendo el tiempo. Todos sabemos que se estará dedicando a hacer maldades en el reino. Tenemos que volver lo antes posible.

—¡Todavía no he dicho que sí! —grité, enfadada. Sin embargo, sabía que Mombi estaba en lo cierto. Una vez más, el futuro de Oz dependía de mí—. De acuerdo. Encontraré esos estúpidos zapatos. ¿Y dónde se supone que voy a vivir mientras repito el último año de instituto?

—Oh —dijo Glamora, muy contenta—, esa parte es fácil. Hemos encontrado a tu madre.

Mi madre. Con solo oír la palabra, una oleada de recuerdos me inundó la mente. Y, la mayoría de ellos, malos. Me habían expulsado de Oz de una patada, como quien dice. Y me habían dejado tirada en Kansas. Había visto a Nox ocupar un lugar entre las brujas, un lugar que creía haberme ganado después de tanto trabajo y sacrificio. Y no tenía la menor idea de si podría volver a Oz... o de si quería hacerlo. Y, para colmo, iba a tener que vivir con la mujer que me había abandonado para irse de fiesta con sus amigos el día en que un tornado amenazaba la ciudad. Era incapaz de asimilar todo aquello.

—Necesito un minuto —susurré, y salí de la tienda.

Allí fuera no soplaba ni siquiera una brisa de aire. Pero había refrescado. En el cielo, las nubes se movían rápidamente entre las estrellas, como si se avecinara una tormenta.

«Lo que faltaba», pensé. No necesitaba vivir otro tornado, gracias.

Empecé a darle vueltas a la cabeza. ¿Y si aquella tarde, en la caravana, mi madre hubiera decidido preocuparse por mí y cuidarme como es debido? ¿Y si hubiera querido llevarme a un lugar seguro, un lugar donde las dos hubiéramos sobrevivido al ciclón? ¿Y si, por una vez en su vida, hubiera hecho lo correcto?

¿Lo que había ganado en Oz —fuerza, poder, respeto, confianza en mi misma— compensaba todo lo que había perdido? Si no podía estar con Nox, ¿qué sentido tenía volver a Oz? Estar con él había sido lo más cercano de lo que podría estar de sentirme feliz en Oz; sin embargo, Nox acababa de entregar su vida a las brujas, lo que significaba que no podría mantener una relación amorosa en su vida, por lo que la idea de regresar a Oz ya no me parecía tan atractiva. No me apetecía ser la criada del Cuadrante.

Me pregunté qué habría ocurrido si mi madre me hubiera protegido para que el tornado no me arrastrara hasta Oz. En el fondo, sabía que mi madre, la misma que me había dejado sola ese día, me había querido como si fuera el mayor tesoro de su vida. Pero Kansas era un lugar que se tragaba lo bonito de las cosas, como el viento seco que desconcha la pintura de las casas hasta dejarlas todas de aquel color gris tan aburrido y tan… gris. ¿A quién pretendía engañar? Mi vida aquí, en Kansas, había sido un verdadero infierno.

Después de que mi padre se largara de casa, mi madre entró en una espiral de decadencia: no ocurrió de la noche a la mañana, sino de una forma muy lenta y, con el paso del tiempo, se fue consumiendo. Las pastillas y el alcohol me arrebataron a la madre alegre y cariñosa que había conocido. Para cuando el tornado arrasó Dusty Acres, mi madre ya se había convertido en un despojo humano que se pasaba el día tirada en el sofá; solo se levantaba de aquel sofá apestoso para arrastrarse hasta el bar más cercano con su mejor amiga, Tawny. Y el día del tornado, me echó una bronca de narices porque me habían expulsado del instituto; como si hubiera sido culpa mía que la tirana de Madison Pendleton fuera por la vida buscando pelea. Y, como guinda del pastel, me abandonó a merced de la tormenta porque no quería perderse una fiesta. No había podido olvidar la última vez que la vi: iba maquillada como una puerta y, para la ocasión, había elegido un modelito despampanante, una falda tan corta que parecía un cinturón y un sujetador *push-up* que le subía las tetas hasta la barbilla. Ese era el último recuerdo que tenía de mi madre, el de una mujer barriobajera, maliciosa, enfadada y malvada, como la versión barata de los Siete Enanitos. Aquel día me dejó sola, y podría haber muerto, vaya que sí. ¿Y ahora tenía que volver a convivir con aquella mujer? ¿Fingir que todo iba bien? Las brujas me habían pedido muchos favores durante mi estancia en Oz, pero aquello pasaba de la raya.

—¿Amy? —llamó Nox. Apenas podía distinguir su silueta; estaba apoyado sobre unos cimientos que estaban a punto de derrumbarse. Él era la persona que más me apetecía ver en ese momento, pero también a la que menos. ¿Qué iba a hacer para consolarme? Nox había tomado una decisión. Y había elegido. Jamás podríamos estar juntos—. Amy, lo siento mucho —dijo. Al principio titubeé, pero después decidí sentarme a su lado. Me rodeó los hombros con el brazo, pero yo me aparté enseguida.

—¿Por qué no me lo dijiste? —pregunté—. ¿Por qué dejaste que me ilusionara?

Agaché la cabeza. No quería que se diera cuenta de que tenía las mejillas sonrojadas. Tenía dieciséis años y, por lo visto, nos habíamos conocido hacía cosa de un mes.

«Tampoco exageres —pensé para mis adentros— ni que estuvierais prometidos, o algo así».

Sin embargo, yo me sentía así. Supongo que ese era el efecto de Oz. Lo magnificaba todo, incluso los sentimientos.

El cielo empezó a teñirse de color púrpura, por lo

que supuse que no tardaría en amanecer. No pude evitarlo: aunque estaba furiosa y muy dolida, alcé la mirada. Kansas no tenía mucho que ofrecer, pero el cielo nocturno era inigualable. Las nubes se habían disipado y se podía ver toda la Vía Láctea titilando en el cielo. Cuando mi padre vivía con nosotras, solía obligarme a salir de casa por la noche, a veces con un par de binoculares, para mostrarme todas las constelaciones. Todavía recordaba algunas de ellas; de hecho, recordaba mejor las constelaciones que a mi padre.

Nox y yo estábamos sentados justo donde, un mes antes, teníamos instalada la caravana, antes de que el tornado se la llevara a Dios sabe dónde. La idea de volver a Kansas me aterraba. No quería ni pensar en ello. Sin embargo, la Vía Láctea me hizo sentir, por primera vez, que quizá tenía un hogar allí. La verdad es que mientras había estado en Oz, no había echado de menos nada de aquel mundo tan gris y aburrido, pero al ver las constelaciones que brillaban en el cielo, me lo replanteé. Si no podía estar con Nox en Oz, la lista de razones para volver se hacía más corta.

—Lo siento muchísimo —se lamentó Nox, por tercera vez—. No quería que las cosas salieran así. —Inspiró hondo y volvió a empezar—. Mira, en el fragor de la batalla, es normal sentir cosas por quienes luchan a tu lado. Son emociones muy intensas. Ya me ha ocurrido antes.

Claro. Cómo olvidarlo. Melindra, la chica medio metálica con quien había entrenado al llegar a Oz. No tardó en contarme que Nox y ella habían sido algo más que compañeros de batallas... algo más que amigos. Cuando Nox me llevó a la cima del Monte Guillikin para contemplar el precioso paisaje del reino y me confesó que era especial para él, supe que estaba actuando igual que con ella. Misma rutina, mismas técnicas. Ahora, sus palabras me dolían en el alma. ¿A cuántas chicas les había mostrado esas vistas tan maravillosas de Oz? ¿Cuántas chicas se habrían enamorado de él? ¿Con cuántas chicas habría utilizado la misma estratagema? Nox era uno de los arquetipos de Hollywood, sin duda: un guaperas torturado y rebelde. ¿Quién sería la chica que, por fin, lograría conquistar su corazón herido?

—Oh, genial —espeté—. Así que no significo nada para ti.

—¿Me dejas acabar, Amy? —preguntó. Sonaba exasperado—. Sabía que tú eras distinta. Eso es lo que intento decirte. Lo supe desde el principio. Nunca he tenido una familia —añadió en voz baja—. Gert, Mombi y Glamora eran lo único que tenía, aunque a veces sean más molestas que un dolor de muelas. Y entonces llegaste tú. Preferí no decirte nada porque sabía que, en cualquier momento, me convocarían y no tendría más remedio que dejar cosas que me importaban de verdad. Supongo que fui un ingenuo al pensar que si ignoraba la posibilidad, los sentimientos desaparecerían. Es evidente que estaba equivocado.

—¿No puedo ayudarte? ¿Es imposible que también forme parte del círculo?

—Amy, no creo que puedas controlar la magia durante mucho más tiempo —dijo.

—¿Qué quieres decir con eso? —pregunté, enfadada—. ¿Que no puedo controlarme? ¿Por qué haces todo lo que te dicen? —Y, de repente, se me ocurrió algo—. Estás celoso —dije—. Estás celoso de mi poder. Te da rabia que pueda vencer a Dorothy. Sabes que me necesitas, pero te niegas a admitirlo… porque eso implicaría contarle a la Orden que el valiente y perfectísimo Nox no puede hacerlo solito.

—¿Te estás escuchando, Amy? —murmuró—. Me

acusaste de hacer lo mismo cuando nos conocimos por primera vez. ¿Lo recuerdas?

No quería volver a pensar en ello, pero sabía muy bien de qué estaba hablando. Era de noche, y todavía estaba entrenando con la Orden. Fue la primera vez que Gert me incitó a utilizar la magia. Me enfadé muchísimo. Ni siquiera era capaz de pensar. Nox trató de serenarme y me llevó a contemplar las estrellas. Estaba furiosa. Le grité que estaba harta de que siempre hiciera lo que la Orden le decía. Y fue entonces cuando me contó que Dorothy y Glinda habían asesinado a su familia y arrasado todo su pueblo. Aquel día me abrió su corazón. Y por fin vi la oscuridad que le atormentaba. Dorothy le había arrebatado lo que más quería. Comparada con la de Nox, mi historia era como un cuento infantil. Y ahí estábamos de nuevo, bajo un cielo estrellado y manteniendo la misma discusión.

—Lo recuerdo —admití—. Pero entonces todo era distinto.

«Y más fácil», pensé. ·

—¿De veras crees que estoy celoso? —preguntó Nox—. ¿Cómo puedes pensar algo así? He visto con mis propios ojos los efectos que tiene la magia de Oz en ti. Te está destrozando, Amy. Y no puedo permitirlo. Haré todo lo que esté en mi mano para impedir que acabe contigo. Todos sabemos que la magia ha corrompido a Dorothy y, probablemente, también al Mago. Cuando llegó a Oz, no era un mal hombre. Era un torpe, y un inútil, pero nada más. Cada vez que usas tu poder, te transformas en un monstruo. Si la magia de Oz no te convierte en un ser irreconocible para mí, al final acabará…

Y, de repente, se quedó callado.

—Crees que acabará matándome.

—Creo que es una posibilidad más que probable

—dijo—. No puedes utilizar la magia de Oz, Amy. Ni ahora, ni nunca.

—No ha matado a Dorothy. Además, no puedo utilizar la magia aquí —añadí, y alcé las manos a modo de rendición—. Así que polémica zanjada, o al menos de momento. Pero si por casualidad recuperara mi magia, o pudiéramos regresar a Oz, ten por seguro que sería yo quien tomaría la decisión de usar la magia o no. Eso dependería solo de mí. No de Gert. Ni de Mombi, ni de Glamora. Ni de ti.

—Pero esa decisión no dependería solo de ti, Amy —contestó él, y me miró a los ojos—. No solo pienso en ti; también pienso en Oz. Si te conviertes en alguien como Dorothy… —murmuró, y se tapó con la capa púrpura—. No es personal, y lo sabes.

Sí. Sabía muy bien a qué se refería. No hizo falta que lo dijera en voz alta. Si la magia de Oz acababa transformándome en alguien como Dorothy, tendría que matarme. Pero no soportaba que me dijeran lo que tenía que hacer. Sobre todo después de enterarme de que Nox me había ocultado tantos secretos durante tanto tiempo.

—Oz te importa más que yo —espeté. Estaba dolida. Y enfadada. Pero en cuanto aquellas palabras salieron de mi boca, me arrepentí de haberlas soltado. Por supuesto que a Nox le importaba más Oz que yo. Oz era su país, su hogar, el único mundo que había conocido. Oz era su vida. Yo, en cambio, era una niñata necesitada que se había colado en una fiesta y había aprendido a ser una asesina a sueldo. Si la magia de Oz me corrompía, sería por mi culpa. Dorothy nunca imaginó qué efectos tendrían aquellos zapatos rojos. ¿Pero yo? Yo sí conocía los peligros que tenía utilizar la magia en Oz.

—Sabes que eso no es cierto —dijo él. Trató de disimular el rencor, pero no lo logró. Ahí estaba. Me había pasado de la raya, y lo sabía. Había actuado como una cría mimada y consentida. Ahora notaba una distancia extraña entre nosotros, como si alguien acabara de colgar una cortina para separarnos.

—Lo siento —susurré. Tragué saliva y noté un escozor en la garganta, pero estaba harta de llorar. No sé por qué, pero en ese momento pensé en Dustin. El famoso Dustin de Dusty Acres, el esbirro más leal de mi enemiga del instituto, Madison Pendleton. Al igual que yo, Dustin siempre había soñado con huir de aquel vertedero. Me pregunté si lo habría conseguido. También me pregunté si Madison habría tenido al bebé. Cuando el tornado arrasó el pueblo, ya no podía disimular la tripa. Y me pregunté si volver al instituto significaría verlos de nuevo.

—Ojalá las cosas fueran distintas —dijo Nox. Le tembló la voz, pero no supe identificar la emoción. ¿Enfado? ¿Tristeza? Seguramente se arrepentía de haberme dedicado tantos momentos de su vida. Estábamos en guerra, o eso era lo que todo el mundo decía una y otra vez. Había llegado el momento de dejar los sentimientos a un lado. Y de apartarme del camino de Nox. Se lo debía. Nox se merecía que me distanciara de él. Tenía que salvar el mundo y lo último que necesitaba era que yo le complicara más las cosas.

—Sí, ojalá —dije, y me levanté—. Pero es lo que hay. Así que lo mejor será que me ponga manos a la obra, ya que soy la única que puede salvaros el culo.

—Amy —llamó; esta vez ni siquiera intentó disimularlo. Estaba dolido, y triste. Le di la espalda y, sin mirar atrás, me marché.

CUATRO

*E*ntré en la tienda hecha un basilisco.

—Está bien —dije. Gert levantó la vista, perpleja—. Hagámoslo de una vez. El último día que la vi estaba... en fin, en unas condiciones pésimas. ¿Dónde acabó? ¿Cómo la encontrasteis?

—Ese no fue el último día que la viste, Amy —dijo Gert con voz amable—. Después, la volviste a ver. ¿Lo recuerdas? La viste en la balsa mágica.

Sabía muy bien a qué momento se refería, pero me negaba a admitirlo. Sí, tal vez había tenido una visión, una visión en la que aparecía mi madre en un apartamento nuevo, acurrucada en el sofá y con mi jersey favorito puesto. Y sí, en aquella imagen no parecía estar borracha, ni colocada. Pero de ser un fiel retrato de la realidad, también me parecía patético. ¿Había tenido que perder a su hija, su casa y toda su vida para actuar como una mujer adulta? Si quería jugar a ser la madre coraje, que lo hubiera hecho cuando tenía a su hija cerca, y no ahora que me había perdido. La gente normal no necesita una vida trágica para valorar lo que realmente tiene, y cuidarlo.

—¿Cómo sé si aquella visión era real? —pregunté—. Por lo que sé, ahora mismo podría estar tirada en una cuneta. O muerta.

—No está muerta —dijo Mombi, que parecía estar perdiendo la paciencia—. ¡La encontramos en los tabloides! —exclamó, orgullosa.

—¿Perdón? ¿En los tabloides?

—Sí, en la sección de anuncios de los tabloides —explicó Gert—. Ya sabes, esos papeles grises que utilizáis para explicar noticias —añadió lentamente, como si estuviera hablándole a un idiota—. En el Otro Sitio utilizan fotografías —dijo, dirigiéndose a Glamora—. ¿Puedes creerlo? ¡Fotografías! Creo que es una idea fantástica.

—¿Apareció en el periódico? —exclamé, de repente. Las tres brujas se volvieron a la vez y ahogué una risa—. De acuerdo, así que apareció en el periódico.

—El artículo del tabloide describía los movimientos del tornado para así poder localizar a los supervivientes —explicó Mombi—. Utilicé esa información y la comparé con un mapa de los alrededores del pueblo.

Entonces desplegó un mapa de carretera viejo y andrajoso que parecía haber encontrado en una alcantarilla.

—No entiendo por qué te tomaste tantas molestias. Podrías haberla buscado en Google —dije, entre risas.

—No conozco ese hechizo —replicó Mombi un tanto enfadada.

Mombi había guardado el periódico y todos los detalles del tornado, desde los contactos de los servicios de emergencia hasta las tareas de limpieza que se habían llevado a cabo. A mi madre la habían trasladado a un campamento temporal, junto con el resto de gente que había perdido su hogar y no tenía adónde ir. Imaginé que en aquel campamento de emergencia se habría realojado a todo Dusty Acres.

—Genial —murmuré—. Mis antiguos vecinos juntos bajo el mismo techo. Me muero de ganas.

Estuvimos comentando durante un buen rato la estrategia que seguiríamos, aunque la verdad es que ninguna sabía muy bien qué estábamos haciendo. De hecho, lo único que sabíamos era que los míticos zapatos mágicos de Dorothy podían estar en algún rincón de mi antiguo instituto y que, de estar allí, yo debía encontrarlos. El plan era una locura. Todo era una locura. Además, aunque los zapatos hubieran servido para que Dorothy volviera de Oz, nadie nos aseguraba que también sirvieran para llevarnos a Oz. Ninguno de los cinco podíamos utilizar nuestra magia allí, así que tendríamos que ir sobre la marcha.

Sin embargo, por extraño que parezca, la idea me animó. Cualquier cosa era mejor que quedarse ahí sentado esperando. Incluso saber que iba a volver a ver a mi madre me emocionó. Era una misión demente, estúpida y, con toda probabilidad, imposible, pero no era la primera misión demente, estúpida e imposible que me encargaban.

Así que cuando tomé la decisión de aceptarla, me sentí aliviada.

Nox se había quedado fuera de la tienda, y fingí que me daba lo mismo.

—Deberías descansar un poco —propuso Glamora—. Todavía no ha amanecido; puedes ir a ver a tu madre más tarde.

No pretendía discutírselo. Me acomodé en una esquina de la tienda y me tapé con una manta de cachemira del mismo color que los ojos de Nox.

«Oh, por favor —me dije—, déjalo de una vez».

En cuanto me tumbé, me di cuenta de que estaba agotada. Y no era de extrañar. Los últimos días habían sido frenéticos y no había tenido ni un segundo para echarme una siesta. Estaba tan cansada que me daba la impresión de que habría podido dormir durante varios años seguidos. La idea era tentadora, desde luego. Pero no solo estaba cansada físicamente, estaba cansada de todo. De luchar, de huir, de perder. Deseaba que, ni que fuera durante unos días, fuera otra persona quien cargara con el peso de la responsabilidad de salvar Oz.

«Descansa, Amy». La voz de Gert resonó en mi cabeza.

Noté un cosquilleo en los dedos de los pies, un hormigueo cálido que se fue extendiendo por todo mi cuerpo, relajando así cada uno de mis músculos, como si estuviera metiéndome en una bañera gigante. Fue la misma sensación que sentí cuando me sumergí en las aguas curativas de la cueva donde la Orden me había reclutado. Y, en un abrir y cerrar de ojos, me trasladé a ese preciso lugar. Lo reconocí de inmediato: las paredes púrpuras de la caverna, de las que colgaban unas enormes estalactitas de amatista, y una bóveda en forma de arco. También reconocí el árbol gigantesco; sus raíces parecían poder alcanzar el corazón de la tierra; se extendían por el techo y las ramas, retorcidas y nudosas, estaban recubiertas de florecillas blancas. Los pétalos caían del techo como una lluvia de nieve deliciosa. Estaba flotando en aquellas aguas tan profundas y espumosas. La temperatura era perfecta. La ropa se disolvió a mi alrededor y el agua se llevó todos los dolores, y el cansancio. En el fondo, sabía que no podía estar en Oz, que la visión que estaba teniendo había sido cosa de Gert, pero quería quedarme allí, así que me sumergí en un sueño profundo y reparador.

Las brujas me dejaron dormir tranquila. No sé cuánto tiempo había pasado cuando me desperté. La tienda estaba vacía y, a través de las paredes de seda, vi que el sol brillaba con toda su fuerza. Me incorporé, bostecé y me desperecé. No me había recuperado del todo, obviamente, pero me sentía mucho mejor. Me pregunté si ya sería mediodía. Y entonces recordé que ya no estábamos en Oz. El sol se había movido porque la tierra había girado sobre su eje y no porque una zorra hambrienta de poder había decidido que el sol brillara durante tropecientas horas seguidas. La idea de estar en Kansas no me entusiasmaba, pero agradecí ese pequeño cambio.

—Oh, qué bien, estás despierta —dijo Glamora, que había asomado la cabeza por la puerta—. Mombi se ha zampado todo el beicon, pero estoy segura de que podemos conjurar algo más. Según ella, es muy importante que nos adaptemos a las exquisiteces locales, al menos durante el tiempo que estemos aquí. —No pude evitar echarme a reír. ¿El beicon, una exquisitez local? Pero estaba muerta de hambre y el estómago no dejaba de rugirme.

No podía utilizar la magia para arreglarme, así que no tuve más remedio que pasarme los dedos por el pelo, que por cierto estaba sucio y grasiento, para peinarme. La visión mágica de Gert había sido imaginaria. Necesitaba urgentemente una ducha, pero preferí no preocuparme por eso. Si mi madre quería ver a una princesita guapa y perfecta, tendría que peinarme ella misma. Estaba harta de cumplir las expectativas de los demás.

Nox estaba poniéndose su capa púrpura, la capa del Cuadrante. Era evidente que se estaba preparando para ir a algún sitio. Evitó mirarme a los ojos. La distancia que ahora nos separaba era abismal. Quería decirle algo, pero me sentía a años luz de él. Yo había sido quien lo había alejado, pero ya empezaba a arrepentirme.

—¿Dónde vas? —pregunté en voz baja.

—Gert y Glamora quieren que proteja… —empezó, pero Glamora se interpuso entre nosotros, impidiéndole así que continuara. Gert y Glamora intercambiaron una mirada que no fui capaz de descifrar.

—Le enviamos a reconocer el terreno. Queremos asegurarnos de que esta zona es segura.

¿Segura? Debían de estar de broma. Dusty Acres era un lugar aterrador porque era un lugar aislado, solitario y vacío. Sospechaba que había algo que no querían contarme. Nox farfulló algo incoherente que bien podría haber sido un «adiós», un «te quiero», o un «vete al infierno» y luego se marchó por la carretera que conducía al pueblo.

Pillé a Gert estudiándome con expresión apenada, casi compasiva. Entonces caí en la cuenta de que intentaban mantenernos alejados. Si Nox y yo no podíamos estar juntos, las brujas iban a hacer todo lo posible para que no nos distrajéramos. Reconozco que me fastidió un poco. Nuestra relación, o no relación, era asunto nuestro, y de nadie más. ¿Por qué se empeñaban en meter las narices en todos los temas? ¿Qué juego se llevaban entre manos? Yo ya había decidido alejarme de Nox. Pero había sido decisión mía, no suya.

Después de un desayuno de beicon y huevos fritos, Glamora hizo desaparecer todos los platos y la manta de pícnic, y me levanté.

—Quiero zanjar este asunto cuanto antes mejor —dije—. ¿Dónde está mi madre?

Por lo visto, durante aquellas vacaciones involuntarias en Kansas, Gert se había dedicado a recuperarse y a conocer la zona a fondo.

—Utilicé todos los datos que pudimos ver en la visión de tu madre en mi cueva —explicó—. Su cabaña está muy cerca del instituto.

—Al menos no tendré que coger el autobús para ir a clase —dije—. Y no se llama cabaña; se llama apartamento.

Mombi resopló.

—Controla esa actitud, jovencita.

El apartamento donde vivía mi madre tampoco estaba lejos de Dusty Acres, así que decidimos que lo más fácil sería que fuera a pie. Conjurar la tienda y aquel copioso desayuno había dejado a Glamora muy cansada, y Gert y Mombi admitieron que Kansas también había alterado su magia. Al menos no era la única que estaba sufriendo, aunque no era ningún consuelo. Sabía que, si las cosas se torcían, las brujas lo pasarían mal. Con la ayuda del Cuadrante o sin ella, sabía que en el fondo estaba sola en esto.

A todas nos pareció una mala idea que utilizaran su poder para teletransportarme a un lugar donde podía ir caminando sin problemas. Las brujas se ofrecieron a acompañarme. No pude evitar reírme.

—Sí, claro —dije—. No os ofendáis, pero estamos en el siglo XXI. Ya me va a costar lo mío encontrar una explicación para mi repentino regreso al pueblo. Lo último que necesito es llegar acompañada de tres ancianas que parecen sacadas de una fiesta temática de Dragones y Mazmorras.

Mombi acarició su capa azul.

—En Oz no tenemos dragones —dijo.

—Déjalo —murmuré, y sacudí la cabeza—. Estaré bien.

Gert dio un paso hacia delante y me abrazó; en ese momento, agradecí aquel gesto tan cariñoso y familiar. A pesar de todos los secretos que las brujas me habían ocultado y a pesar de que muchas veces sentía que me utilizaban como a una marioneta para llevar a cabo sus misteriosos planes, los abrazos de Gert eran mágicos e inigualables. No sé cómo, pero siempre conseguía convencerme de que todo iba a salir bien. Incluso cuando todos los indicios apuntaban lo contrario.

—Amy, no nos vamos a quedar aquí —susurró—. Mombi nos llevará a las Tierras de la Oscuridad. Te esperaremos allí. Estaremos más seguras y, además, podremos conservar nuestro poder.

—Genial —espeté—. No puedo utilizar mi magia, me dejáis sola en este pueblo de mala muerte, me dais un plazo cortísimo para cumplir una misión casi imposible y, para colmo, voy a tener que vivir con mi madre.

Glamora asintió con expresión seria y me miró con aquellos ojos azules tan hermosos.

—Sí —dijo—. Eso es todo lo que tienes que hacer.

Suspiré. El sarcasmo estaba muy desaprovechado en Oz. Solo Lulu sabía usarlo. «Y Nox», dijo una vocecita en mi cabeza. La mandé callar.

—Estaremos contigo en espíritu —dijo Gert, y me estrechó las manos—. Y cuando nos necesites, cuando estés preparada para utilizar los zapatos y abrir el portal que nos lleve de vuelta a Oz, mándanos una señal y nos reuniremos contigo.

—¿Perdón? ¿Como una batiseñal, o algo así? —comenté, y puse los ojos en blanco.

—¿Batiseñal? —preguntó Mombi.

—Olvídalo —dije.

Una a una, las tres brujas me abrazaron, incluida Mombi, y luego se cogieron de las manos. Mombi cerró los ojos y farfulló algo. Estaba débil pero, aun así, era mucho más poderosa que yo. Cuando me enfrenté a Dorothy, logré zambullirme en las Tierras de la Oscuridad durante unos segundos. Ella, en cambio, estaba a punto de viajar a ese mundo de penumbra con otras dos personas, y sin despeinarse. Poco a poco, las brujas empezaron a empalidecer; fue como ver una película en blanco y negro. Sus cuerpos perdieron brillo y, de forma gradual, fueron desapareciendo. Gert abrió los ojos y me lanzó un beso. Un segundo después, el trío de brujas se esfumó.

Había llegado el momento. Una vez más, estaba sola, y el futuro del reino estaba en mis manos. Solté un suspiro y empecé a caminar.

CINCO

El nuevo apartamento de mi madre estaba en Flat Hill, en el centro del pueblo. Centro, por decir algo, porque lo cierto era que no había más barrios; ni siquiera había unas «afueras» propiamente dichas. Lo que considerábamos «el centro del pueblo» era, en realidad, una callejuela con cuatro locales cutres y al borde de la ruina: un restaurante chino que casi siempre estaba vacío, una cafetería que también vendía muñecos de peluche viejos y mohosos y globos de helio con eslóganes de vacaciones de décadas pasadas, tres bares (donde mi madre se había pasado media vida), una farmacia, un colmado y una ferretería que todavía alquilaba películas en VHS; eso sí, para alquilarlas, tenías que demostrar que eras mayor de edad. En ese caso, te dejaban pasar a la trastienda, que se escondía detrás de una cortina. Siempre había sabido que mi pueblo era un pueblo de mala muerte, pero verlo después de haber estado en un reino tan mágico y hermoso como el de Oz fue como recibir un puñetazo en el estómago. ¿Cómo soportaban vivir allí? ¿Cómo había podido vivir allí durante dieciséis años? Siempre supe que había otros lugares en el mundo... pero jamás me había movido de allí.

Y entonces se me ocurrió algo. Claro. Dorothy debió de sentirse igual cuando volvió a Kansas. Además, en aquella época todavía no existían las tuberías, ni los desagües. Claro que había querido volver a Oz; y claro que había hecho todo lo posible por quedarse. Todo el mundo decía que la magia de Oz siempre acababa transformando a la gente del Otro Sitio, gente como Dorothy, y como yo. Si nos parecíamos tanto, ¿quería decir que estaba destinada a...? «No», me dije, enfadada. No me parecía a Dorothy en nada. Jamás habría actuado como ella.

«Pues ya lo has hecho». Enterré esa voz en lo más profundo de mi mente. Ya tenía suficientes preocupaciones. Al ver de nuevo Flat Hill, sentí algo extraño. En silencio, agradecí que el tornado me hubiera sacado de aquel pueblucho. Sí, Oz no me lo había puesto fácil, pero al menos tenía un montón de cosas bonitas. La mayoría de mis compañeros de instituto no había visitado otro estado, así que mucho menos había visto un mono volador o una cascada de arcoíris.

De repente, recordé una de las últimas cosas que me había dicho mi madre: «Un día lo tienes todo, toda la vida por delante. Y de pronto, ¡bum! Te lo arrancan todo, lanzándose como una horda de pequeños vampiros, hasta que no te queda nada». Se había referido a mí, a su propia hija.

Los ojos se me llenaron de lágrimas. Me sentí estúpida, así que me sequé las lágrimas con la mano y respiré hondo. No necesitaba esa mierda. Ni ahora, ni nunca. En ese momento estuve a punto de tirar la toalla. Gert, Mombi y Glamora podían irse al infierno. Ya se me ocurriría algo. Como siempre.

¿Pero el qué? No podía volver a Oz sin los malditos zapatos de Dorothy, y no quería instalarme en una caravana abandonada de Flat Hill. Así pues, mi única opción era acudir a mi madre. Pero eso no significaba que la idea me gustara. Ni que fuera a perdonarla. Parpadeé y seguí caminando.

El tornado había barrido Dusty Acres, arrasando todo lo que había encontrado a su paso. Sin embargo, la mayor parte del pueblo estaba intacto. Advertí varias pilas de escombros en una calle. Y una de las casas más alejadas del centro había perdido el tejado, aunque el resto del edificio estaba en perfectas condiciones. Alguien había colocado varias lonas azules sobre el inmenso agujero. Una se había soltado y una brisa húmeda la agitaba con fuerza.

Por lo demás, Flat Hill estaba igual que siempre. El pueblo estaba rodeado de varios jardines, todos quemados y amarillentos, y cercados por unas viejas vallas de madera con la pintura desconchada. En las macetas solo crecían malas hierbas. Las ventanas estaban cerradas a cal y canto, aunque era mediodía y hacía un calor abrasador. En todas las casas parpadeaba la luz de un televisor. Las calles estaban desiertas. Solo vi a una niña sobre un triciclo, dibujando círculos en mitad de la calle y con la cara sucia. Flat Hill era una pesadilla, un lugar que inspiraba desolación, un lugar donde hasta el alma más feliz podía deprimirse. Pero después de haber estado en Oz, todavía parecía más feo, más sucio y más pobre.

No habían restaurado el edificio donde ahora vivía mi madre, a pesar de que ya no estaba abandonado. Allí habían realojado a varias personas. Era un edificio de cuatro pisos y, a simple vista, no debía de tener más de doce apartamentos. La fachada era de un gris soso y aburrido, y la pintura se había desconchado en varias partes. Algunas de las ventanas estaban tapiadas con tablones de madera. Pero sospechaba que no era resultado del tornado, sino que hacía años que estaban así.

Los toldos estaban raídos y viejos y el cristal de la puerta principal del edificio estaba roto. Leí la lista de nombres que había junto al interfono y, al fin, encontré el apellido Gumm, escrito en lápiz, junto al apartamento 3B. A lo mejor tenía vistas a la pradera. Inspiré hondo y llamé al timbre.

Después de un minuto, se oyó un ruido en el interfono.

—¿Hola? —preguntó una voz cautelosa; era la voz de mi madre.

Me aclaré la garganta.

—Hola, mamá —dije, al fin—. Soy yo. Amy.

Hubo unos segundos de silencio. Solo fueron unos segundos, pero se me hicieron eternos. Después, el interfono casi explota; oí un grito tan agudo que tuve que taparme los oídos.

—¿Amy? Oh, Dios mío, cariño. No te muevas, no hagas nada. Bajo enseguida.

Se escuchó un crujido en el interfono y luego mi madre desapareció. Un minuto después, apareció en el vestíbulo. Abrió la puerta principal y me estrechó entre sus brazos. Mi primera reacción fue quedarme rígida, tensa. Me sentí algo incómoda. Unos segundos después, me soltó.

Me recordó al aspecto que solía tener cuando tenía uno de sus supuestos «días buenos»: llevaba una falda demasiado corta y un top demasiado pequeño, dejando así al descubierto un cuerpo demasiado bronceado. Iba demasiado maquillada, como siempre. Sin embargo, dejando de lado la ropa chabacana y la terrible sombra de ojos, mi madre era bastante guapa. Además, advertí algo distinto en ella. Algo más perspicaz, más brillante. Más despierta. Me miró de arriba abajo y, de inmediato, se le humedecieron los ojos. Entonces supe qué era. Tenía los ojos rojos, pero no de las pastillas, sino de llorar. Y tampoco apestaba a alcohol. ¿En serio mi madre estaba sobria? Había visto a monos volar, así que todo era posible. Pero la verdad es que no estaba preparada para creerlo.

—Amy, eres tú —dijo, todavía llorando—. ¿Dónde has estado?

Oh, mierda. ¿Dónde había estado? No podía creer que a ninguna se nos hubiera ocurrido una excusa que explicara mi mes de ausencia en Kansas. No iba a contarle que había pasado ese mes con una banda de brujas cascarrabias. Ni que había aprendido a conjurar hechizos. Ni tampoco que había decapitado al León Cobarde. Y, mucho menos, que me había enfrentado a una masa de purpurina que se hacía llamar Glinda. Ningún habitante de Kansas creía que el reino de Oz existía, y mi madre no era una excepción.

—Eh —dije—. He estado... en el hospital. En Topeka. El tornado se llevó la caravana y... yo estaba dentro. Ejem, el caso es que... me hice daño. En fin, ahí es donde he estado.

Mi madre me miró fijamente durante un minuto.

—Pero te busqué en todos los hospitales. Cuando desapareciste... espera, ¿en qué estoy pensando? —dijo, de repente, sacudiendo la cabeza—. Ven arriba. No puedo creer que esto esté ocurriendo. Te he echado muchísimo de menos. —Volvió a abrazarme y luego entramos en el edificio.

El vestíbulo no estaba mucho mejor que la fachada, la verdad. Enseguida percibí un tufillo a *eau* de pipí de gato en el pasillo. Subí las escaleras, junto a mi madre, y al final llegamos a un pasillo con varias puertas pintadas de color gris industrial. Mi madre abrió la puerta 3B. La seguí y entré en el comedor.

Me deprimí un poco al darme cuenta de que aquel cuchitril era más acogedor que nuestra antigua caravana. Era el doble de grande y, además, tenía una ventana por la que en ese momento se filtraba el sol de media tarde. No había muchos muebles, tan solo un sofá y una mesa plegable con un par de sillas, pero había colgado varios cuadros en las paredes y, en el suelo, advertí una alfombra con los colores del arcoíris. Nada de aquello venía de Dusty Acres, por lo que supuse que el gobierno había creado un fondo de emergencia para todas las personas que se habían quedado sin nada. Era la opción más lógica, ya que sabía que mi madre no tenía dinero para comprar todo eso. Pero lo que más me sorprendió fue que estuviera limpio.

Casi como por acto reflejo, palpé el sofá en busca del alijo que mi madre solía esconder entre los cojines. Allí podía haber de todo: cajas de pastillas, envases de cartón de hamburguesas para llevar, mantas… Sin embargo, no encontré nada. Aquel apartamento ni siquiera olía a tabaco. Vi tres puertas en una de las paredes y supuse que serían habitaciones. Mi madre había madurado.

—No es mucho —oí decir a mi madre—. Es algo temporal, hasta que ahorre lo suficiente como para alquilar algo mejor. Lo perdí todo en la tormenta —explicó, y luego apartó la mirada—. Incluyéndote a ti —añadió en voz baja. Ella debió de notar que me sentía incómoda, porque enseguida cambió el tono y adoptó una expresión más alegre—. Ven, siéntate —dijo, y dio unas palmaditas en el sofá—. Dame un minuto. Prepararé un poco de té. Tenemos muchas cosas de las que hablar.

Me senté en el borde del sofá; ella empezó a pulular por la minúscula cocina del apartamento. Calentó agua y colocó dos bolsitas de té en dos tazas enormes. No estaba muy segura de que mi madre pre-Oz supiera que existía el té. Después de servir el té, se acomodó en el otro lado del sofá, como si la asustara presionarme demasiado, como si tuviera miedo de que, en cualquier momento, me fuera corriendo. Como si fuera un animal salvaje.

—Siento mucho que te preocuparas tanto —dije. Mi madre seguía con los ojos llorosos. Sí, lo sentía mucho—. No podía salir del hospital —expliqué— porque... ejem, sufría amnesia —añadí, en un arrebato de inspiración—. Perdí la cartera en el tornado y me di un buen golpe en la cabeza. Estuve en coma durante varios días y, cuando me desperté, no sabía quién era. Me quedé ingresada en el hospital. Sé que intentaron buscar a mis padres. Y una mañana, ejem, me desperté y empecé a recordar quién era. Y entonces... bueno, contactaron con los servicios de emergencia. Te localizaron enseguida y, bueno, me dijeron dónde vivías y aquí estoy —relaté. Luego tomé un sorbo de té. Era una historia descabellada con muchísimos cabos sueltos. ¿Quién había pagado mi estancia en el hospital? ¿Cómo diablos había sobrevivido a un tornado que me había arrastrado hasta la otra punta del estado? ¿Por qué los médicos no se habían puesto en contacto con mi madre? ¿Cómo había llegado a Flat Hill desde Topeka? Contuve la respiración durante unos segundos. Mientras tanto, mi madre trataba de asimilar todo lo que acababa de contarle.

—Por eso nunca te encontré —dijo—. Si no recordabas ni cómo te llamabas, los médicos tampoco debían de saberlo. —Frunció el ceño—. ¿Pero cómo no cayeron en la cuenta de que podía ser tu madre si tú eras la única paciente con amnesia? Imprimí cientos de folletos con tu foto, los repartí por todas partes, fui a todos los hospitales...

Tuve que hacer de tripas corazón para no gritarle que cerrara el pico de una vez. ¿Cuántas veces me había mentido mi madre? «El año que viene te llevaré a

Disneylandia. No sé qué habrá pasado con los ahorros que guardabas en el cajón de la ropa interior. No me he tomado ninguna copa, te lo prometo». Si quisiera hacer una lista con todas las mentiras, tardaría al menos un año. Lo menos que podía hacer por mí era no cuestionarme.

Mamá me observó durante unos segundos.

—Tienes el pelo distinto —dijo.

Claro. En las cuevas, la sede central de la Orden, Glamora me había cambiado el pelo; me había teñido de rubia. Supongo que ese detalle no encajaba mucho con mi historia de «he pasado el último mes en el hospital». Abrí la boca para decir algo, pero ella negó con la cabeza.

Era como si mi madre supiera lo que estaba pensando, como si pudiera escuchar todas mis quejas. Tal vez no supiera lo que había ocurrido, pero me comprendía.

«Es un comienzo —pensé—. Le ha costado llegar hasta aquí, pero aquí está».

—Lo único que importa es que estás en casa —dijo, y al oír eso, me relajé un poco. Hizo una pausa y luego añadió—: Pero… debería llamar a tu padre.

No había visto a mi padre desde hacía años. Y nunca había querido volver a verlo. Creía que mi madre y yo estábamos de acuerdo en eso, sin importar el porcentaje de alcohol que corriera por su sangre. Pero, por lo visto, me había equivocado.

Al ver mi cara de asombro, trató de explicarse.

—Tenía que decírselo, Amy. Pensé que podría echarme una mano.

Solté una carcajada. Sonó amarga y llena de rencor.

—Estoy segura de que rastreó Dusty Acres para buscarme.

—Envió un cheque —dijo mi madre—. Amy —prosiguió—, te debo una disculpa. No solo por haberte abandonado justo cuando se acercaba el tornado. No sé si algún día llegaré a perdonármelo. Quiero pedirte perdón por todo lo que hice antes.

Volvió a echarse a llorar, y esta vez no se atrevió a mirarme a los ojos.

—He sido una madre horrible —dijo—. Y durante un montón de años. No espero que me perdones, pero quiero que sepas que me he dado cuenta, y que lo siento muchísimo.

Arqueé las cejas. Aquello sí que no me lo esperaba.

—¿Y qué ha pasado con las pastillas? —pregunté, sin andarme con rodeos.

—Cuando yo... —respondió con voz temblorosa— te perdí, me di cuenta de muchas cosas. Me había echado a perder. Me había convertido en una madre odiosa. Superé el síndrome de abstinencia, Amy. Sabía que tenía que ponerme bien; no quería que me vieras así cuando volvieras. Te busqué por todas partes, cariño, pero fue como si te hubieras evaporado. En el fondo, siempre confié en que volverías a casa. Y, para cuando eso ocurriera, quería estar bien. —Sonrió—. Hasta he empezado a trabajar —dijo—. He conseguido un trabajo de cajera en la ferretería.

—¿Superaste el síndrome de abstinencia? —pregunté, sorprendida—. Supongo que fue muy duro para ti.

—Ha sido lo más difícil que he hecho en mi vida —admitió, y clavó la mirada en el regazo—. Fue horrible —añadió y unos lagrimones se deslizaron por sus mejillas—, pero no fue nada comparado con lo que sentí cuando creí haberte perdido para siempre.

Una parte de mí se moría de ganas por acercarse a ella y abrazarla, pero no era la primera vez que oía esas promesas. Había caído en su trampa demasiadas veces.

Si había dejado de beber justo después del tornado, significaba que llevaba sobria un mes. Un mes no era suficiente tiempo; no podía confiar en que todo hubiera cambiado. Pero si de verdad había impreso folletos con mi foto y había visitado todos los hospitales del condado... en fin, aquel era el mayor esfuerzo que había hecho por mí. Bueno, daba lo mismo. Ya había tomado una decisión; iba a volver a Oz. En Kansas no tenía nada. Ya había aprendido a vivir sin mi madre, así que podía volver a hacerlo.

Las dos nos quedamos calladas durante un buen rato.

—¿Mamá? —dije, al fin—. Lo siento mucho, pero *Star*... ejem, no sobrevivió.

Ella dibujó una sonrisa triste.

—Cariño —dijo—, *Star* era una rata. Si tengo que elegir entre una rata y mi única hija, no hay duda posible. Te elegiría a ti con los ojos cerrados. —Se aclaró la garganta—. Bueno —dijo con una alegría un tanto forzada—. ¿Quieres ver tu habitación?

—¿Mi habitación?

—Tuve que pelear con uñas y dientes para conseguir un apartamento de dos habitaciones. Querían darme un estudio, pero sabía que, un día u otro, volverías.

Se levantó y abrió una de las puertas del comedor. Miré por encima del hombro y abrí los ojos como platos. Me quedé de piedra. Como el resto del apartamento, se trataba de una habitación austera. Solo tenía una cama individual, una mesita de noche y una lámpara. Pero mi madre había pintado las paredes de un rosa pálido precioso y había colgado unas cortinas blancas para decorar las ventanas. Había comprado un frasco de mi perfume favorito, y lo había dejado junto a la lámpara.

—Qué bien —dije, cautelosamente—. Gracias.

—No es nada —comentó ella—. Muy pronto podremos mudarnos a algún sitio más grande que esto. Acabo de empezar a trabajar en la ferretería, pero ya estoy ahorrando. Debes de estar cansada. ¿Quieres descansar un poco?

—No —respondí—. Estoy bien.

Y no estaba mintiendo. Por una vez, estaba diciendo la verdad. La siesta que me había echado esa mañana me había sentado de maravilla y, por extraño que pareciera, estar en casa me había llenado de energía. De repente, mi madre dio una sonora palmada.

—Entonces creo que nos merecemos un capricho. ¿Por qué no te das una ducha? Saldremos a dar una vuelta y te compraré ropa nueva. Esta noche podemos pedir *pizza* y mirar películas antiguas.

Antes de que el tornado devastara Kansas, a mi madre y a mí nos encantaba ver películas en blanco y negro juntas. Nuestras favoritas siempre eran las más divertidas, esas en las que Audrey Hepburn, o cualquier otra actriz superglamurosa, metía la pata y algún ricachón guaperas se enamoraba de ella. A veces, por un minuto, creíamos que la protagonista no lograría salir adelante, pero al final el tipo siempre venía a su rescate.

Una parte de mí sentía que había crecido, que ya no tenía edad para esas cosas. Pero no solo eso. Estaba demasiado cansada. Había vivido un sinfín de experiencias en los últimos meses. Había librado una guerra. Había visto demasiado mundo como para creerme las historias ridículas de aquellas películas. Pero al mismo tiempo, estar de nuevo en casa, y ver a mi madre tan recuperada, me hacía sentir… diferente. Fue como si todo lo ocurrido en Oz se estuviera esfumando. Tenía la sensación de haberme despertado de un extraño sueño.

No había sido un sueño, desde luego. Pero mi madre

llevaba razón en algo: necesitaba ropa. Si pretendía volver a ser una alumna de instituto, necesitaría, como mínimo, una muda. Y ya ni me acordaba de la última vez que había visto una película.

—No necesito ropa nueva —dije—. Podemos ir a la tienda de segunda mano.

«Amy, *la Sintecho* vuelve a la carga», pensé para mis adentros. Quizá mi madre había cambiado, pero el resto de Kansas seguía igual. Intenté no pensar en la ropa que había llevado en Oz. Mi uniforme de combate, por ejemplo. Oh, y cómo olvidarlo; con un poquito de magia, me había convertido en una versión irreconocible y reluciente de la chica tristona y pobre que solía ser.

—No —respondió mi madre—. Quiero que las cosas sean distintas, Amy. Y lo digo en serio.

—Claro —murmuré—. Eso suena bien.

SEIS

Disfruté de una ducha larga y caliente en el nuevo cuarto de baño de mi madre. Había tenido el detalle de comprarme el gel con aroma a fresa que tanto me gustaba. Sin embargo, al ver la purpurina rosa en aquel líquido viscoso, me acordé de Glinda. Me entraron ganas de vomitar. No quería volver a ver una mota de purpurina rosa en lo que me quedaba de vida. Me enjaboné el pelo dos veces. Creo que el champú real era mucho más efectivo que la magia. Me pregunté qué harían las brujas y las princesas de Oz cuando tenían caspa y, de pronto, me entró un ataque de risa. Resbalé y me caí de bruces en la bañera. El agua empezó a salir cada vez más fría. Está bien, debo admitir que estaba llevando mi regreso a Oz mucho mejor de lo que esperaba. Pero iba a tener que buscar un grupo de apoyo si quería superar mi trastorno por estrés postraumático o, mejor dicho, posviaje a un reino fantástico. Sabía que en cualquier momento podía sufrir un ataque de ansiedad, pero no podía contárselo a mi madre. Pero no era lo único que debía mantener en secreto. Tampoco podía explicarle qué había estado haciendo ese último mes. «Mamá, necesito terapia; he estado a punto de convertirme en un monstruo y de matar a un montón de personas en un mundo mágico que nadie se cree que existe de verdad. Como comprenderás, no estoy muy equilibrada». Sí, claro.

«Vamos, Amy —me dije, y me levanté del suelo de la bañera—. No te vengas abajo. Espabila».

Si me venía abajo delante de mi madre, sabía qué haría, dónde me enviaría. No podía contarle nada de lo que me había ocurrido; ni siquiera podía dejar que sospechara algo. Tenía que seguir actuando como una guerrera. Para eso había practicado tanto. Para eso había entrenado tanto. Y no debía olvidarlo.

Mientras me desenredaba el pelo —por desgracia, en Kansas no había peluqueras mágicas—, me vi tal y como mi madre me debía de haber visto en el vestíbulo del edificio. Tenía las ojeras moradas e hinchadas; tendría que dormir varios días seguidos para eliminarlas. Había envejecido; me había echado, como mínimo, diez años encima. Y, en general, parecía triste. Ya no podía esconderme detrás de mi magia, así que no me iba a quedar más remedio que utilizar varias toneladas de corrector de ojeras.

Pasé muchísimo rato maquillándome. Nunca me había preocupado por esas cosas; de hecho, las consideraba superficiales y estúpidas. Pero a mi madre le encantaban y estaba segura de que cuando me viera maquillada, sabría que lo había hecho por ella. De pronto, recordé el modo en que Nox me miró cuando Glamora me enseñó a utilizar la magia para arreglarme. Me daba la sensación de que habían pasado varios millones de años. Sentí una punzada en el estómago. Me peiné en un periquete, recogí la ropa sucia y abrí la puerta del baño. La sonrisa de mi madre fue tan sincera y genuina que no me arrepentí de haber pasado tanto tiempo con el rímel y el lápiz de labios.

En Flat Hill no había ningún centro comercial, por

supuesto. Ni siquiera había una tienda donde comprar algo de ropa, aunque el colmado vendía monos de distintas tallas. Sin embargo, cada hora pasaba un autobús que te dejaba en el pueblo más cercano; allí había varias grandes superficies donde se podían comprar conjuntos de temporadas pasadas, además de menaje de cocina, rifles de caza y juguetes.

El trayecto en autobús se me hizo bastante corto; bajamos y entramos en el centro comercial. Dejé que mi madre eligiera la ropa que quería comprarme; a mí me daba absolutamente lo mismo, la verdad. Echó un vistazo a una pila de sudaderas de colores pastel con eslóganes cosidos con hilo plateado, donde se leían palabras como CUTE o FLIRT, «guapa» y «ligar» en inglés.

—Supongo que debería empezar el instituto mañana —dije, como si tal cosa.

El comentario pareció desconcertarla.

—¿El instituto? —preguntó.

Encogí los hombros.

—A ver, algún día tendré que ir. Así que cuanto antes, mejor.

—Cariño —dijo mi madre—, acabas de llegar a casa. Creo que puedes tomarte una o dos semanas de vacaciones, hasta que te adaptes de nuevo a esto. —Hizo una pausa—. No sé si lo recuerdas —dijo con suma cautela—, pero antes de que desaparecieras... en fin, antes de que el tornado se te llevara... te expulsaron. Tendremos que solucionar eso.

¿Expulsada? En aquel momento, no tenía ni idea de qué estaba hablando. Pero luego lo recordé todo. Madison. La discusión que habíamos tenido justo el día del tornado. La muy bruja había manipulado la historia para hacerme quedar como la mala de la película. Le dijo al subdirector, el señor Strachan, que yo la había atacado. Después de haberme enfrentado a Dorothy, Madison Pendleton me parecía una enemiga patética. Me costaba creer que esa mindundi me hubiera tenido aterrorizada durante tantos años. Pues bien, la pobrecita Amy, *la Sintecho* había estado en un campamento de ninjas. Pensándolo bien, tenía ganas de ver a Madison.

—Es verdad —dije—. Lo había olvidado.

—Mañana, antes de empezar a trabajar, pasaré por el instituto y hablaré con el señor Strachan —se ofreció mamá—. Si te ves con fuerzas para volver a clase, seguro que llegaremos a un acuerdo. Sé que te has saltado varias clases, pero le pediré que te perdonen el temario que han avanzado durante tu ausencia para que puedas graduarte a tiempo.

¿Graduarme? Claro. Ya ni me acordaba. Aunque, en cierto modo, sentía que ya me había graduado.

—Claro. Gracias —dije.

Mi madre me miró pensativa y luego siguió rebuscando entre las pilas de ropa.

Al final, acabó comprándome un par de camisetas, varias sudaderas y un par de vaqueros. No dijo nada, pero sabía que era todo lo que se podía permitir, si es que se lo podía permitir, claro. Esa noche, pedimos una *pizza* familiar con extra de *pepperoni* a una cadena de comida rápida que había a un par de manzanas. Eso era lo más decente que uno podía comer en Flat Hill. En ese momento, tampoco dijo nada del dinero. Mi madre pasó por todos los canales de aquella vieja televisión. Me dijo que la había comprado en Salvation Army, una tienda que solo frecuentaban vagabundos.

A lo mejor era verdad. Quizá estaba condenada a ser Amy, *la Sintecho*.

«¿Y qué?», pensé. Me daba lo mismo. De hecho, todo me daba lo mismo, excepto encontrar aquellos estúpidos zapatos y volver a Oz. No le había dado muchas vueltas al tema, la verdad, pero ya había tomado una decisión: no encajaba en Kansas, por mucho que mi madre se alegrara de verme. No era la misma Amy de antes, y no pretendía volver a serlo. No después de todo lo que había visto y hecho. No podía regresar a un lugar donde nadie se creería una palabra de lo que me había ocurrido en el último mes. Había visto morir a gente a la que había querido. Había arriesgado mi vida. Había utilizado magia. Y sí, lo reconozco, me había enamorado. Y no había una sola persona en Kansas con quien pudiera compartir todo eso. Era como si Oz hubiera tomado la decisión por mí. O eso, o en realidad no había tenido otra elección.

—¡Oh, mira! —dijo mi madre con voz alegre—. Están poniendo *El mago de Oz*. ¿Te acuerdas de cuánto nos gustaba esa película?

Casi se me cae el trozo de *pizza* en la alfombra. Ahí estaba Judy Garland en todo su esplendor; cantaba alegremente mientras el León, el Hombre de Hojalata y el Espantapájaros saltaban a su lado. Todo el mundo parecía feliz y contento. Dorothy era una chica jovencita e inocente con un perrito la mar de mono. El Hombre de Hojalata era un actor pintado con varios kilos de maquillaje plateado y un embudo ridículo sobre la cabeza. El Espantapájaros era un zopenco con un traje de arpillera y el León era un tipo con un disfraz penoso de León y con un lazo atado alrededor de su falsa melena. Me acordé del León de verdad. Se había tragado a *Star* sin despeinarse. Me estremecí.

—Menudo desastre —murmuré.

—Ni que lo digas —dijo mi madre—. ¿Sabías que Judy Garland ya tomaba pastillas cuando grabaron la película? Las cosas que vivió esa pobre chica… Si crees que yo fui una mala madre, deberías oír su historia.

No iba a rebatírselo.

—Estoy harta de esta película. ¿Te importa que veamos otra cosa?

—Claro que no, cariño —respondió mi madre—. No es lo mismo cuando ya sabes cómo acaba, ¿verdad?

Me habría encantado podérselo explicar. Por fin, por primera vez en la vida, mi madre estaba siendo sincera conmigo. Y sentía que lo mínimo que se merecía era que yo también lo fuera con ella. Pero si le contaba que el León Cobarde había existido de verdad, y que lo sabía porque lo había matado yo misma, después de que se tragara a su querida mascota, no iría a hablar con el subdirector Strachan. Iría directa al psiquiatra y me internaría en un hospital mental.

Cuando llegó el momento de irse a dormir, le di un abrazo de buenas noches. Olía igual que cuando yo era niña, antes del accidente, de las pastillas y de las borracheras: era un olor dulce y floral que siempre me había recordado a la primavera. Ella me devolvió el abrazo. La puerta de su habitación estaba abierta y, de repente, caí en la cuenta de algo.

—¿Dónde está tu cama? —pregunté, y me separé un poco.

—Oh —exclamó, y se encogió de hombros—. No podía permitirme dos camas. Pero no te preocupes, dormiré en el sofá. En un par de meses podré comprarme otra cama.

—Vamos, mamá. Yo puedo dormir en el sofá. Duerme en mi cama.

—Ya he sido demasiado egoísta en mi vida —contestó, mirándome a los ojos—. Creo que podré soportar dormir unas semanas en el sofá.

Sentí una punzada en el pecho. Culpabilidad. Jamás me había sentido tan culpable. Mi madre había reconstruido su vida con la esperanza de que su hija volviera a casa algún día. Y ahora que ese día había llegado, lo único en lo que pensaba era en volver a marcharme de allí. ¿Cómo se tomaría que desapareciera de nuevo? «No pienses en eso, Amy —me dije—. No puedes acostumbrarte a esto. Has venido a buscar los zapatos. Y punto». Lo más sensato iba a ser no complicar las cosas y, para ello, no podía encariñarme con mi madre. Tendría que encerrarme en mi caparazón, algo que había aprendido a hacer en Oz. De lo contrario, sería vulnerable. Un blanco fácil. Y, si pretendía marcharme de Kansas para siempre, no podía quitarme esa armadura de hierro.

—Que duermas bien —dije con voz áspera y fría. Cerré la puerta de mi habitación y, por el rabillo del ojo, vi aquella mirada triste y compungida. Pero en cuanto me tiré en la cama, una cama estrecha y desconocida, solo podía pensar en una cosa: en las lágrimas de mi madre.

Nox, mi madre… ¿A quién más tendría que romper el corazón para sobrevivir?

SIETE

Mi madre se marchó a primera hora de la mañana. Necesitaba entretenerme, así que cogí su viejo portátil, una carraca del siglo pasado, y lo encendí. Incluso oí el zumbido de los motores cuando abrí un navegador. Quería consultar la historia de Flat Hill, pero no pude resistirme. Tenía que buscarlo en Google. De inmediato apareció un vídeo titulado «Chica desaparecida en el tornado». Lo abrí sin pensármelo dos veces. En un lado de la pantalla estaba Nancy Grace, una reportera de la CNN que siempre se había encargado de cubrir juicios importantes y casos de personas desaparecidas. Al otro lado de la pantalla, vi a la mejor amiga de mi madre, Tawny. Nancy tenía la mala costumbre de arremeter contra las malas madres que, al parecer, no estaban pasando por un buen momento cuando sus hijos habían desaparecido.

—Y bien, ¿dónde estaba su amiga, la madre de la Chica del Tornado, cuando ocurrió la catástrofe?

—Estaba conmigo… estábamos en una fiesta del tornado —respondió Tawny con voz temblorosa, y luego rompió a llorar.

—Fiesta del tornado —repitió Nancy, arrastrando cada palabra con su acento sureño. En su boca, aquellas palabras sonaban aún peor.

Al oír la palabra «fiesta», cerré la pantalla. Ya había visto suficiente. Me centré en mi misión.

Durante varias horas, busqué información sobre la historia del condado, revisé diarios personales de granjeros y observé fotografías en blanco y negro de personas que se habían mudado a Kansas en la época de Dorothy con la esperanza de poder tener una vida mejor. No estaba segura de qué estaba buscando; pero esperaba que, cuando lo encontrara, lo sabría. Después de leer un millón de artículos sobre tornados, malas cosechas, sequías, enfermedades y pobreza, no pude evitar sentir lástima por Dorothy. Tal vez se hubiera convertido en un monstruo en Oz, pero lo cierto era que había tenido una vida muy dura en Kansas, más dura de lo que podía imaginar. *El maravilloso mago de Oz* había retratado su vida junto al tío Henry y la tía Em como idílica, pero no tuve que leer mucho para darme cuenta de que la vida de una huérfana en una granja de Kansas no habría sido un camino de rosas.

Y entonces lo encontré, en una página web histórica dedicada a las técnicas de impresión que utilizaban los periódicos antiguos. Di un brinco en el sofá y ahogué un grito. «Un reportero local entrevista a una superviviente del tornado de Kansas». Se trataba de un artículo de periódico escaneado; la página estaba amarillenta y algo raída por los bordes. Era del *Daily Kansan*, del año 1897. El papel estaba tan descolorido que era casi imposible leer las palabras; alguien había arrancado parte del artículo. Pero no me hizo falta nada más. «La señorita D. Gale, de Flat Hill, Kansas, un pueblecito de unas veinticinco personas, describe sus experiencias en el tornado como "realmente maravillosas", pero lo más fascinante de su historia es que sobrevivió al tornado que devastó el pueblo y destrozó su hogar. La señorita Gale relata unas visiones extraordinarias que, según ella, vivió durante la tormenta, incluyendo criaturas fantásticas y ciudades encan...». El artículo llegaba hasta ahí; alguien había arrancado esa parte del artículo y, a juzgar por el corte, daba la sensación de que lo había hecho a propósito. Y entonces leí el nombre del reportero que había escrito el artículo: L. F. Baum.

—¡Joder! —exclamé en el comedor de mi madre. Dorothy había sido una persona de carne y hueso. Había vivido justo allí, en el mismo pueblo donde yo me había criado. Y L. Frank Baum la había entrevistado. ¿Cómo era posible que nadie se hubiera enterado de eso? No había leído mucho sobre la obra de Baum, pero estaba bastante segura de que nadie sabía que el personaje de Dorothy estaba basado en una persona real. Le había explicado todo lo ocurrido, todas las experiencias que había vivido y él había convertido su historia en un libro. Dorothy había regresado a Kansas, igual que yo, y había retomado su vida sosa y aburrida de siempre. Nadie la creyó, ni siquiera el propio Baum.

Si Baum había incluido los zapatos de Dorothy en *El maravilloso mago de Oz*, habría sido porque ella le había hablado de ellos. El resto del artículo podría darme una pista para averiguar dónde estaban ahora. Tal vez Dorothy no había buscado los zapatos la primera vez que volvió a Kansas, pero no dudó en aceptar la oferta del segundo viaje a Oz. Si no los había buscado, tenían que estar allí. Y, si lograba dar con el resto del artículo, estaría más cerca de descubrir dónde estaban.

Visiones extraordinarias, de acuerdo. ¿Cómo era posible que nadie hubiera encontrado ese artículo? Todavía no podía creer que nadie se hubiera dado cuenta de que Dorothy había sido una persona de carne y hueso. Allí estaba pasando algo. Tenía que encontrar el resto de ese artículo. ¿Pero cómo?

Oí una llave girándose en la cerradura y me apresuré a borrar mi historial de búsqueda. Casi no tuve tiempo ni de dejar el portátil donde lo había encontrado, debajo de una pila de papeles y revistas, sobre la mesita del sofá. Cuando mi madre entró, pareció sorprenderse de encontrarme allí, en mitad de su apartamento y con cara de idiota.

—Eh, hola —dije—. Eh, acabo de… eh, levantarme.

Eché un vistazo al reloj de la cocina. Eran las cuatro de la tarde. En fin, dejé que pensara que me había vuelto una perezosa. Prefería eso que intentar decirle la verdad.

—Hola, cariño —saludó ella. Su voz sonó tranquila y cautelosa. Entonces recordé el modo en que me había despedido la noche anterior. Me sentí como la peor hija del mundo—. Buenas noticias —anunció—. He hablado con el subdirector Strachan. Dice que, dadas las circunstancias, tu período de expulsión ya ha terminado.

—Genial —dije—. Entonces, ¿puedo ir a clase mañana?

Ella me lanzó una mirada de asombro.

—¿Estás segura de que eso es lo que quieres, cariño? Has pasado un mes muy difícil. Pensé que tal vez preferirías quedarte unos días en casa y descansar. De hecho, si te apetece, podemos preguntar si hay algún modo de que acabes el trimestre aquí, en casa.

—Tengo que salir de aquí —dije, sin pensar. Ella hizo una mueca de dolor—. Lo que quiero decir es que… en fin, que quiero volver a la normalidad. Y cuánto antes, mejor —añadí—. Ya sabes, volver a la rutina de siempre. Creo que será lo mejor.

Mi madre suspiró.

—Lo que tú quieras, Amy. Es solo que… —Se quedó callada y luego encogió los hombros. Sabía que mi comentario le había dolido—. El subdirector Strachan no se ha alegrado mucho de la noticia —comentó mi madre—. Vas a tener que portarte bien. Y Amy, Madison sigue en el instituto. Sé que te saca de quicio y que es una experta en buscarte las cosquillas, pero vas a tener que aprender a soportarla. —Luego clavó la mirada en el suelo—. Si me necesitas, puedo ayudarte.

Casi me desternillo de la risa. A esas alturas, nada de lo que Madison Pendleton pudiera decirme podía molestarme. Pero entonces me di cuenta de que, una vez más, había herido los sentimientos de mi madre. Por supuesto. Ella se había ofrecido a ayudarme, y al oír mis carcajadas creyó que me estaba riendo de ella, y no de Madison. Me sentí horriblemente mal. Y luego me sentí peor por haberme sentido así. Lo mejor para las dos era mantener cierta distancia. Pero ella se estaba esforzando muchísimo... y yo empezaba a creer que había cambiado de verdad. Iba a echar mucho de menos a aquella versión renovada y mejorada de mi madre. Pero ella no era motivo suficiente como para quedarme en Flat Hill. ¿Verdad? No podía permitirme tantas dudas. Ya había tomado la decisión de volver a Oz. Lo que significaba que tenía que encontrar aquellos zapatos... y se me había ocurrido una idea.

OCHO

Al día siguiente por la mañana, me vestí con los vaqueros nuevos y los combiné con una de las camisetas que mi madre había elegido. Volvía a ser alumna de último curso del instituto Dwight D. Eisenhower. Los pasillos eran del mismo linóleo aburrido de siempre; todo el edificio apestaba a agua sucia y a las patatas grasientas que servían en la cafetería. Las taquillas seguían siendo de aquel gris metálico tan anodino. Ni siquiera una nueva capa de pintura podía cambiarles ese aspecto viejuno y soso. Las luces parpadeaban. Siempre había creído que la iluminación de una cárcel debía de ser así. Pero esta vez, todo era distinto. Ya no era una don nadie. Ya no era Amy, *la Sintecho*. Antes, el que se dignaba a mirarme, lo hacía con desdén. Ahora me había convertido en un personaje famoso, una especie de estrella. Y no me gustaba un pelo.

Daba lo mismo dónde fuera, siempre oía susurros a mi alrededor. Y cuando me cruzaba con otros alumnos por el pasillo, se giraban y me miraban de arriba abajo, mientras cuchicheaban entre ellos. Más de uno, y más de dos, me saludaron con voz melosa y dulce. Aquel tipo de comentarios me sacaba de quicio. Jamás me habían dirigido la palabra en su vida; eran como hienas, olían el drama y querían estar al corriente de lo ocurrido. Mi desaparición y mi milagroso retorno era lo más emocionante que había ocurrido en el instituto Dwight D. Eisenhower desde que Dustin había dejado preñada a Madison Pendleton. Pero no era estúpida, y no pensaba caer en su trampa de aparente familiaridad. Sabía muy bien quiénes eran mis amigos en Flat Hill: nadie.

«No os cortéis. Miradme», pensé para mis adentros. Podían mirar todo lo que quisieran porque jamás adivinarían lo que me había ocurrido durante mi ausencia. En este caso, la realidad superaba la ficción. Y, de todas formas, no había vuelto para ser la reina del baile. Había vuelto para salvar el maldito mundo. Sí, salvar el mundo. Lo único que me molestaba era que toda aquella gente jamás lo sabría.

Tardé un minuto en encontrar mi taquilla. No la reconocí. La habían convertido en un santuario. Decenas de lazos de colores colgaban del metal. Había flores secas metidas entre la rejilla de ventilación. Toda la superficie estaba cubierta de cartas y notas del tipo «te echamos de menos», «vuelve pronto», y un corazón con las palabras TE AÑORAMOS AMIE con una letra cursiva que parecía escrita por un niño de cinco años. Alguien incluso había colocado una fotografía mía y había enmarcado mi cara con un corazón de lentejuelas doradas. No lograba entender de dónde habían sacado aquella fotografía. La Amy pre-Oz me observaba con ademán amenazador, con unos tejanos sucios que su madre le había comprado en una tienda de segunda mano, preparada para enfrentarse a cualquiera.

Aquella situación me revolvió las tripas. Deseaba arrancar todas esas notitas y flores marchitas de mi taquilla, tirarlas al suelo y pisotearlas. Ninguna de aquellas personas se había preocupado por mí en su vida.

Empezaron a interesarse cuando creyeron que había muerto. Cuando por fin tuvieron una excusa para sentirse tristes, importantes, útiles. Cuando por fin había hecho algo interesante: suicidarme. Estaba a punto de vomitar. Giré la ruedecita de la taquilla y, sin tan solo pensarlo, los números vinieron solos. «Hay cosas que nunca cambian», pensé.

—¿Te gusta? Yo me encargué personalmente de organizar el comité de decoración.

Daba igual el tiempo que hubiera pasado en Oz, jamás olvidaría aquella voz. Me di la vuelta muy lentamente.

—Hola, Madison —dije. A ver, ¿qué iba a decir?

Al verla, me quedé boquiabierta. No, más que eso. Casi se me desencaja la mandíbula. Madison ya no estaba embarazada. Me sonreía de oreja a oreja, por encima de una cabecita diminuta y arrugada, la cabecita del bebé que llevaba amarrado en el pecho, con uno de aquellos extraños canguros para bebés que parecían diseñados para ahogar al crío. Con bebé o sin él, seguía siendo Madison. Llevaba un top corto de color rosa fucsia, con varias lentejuelas rosas cosidas, que dejaba al descubierto un vientre posparto sorprendentemente tonificado. Lo había combinado con unos pantalones de terciopelo rosa, con un gigantesco corazón rosa en el culo, y unas deportivas con plataforma, también rosas. Se había echado varios litros de colonia con olor a fresa y se había untado los labios con una buena capa de pintalabios rosa chicle.

—¿Anda, a quién tenemos por aquí? Pero si es Amy Gumm, recién llegada del mundo de los muertos —dijo—. Todos te dábamos por muerta, la verdad —añadió, y se echó a reír como una tonta—. Ahora en serio, reconozco que después de no tenerte por aquí durante un tiempo, casi te echo de menos. Casi. Por cierto, te presento a Dustin Júnior. —Dio una palmadita al bebé y él soltó un gemido. El bebé de Madison no podía ser más feo. Pensándolo bien, todos los bebés recién nacidos son bastante feos. Parecía un anciano en miniatura que había perdido la dentadura postiza. Tenía unos mofletes desproporcionados y la cara plana, como si se hubiera estrellado de frente contra una pared. Además, no tenía pelo; parecía un huevo. Sentí lástima por él. No era culpa suya que su madre fuera la zorra más cruel de Kansas... bueno, ahora que había vuelto, la segunda zorra más cruel.

En Oz había aprendido a enfrentarme a zorras mucho peores que Madison Pendleton. Aunque ahora que la tenía delante, caí en la cuenta de que Glinda y ella tenían algo en común: a las dos las fascinaba el color rosa, y cuánto más brillante, mejor. Quizás cuando te declarabas la Archienemiga Más Malvada del Mundo Mundial de alguien, te enviaban un kilo de purpurina rosa. O puede que todas las arpías tuvieran un gusto hortera y chabacano. Fuera como fuese, estaba condenada a tener que enfrentarme a tipas malvadas y, peor aún, vestidas de rosa de pies a cabeza.

—Eh... es... ejem... muy mono —balbuceé. Eso de mentir cada vez se me daba mejor, ¿verdad? Había matado a criaturas monstruosas en Oz. Ella, en cambio, solo había parido a una de ellas.

Madison sonrió. Me sorprendió no ver su habitual sonrisa, la sonrisa de un gato que está a punto de abalanzarse sobre un canario para zampárselo. Era una sonrisa genuina, casi tierna. Echó un vistazo a Dustin Júnior y le acarició la calvorota con un dedo.

—Lo sé —dijo con voz dulce—. Es de locos cómo te puede cambiar la vida en solo un mes.

—Ni que lo digas —murmuré, y miré de reojo mi taquilla—. Gracias, ejem, por todo esto —añadí. Por algún motivo que no lograba entender, Madison seguía allí plantada.

Encogió los hombros.

—A ver, es lo menos que podía hacer. Sé que nunca nos llevamos bien, Amy, pero no quería que... en fin, que te murieras. Para ser sincera... —susurró, y luego se quedó callada. Empezó a mordisquearse una uña, pintada de rosa, por supuesto. Arqueé una ceja y ella prosiguió—: Para ser sincera, creo que me comporté como una zorra contigo. Tú también me las hiciste pasar canutas. Y además ibas detrás de mi novio como un perrito faldero.

—¡Qué va! —protesté.

Ella puso los ojos en blanco.

—Por favor —dijo, y de repente puso una voz aguda, como si estuviera imitándome—. «Oh, Dustin, claro que te haré los deberes de álgebra. Oh, Dustin, si quieres puedo darte clases particulares». Ni siquiera tuviste el detalle de disimular.

—Pero si era él quien me lo pedía —repliqué.

—Dustin no es un chico muy inteligente que digamos —dijo Madison—, pero reconoce a un pringado en cuanto lo ve. Y él siempre supo que eras una chica lista.

Me quedé mirándola; no sabía qué hacer, si reírme o pegarle un puñetazo. ¿Madison estaba intentando hacer las paces conmigo? Sus técnicas seguían siendo igual de retorcidas y extrañas que siempre. ¿Qué pretendía? ¿Que fuéramos amigas? ¿Y cómo pretendía conseguirlo? ¿Burlándose de su novio atleta? Siempre había tenido debilidad por Dustin, en eso llevaba razón. En eso, y en que el pobre chaval no tenía muchas luces.

—Mira —dijo, y volvió a encogerse de hombros—. Cuando desapareciste de la noche a la mañana, me di cuenta de que eres... una de las pocas personas interesantes de este pueblo de mala muerte. El instituto ha sido muy aburrido sin ti, Sal, digo, Amy —dijo. Luego se metió el dedo en la boca y se arrancó un trocito de uña—. Voy a llegar tarde a clase. Nos vemos —añadió. Dustin Júnior le echó una vomitona en el hombro y luego se marcharon.

Aquello fue muy raro. Pero no fue lo más raro que me iba a ocurrir ese día.

NUEVE

El señor Strachan le entregó a mi madre mi antiguo horario; cada vez que entraba en una clase, la misma historia. En cuanto ponía un pie dentro del aula, todo el mundo enmudecía de repente. Todo el mundo, repito, todo el mundo, se giraba y me miraba de arriba abajo; yo me arrastraba sigilosamente hacia mi asiento, tratando de pasar desapercibida. Unos segundos más tarde, reanudaban la cháchara, pero esta vez murmuraban en voz baja para que yo no los oyera. La discreción nunca ha sido una de las virtudes de Flat Hill, desde luego, así que, sin quererlo, oí algún que otro comentario. «Se volvió loca y...». «Se fugó con un tío, igual que su madre...». «Se ha pasado un mes borracha, bebiéndose hasta el agua de los floreros, y ahora nos quiere hacer creer que ha estado en el hospital...». Me quedó bien claro. Nadie se había tragado la historia del hospital. Qué rabia. Me senté con la espalda bien recta y la mirada clavada en la pizarra; anoté todos los ejercicios que debía hacer para ponerme al día y solo abrí la boca cuando fue necesario, es decir, nunca. Así pues, aproveché esos momentos para pensar en cómo iba a empezar mi búsqueda de los zapatos. Ni siquiera los profesores se atrevían a mirarme a los ojos. «Qué más da», pensé.

Tampoco es que antes tuviera un montón de amigos, la verdad. Al menos esta vez nadie me lanzaba comida, ni me gritaba «¿Te has comprado esos zapatos en el mercadillo, vagabunda?», al verme pasar. Ser una paria tenía sus ventajas, eso era evidente.

A la hora del almuerzo, me abrí paso entre una nube de silencio que me persiguió mientras cruzaba la cafetería y que explotó en un sinfín de susurros en cuanto salí por la puerta. Yo andaba con la cabeza bien alta y los hombros cuadrados, como si estuviera atravesando uno de los salones para banquetes de Dorothy. Encontré una mesa vacía junto a la ventana, en una de las esquinas de la cafetería, y saqué un triste bocadillo que mi madre me había preparado. Un trozo de papel se cayó al suelo; en cuanto me agaché a recogerlo, reconocí la caligrafía cursiva de mi madre: «Te quiero, Amy. Me alegro mucho de que hayas vuelto a casa».

¿Notitas en la bolsa del almuerzo? Estaba sacando la artillería pesada, desde luego. Quién sabe, a lo mejor pretendía ganarse un Óscar como mejor actriz revelación por su papel como Madre Entregada y Preocupada. Intenté ignorar aquel detalle, pero admito que una parte de mí se había emocionado. Recordé el día que cumplí nueve años. Nadie se había presentado a mi fiesta de cumpleaños, así que, para ahogar mis penas, mi madre me preparó un delicioso pastel y me compró un montón de latas de Sprite. «No puedes pensar así», me reprendí. No podía hacerlo. Guardé la nota en el bolsillo de mis tejanos.

De repente, dos siluetas se acomodaron a mi lado, lo cual me sorprendió muchísimo.

—Hola, Amy —saludó Dustin con voz tímida.

—Hola otra vez —dijo Madison.

—*Lrrbbble* —añadió Dustin Júnior.

—Está bien —dije, y dejé el bocadillo sobre la

mesa—. Corta el rollo, Madison. Con esto del posparto se te ha ido la pinza. Hay mujeres que se deprimen y hay quienes, como tú, se vuelven de lo más simpáticas. Lo siento, pero no me interesa. ¿Qué quieres?

—Quiero almorzar contigo —respondió con toda la calma del mundo. Su almuerzo, que consistía en un bocadillo de carne asada cuyo pan costaba más que mis tejanos nuevos, estaba debidamente guardado en un recipiente de plástico en el que también había unos palitos de zanahoria y unos dados de manzana. Le ofreció a Dustin Júnior un palito de zanahoria, pero el pobre crío ni siquiera podía cogerlo.

—¿No es demasiado pequeño para comer algo tan sólido? —pregunté.

Madison se encogió de hombros.

—Entre tú y yo, me muero de ganas de que empiece a comer solo —explicó—. Esto de la lactancia es muy esclavo, me está matando.

De golpe y porrazo, Madison se levantó la camiseta y se sacó un pecho. Me dejó sin palabras, desde luego. Pero de este modo, Dustin Júnior pudo disfrutar de su almuerzo.

Dustin Padre estaba a punto de zamparse una *pizza* de la cafetería. Había olvidado cómo apestaban las *pizzas* que servían en el instituto. Era justo lo que necesitaba para acabar de convencerme de que tenía que pirarme de Kansas para siempre.

—Mmmmmm —murmuró, pero ni siquiera eso logró convencernos.

—D, esa *pizza* no vale nada —dijo Madison, poniendo los ojos en blanco.

—En serio, chicos. Rebobinad —pedí—. ¿Por qué os habéis sentado aquí? ¿Qué está pasando?

Estaba con la mosca detrás de la oreja. De aquellos dos, me esperaba cualquier cosa. En cualquier momento, Madison soltaría algún comentario ofensivo que, sin lugar a dudas, tenía guardado debajo de la manga. O me humillaría en mitad de la cafetería y se burlaría de mi ropa, o de mi pelo, para que todo el mundo se riera de mí.

Dustin nos miraba con cierto nerviosismo.

—No está pasando nada, Sal... digo Amy —dijo—. Sé que Madison fue un poco borde contigo...

—¿Un poco borde?

No fui capaz de esconder la rabia, ni el dolor. Madison había conseguido que mi vida en Kansas fuera un tremendo infierno. Se había encargado personalmente de que no tuviera ninguna amiga. Se había dedicado a reírse de mí durante todos los días de mi vida por llevar ropa de segunda mano. Había esparcido rumores sobre todas las veces que mi madre había vuelto a casa tan borracha que ni siquiera podía caminar en línea recta, o con tipos muy raros que ni se molestaban en pasar la noche en casa. No creo que supiera que todo lo que decía de ella era verdad.

—Está bien. Mira —dijo Madison—, te seré sincera. Sé que fui una zorra contigo. Y sé que soy una zorra. Lo reconozco. Pero déjame que me explique, por favor. Estaba convencida de que era lo más de lo más, de que estaba por encima del resto del mundo —dijo, haciendo un gesto de desdén hacia la cafetería—. Me creía la reina de todo este antro. Un trabajo de categoría, ¿no crees? Pero me quedé preñada y, para cuando me enteré, ya era demasiado tarde para intentar arreglarlo... A ver, estamos en Kansas y, como comprenderás, no es nada fácil encontrar a alguien que te lleve hasta Nueva York para solucionar el «problema». El instituto ya tenía nueva mascota: Madison Pendleton, la reina del baile que se había quedado embarazada del amor de su vida, una estrella del fútbol con un futuro prometedor.

Sin embargo, las cosas se torcieron y, en lugar de eso, me convertí en Madison Pendleton, una golfa que se había quedado preñada y que traía a su hijo bastardo al instituto Dwight D. Eisenhower, después, obviamente, de haber arruinado la vida a una estrella del fútbol. Todo el mundo esperaba que dejara el instituto cuando pariera al bebé, para evitar chismes y miraditas, o que lo diera en adopción, o que me pusiera en plan dramática. Pero no hice nada de todo eso. Me planté en el despacho de Strachan y me puse a gritar como una loca durante veinte minutos, hasta que por fin accedió a que trajera el bebé al colegio. Era la única forma de poder graduarme a tiempo. Si quieres saber la verdad, Amy Gumm, yo tampoco tengo amigas. Estoy tan sola como tú, cariño. Así que ahora podemos ser las zorras que mandan en este sitio. Eso suponiendo que tengas lo que hay que tener para serlo, claro.

—Eh, no os olvidéis de mí —dijo Dustin, un tanto dolido. Madison le regaló una sonrisa, la misma sonrisa cariñosa y dulce que le había regalado a su hijo. Aunque lo miraba con ojos tristes, melancólicos—. Ella no me arruinó la vida —añadió—. Me partí la rodilla en un partido, justo antes de que Dustin Júnior naciera.

Me quedé mirando a Madison. Me había dejado sin palabras. Jamás la había oído hablar durante tanto rato sin que se le escapase un insulto y, mucho menos, mostrar una pizca de vulnerabilidad. De pronto, pensé en todas las veces que, en Oz, había fingido ser algo que no era. Lo había hecho para protegerme, para sobrevivir. Traté de imaginarme cómo habría sido todo aquello para Madison, embarazada a los dieciséis, a sabiendas de que nunca podría salir de aquel pueblo de mala muerte. No la perdoné, pero reconozco que la comprendí.

—¿Y dónde están…? —pregunté mientras trataba

de recordar los nombres de los clones de Madison, es decir, sus esbirros más fieles.

—¿Amber? —resopló Madison y echó un vistazo a la cafetería.

Amber, que iba vestida exactamente igual que Madison, con un conjunto rosa chicle repleto de lentejuelas brillantes, era el centro de atención de la mesa de los populares. Estaba rodeada de varios atletas, de sus discípulas (cómo no), que también lucían un modelito igual de hortera que ella, y un par de parásitos. Fue como si pudiera percibir la fuerza de la mirada de Madison porque, en aquel preciso instante, nos miró y se rio. Sin apartar la mirada, Madison levantó lentamente el dedo corazón. Amber se quedó pálida y miró hacia otro lado. Abeja reina o no, Madison seguía dando mucho miedo.

—Me han degradado —dijo, con un tono casi alegre—. En fin, qué le vamos a hacer. La verdad es que me han hecho un favor, ahora tengo mucho más tiempo.

—Pero Dustin y tú podríais casaros —propuse—. Podríais contratar a una canguro para el bebé. Y así podrías acabar el instituto.

—Mis padres me han echado de casa —respondió—. Así que me he quedado sin canguro gratis. Además, Dustin y yo ya no estamos juntos —añadió. Luego lo miró y arqueó una ceja.

Madison parecía sincera y, aunque había bebido de su propia medicina, todavía no me fiaba del todo de ella. No estaba preparada para perdonarle tantos años de humillaciones y burlas. Para ella, reírse de mí había sido una de sus aficiones favoritas.

Sin embargo, percibí cierta intimidad entre nosotras. Conocía a Madison mejor que nadie. No me había quedado otro remedio; había tenido que aprender a esquivarla o anticiparme a sus insultos. Nunca había visto aquella parte de Madison. Hasta daba la sensación de que estaba arrepentida. Aunque tal vez la maternidad le había servido para ser aún más cruel y retorcida.

Mientras trataba de entender a Madison, me olvidé completamente de la conversación. Cuando volví a la realidad, me di cuenta de que Dustin seguía hablando.

—A ver, por supuesto que voy a ayudarla con el bebé. Mis padres se lo han tomado bastante bien; han acogido a Madison en casa y dejarán que se quede el tiempo que necesite, hasta que decidamos qué hacer. —Soltó un suspiro y se llevó las manos a la cabeza—. Los dos sabemos que no estamos hechos el uno para el otro. Pero nos tenemos mucho cariño. La situación no es fácil —dijo—, pero seguro que encontraremos una salida.

Madison apoyó la cabeza en el hombro de Dustin y él le acarició la mejilla. Se querían, eso saltaba a la vista. Cuando creían que no les estaba mirando, se lanzaban miraditas llenas de ternura. Madison y Dustin habían roto, pero entre ellos reinaba una paz muy amorosa. Era muy raro, para qué engañarnos. Pero supongo que hay muchas formas de quererse. Y también saltaba a la vista que los dos adoraban a Dustin Júnior. Madison pareció leerme la mente porque, de repente, le entregó el bebé a Dustin. Él lo acunó entre sus brazos mientras Madison los contemplaba con los ojos llenos de ternura.

Me había quedado claro que Nox jamás podría ser mi compañero de viaje, ¿pero podríamos llegar a algo parecido a eso?

Madison se aclaró la garganta.

—Bueno, Amy, suéltalo —dijo—. ¿Dónde diablos has estado? Y no me digas que en un hospital. Lo siento, pero no me lo trago. Estoy segura de que ni siquiera Strachan se habrá creído esa mierda de historia. Venga, desembucha.

No podía contárselo. Ni de broma. Pero, aunque me costara admitirlo, empezaba a gustarme aquel nuevo Equipo Madison. Por extraño que pueda parecer, aquella pareja había conseguido emocionarme. ¿Podía confiar en ellos? ¿Y qué más daba? Qué diablos, tampoco tenía a nadie más.

—Tengo una idea mejor —respondí—. ¿Por qué no me ayudáis con un asunto?

Dustin Júnior balbuceó algo y, de pronto, vomitó. Madison limpió la vomitona en un santiamén y luego arqueó una ceja perfectamente depilada.

—¿Qué tipo de asunto?

—Un asunto secreto —murmuré.

A Madison se le iluminaron los ojos.

—Me encantan los secretos —dijo mientras su bebé se reía—. Dios mío, cuánto te he echado de menos.

—¿Recuerdas el trabajo que hiciste sobre Dorothy? —Ella asintió—. Pues vais a ayudarme a encontrar los zapatos de esa zorra.

DIEZ

—¿Los zapatos de Dorothy? —preguntó Madison, con los ojos como platos—. A ver si va a ser verdad que te diste un golpe en la cabeza. Noticias de última hora, cariño: Dorothy no es una persona real.

—Bueno… —dije vacilante—. Puedo explicarlo…

Sin embargo, el timbre que marcaba el fin del almuerzo me interrumpió. Dustin y Madison me miraban fijamente, sin tan siquiera pestañear. Dustin Júnior echó un eructo y cerró los ojos.

—Veámonos después de clase —dije—. En la escalera de la entrada. Lo entenderéis. Más o menos. Os lo prometo. —Pero los dos estaban recogiendo los libros y no me escucharon.

—Tengo que cambiar a este hombrecito —dijo Madison, sin siquiera mirarme a los ojos.

Está bien. Madison había sido lo peor que me había ocurrido antes de viajar a Oz. Dustin, en cambio, era un iluso atontado con quién había creído tener algo en común. ¿A quién pretendía engañar? No éramos amigos. Pero daba lo mismo, porque no los necesitaba. Hasta ahora, me había apañado muy bien yo solita. Y podía seguir haciéndolo. Dustin se despidió con la mano y los dos se marcharon.

Al menos él siempre había sido amable conmigo. Aunque solo fuera porque quería pedirme algo.

Necesitaba un plan, pero no sabía ni por dónde empezar. Gert, Mombi y Glamora no me habían dado muchas pistas, la verdad. En el cambio de clase, me escabullí hacia el cuarto de baño de chicas, me encerré en uno de los lavabos y me concentré para crear un par de zarcillos mágicos. Solo quería comprobar si funcionaba. Pero nada. Iba a tener que hacerlo a la antigua, es decir, sin la ayuda de la magia. El problema era que no tenía ni idea de por dónde empezar.

Para rematar el día, tenía una reunión con el subdirector Strachan. Le había dicho a mi madre que tenía que presentarme en su despacho el primer día de clase. Lo último que quería era meterme en problemas, así que salí corriendo hacia su despacho y llegué diez minutos antes, por si acaso. La secretaria, la señora Perkins, era un vejestorio que debía de trabajar en el instituto desde que mi abuela llevaba pañales.

Era una ancianita de lo más dulce; siempre iba muy conjuntada y siempre guardaba un bote lleno de piruletas en el cajón de su escritorio. Y lo sabía porque había pasado mucho tiempo en el despacho del subdirector Strachan. Pero la señora Perkins nunca me había juzgado, y eso que me había metido en líos en muchísimas ocasiones. Siempre creí que estaba de mi lado.

—¡Amy! —exclamó en cuanto me vio entrar en el despacho—. ¡Hace muchísimo que no nos haces una visita! —añadió; me guiñó un ojo y me regaló una piruleta. Ni siquiera esperó a que se la pidiera—. El subdirector te atenderá en un momento. Siéntate.

—¡Cherry! Cómo me alegro de verte —dije, y tomé asiento en una de aquellas sillas de plástico tan incómodas. La verdad es que las piruletas de la señora Perkins no eran santo de mi devoción, pero ella siempre se ponía la mar de contenta cuando cogía una y fingía no poder ser más feliz. Unos minutos después, oí al subdirector Strachan gritar mi nombre desde el otro lado de su puerta. La señora Perkins me guiñó un ojo de nuevo. Inspiré hondo y entré en su despacho.

Yo había cambiado muchísimo en el último mes, pero el subdirector Strachan estaba exactamente igual. Sus gafas, que consistían en un par de alambres, se le escurrían por aquella narizota bulbosa. Su tupé, de color negro azabache, estaba un poquitín torcido, y dejaba a la vista un mechón de cabello grisáceo. Llevaba el mismo traje que solía llevar todos los días y que, con toda probabilidad, había llevado desde 1995. Sus ojos, redondos y brillantes, me observaban a través de los cristales sucios de sus gafas. Y, como de costumbre, no parecía alegrarse mucho de verme por allí.

—Señorita Gumm —gruñó, y señaló una silla que había en una esquina, como si fuera una niña de cinco años. La piruleta ya la tenía—. Qué bien tenerte de nuevo entre nosotros después de tu breve... ausencia.

—Estaba en el hospital —dije.

—Tu madre ya me ha puesto al día, gracias. También me ha comentado sus preocupaciones —dijo—. Tu madre nos ha sugerido que volvamos a admitirte, pero no sé si es buena idea. Tu historial demuestra que eres una experta en provocar peleas...

—¡Yo nunca las provoco! —protesté.

Él frunció el ceño e hizo un ruidito con la lengua.

—Ya me estás llevando la contraria. Por lo que veo, no has cambiado mucho. Mira, jovencita. Tu madre ya me ha contado esa historia del hospital. Pero creo que los tres sabemos que es mentira. No sé dónde has estado durante todo este mes, señorita Gumm, pero te lo advierto: el más mínimo problema y te expulsaremos. Y será una expulsión permanente. ¿Lo has entendido?

Abrí la boca para protestar y luego la cerré. Si me echaban del instituto, no podría buscar los zapatos, lo que significaba que no podría regresar a Oz. Ni yo, ni nadie.

—Sí, señor —respondí dócilmente, tragándome así mi orgullo—. Lo siento.

—Según tu historial, ahora mismo deberías estar expulsada —farfulló, pero al parecer mi disculpa lo había ablandado un poco—. Vuelve a clase. Y ándate con mucho cuidado. No quiero verte aquí otra vez.

Asentí con la cabeza y obedecí sin rechistar. Antes de salir del despacho, la señora Perkins me regaló otra piruleta a escondidas.

De camino a clase, me paré delante de la vieja maqueta que había frente a la puerta principal del instituto. En ella, se representaba la imagen más famosa de Kansas: *El mago de Oz*. Había una granja del tamaño de una casita de muñecas y, al fondo, se avistaba un tornado. Más allá del tornado se había dibujado un paisaje dorado y brillante, Oz. Incluso había vaquitas pastando por el prado, un prado de plástico, obviamente, que rodeaba la granja. También vi a una Dorothy de plástico, con su vestidito de cuadros y observando cómo avanzaba el tornado hacia la granja. El pequeño *Toto* brincaba a sus pies. Aquella maqueta debió de haber sido preciosa cuando la instalaron, pero llevaba allí tantísimo tiempo que ahora, después de varios años, o incluso décadas, una capa de polvo se había posado sobre todas las figuritas, escondiendo todos los detalles bajo motas grises. El plástico del prado se había quemado y casi todas las vacas habían volcado.

Nunca le había prestado especial atención a la maqueta, pero ahora había cobrado un significado muy importante en mi vida, sobre todo después de haber leído el artículo que había escrito el mismísimo autor del libro. Sabía que Dorothy era real; de hecho, había estado a punto de matarme en infinitas ocasiones. Pero me costaba creer que hubiera sido una chica como yo, una chica de carne y hueso. Dorothy había vivido en una granja destartalada, en el mismo pueblo de mala muerte que yo. Y sus zapatos encantados tal vez aún estaban allí. Me costaba creer que, si las brujas lo habían averiguado, nadie más hubiera caído en la cuenta de que el personaje de Dorothy había sido real. Yo misma había encontrado el artículo navegando por Internet. Todo el mundo conocía la historia de Dorothy. Así que, ¿cómo era posible que en cien años nadie se hubiera enterado de que la historia era real? ¿Acaso alguien había intentado ocultarla? Fue la única explicación que se me ocurrió, aunque no me imaginaba quién habría querido hacer algo así, ni por qué.

En fin, era absurdo preocuparse por eso; tenía otros asuntos de los que ocuparme. Si los zapatos estaban allí, tendría que ingeniármelas para buscarlos sin que me pillaran. Pero no solo eso, tampoco podría meterme en ningún lío. Además tendría que hacer todo lo posible para que el subdirector Strachan estuviera contento. Ah, y convencer a mi madre de que todo iba sobre ruedas. No podía dejar de pensar en la conversación que habíamos mantenido en el despacho; había asegurado que los tres sabíamos que la historia del hospital era una mentira como una catedral. ¿Por eso mi madre no había hecho preguntas? ¿Porque sabía que me la había inventado? ¿Creía que me había fugado, que había utilizado el tornado como excusa para escaparme de casa? ¿Había fingido creerme porque temía que la verdad fuera demasiado hiriente? Apunté todas esas preguntas en la lista de «cosas que debo averiguar» y salí pitando a clase de química. Tenía mucho trabajo que hacer, y necesitaba que todo el mundo creyera que estaba feliz y contenta por haber vuelto a casa, al menos hasta que tuviera otra oportunidad de escapar.

ONCE

Después del numerito en la cafetería, la verdad es que no esperaba ver a Madison y a Dustin esperándome en la escalera principal del instituto después de clase. Se lo había propuesto, pero me había dado la sensación de que no me habían escuchado. Abrí los ojos como platos, con gesto cómico, y Madison sonrió.

—No sé qué te ha ocurrido —dijo—, pero eres lo más interesante que ha pasado por Flat Hill desde que un pirado decidió asentarse en un desierto tan feo como este.

Me sentí aliviada y eso me pilló un poco por sorpresa. No estaba sola, al menos, de momento.

Si le hubieras dicho a la antigua Amy Gumm que quedaría con Madison Pendleton, Dustin y su bebé baboso después de clase, te habría contestado que habías perdido la chaveta. Pero, una vez más, esa Amy Gumm era cosa del pasado. Tendría que tomármelo con filosofía.

—La verdad es que es una larga historia —respondí y, de repente, puse en marcha todos los mecanismos de mi mente. Tenía que inventarme algo para convencerlos de que Dorothy era real, pero no podía contarles toda la verdad. Ni parte de ella, dicho sea de paso.

—¿Qué te parece si vamos al centro a comer un helado? Así nos lo podrás contar todo —propuso Madison. Al ver la cara que puse, se echó a reír. ¿Madison? ¿Comida calórica? Aquello era un mundo nuevo para mí—. ¿Qué pasa? Ya sé que no estoy embarazada, pero sigo con los antojos. Y lo que más me apetece comer son pepinillos en vinagre, ¿puedes creerlo?

—Madison se ha vuelto una zampabollos de primera —dijo Dustin.

—Cierra el pico —replicó Madison, y le asestó un codazo.

—Venga, vamos —dije.

La farmacia de Flat Hill, que consistía en una botica con varios medicamentos y ungüentos caducados y una especie de cafetería, con una barra y un par de mesas, parecía sacada de 1950. De hecho, debía de ser de 1950. Nadie se había molestado en limpiarla desde entonces. La barra, larga y anticuada, siempre estaba pegajosa. El tapizado de los taburetes estaba roto y agrietado, revelando así la espuma amarillenta que había debajo. Y solo servían helado de tres sabores, vainilla, chocolate y fresa. Pero no había otro lugar adonde ir. Los críos ya habían salido del colegio y ahora se agolpaban en las mesas que había frente a la ventana. Nos miraron con desprecio, pero Madison mantuvo la cabeza bien alta y los ignoró. Con toda la dignidad que pudo, se sentó en uno de los taburetes de la barra, con Dustin Júnior sobre su regazo y Dustin padre a su lado.

—Está bien —empecé, después de que Madison hubiera pedido una copa enorme de helado de chocolate, «¡con extra de sirope de caramelo!», había ladrado. Ahora se estaba metiendo una gigantesca cucharada de helado en la boca—. ¿Sabéis que Dorothy, la protagonista de *El maravilloso mago de Oz*, es de Kansas?

—Sí, Amy, lo sabemos —respondió Madison.

—Encontré una parte de un artículo de periódico. Se escribió en 1897 —expliqué—, y lo escribió L. Frank Baum, el autor de los libros originales. El artículo era una entrevista a una chica llamada Dorothy; al parecer, había sobrevivido a un tornado que había arrasado Flat Hill ese mismo año. Ella le contó que había tenido visiones muy extrañas sobre un lugar maravilloso.

Madison y Dustin me miraban con atención.

—¿Y? —preguntó al fin Dustin.

—Bueno, eso demostraría que Dorothy no era un personaje inventado, sino una persona real. Así que sus zapatos, también deben de serlo —contesté. Está bien, a lo mejor no había utilizado el mejor argumento para convencerlos.

Dustin arrugó la frente y Madison sonrió.

—Es su cara de «estoy pensando» —comentó Madison, y Dustin le lanzó una mirada furiosa.

—Amy —dijo él—, aunque el artículo que has encontrado demostrara que Dorothy era real, Oz no es real. Ella no fue más que una chica que se golpeó la cabeza durante un tornado y sufrió alucinaciones. Así que los zapatos no pueden ser reales, porque según los libros, ella consiguió los zapatos en Oz, y Oz no existe.

—De acuerdo —murmuré—. A ver, eh, yo lo que quiero es buscar sus zapatos, pero de una forma metafórica. Lo que quiero decir es que… —pensé rápido— es que podemos demostrar que fue real si conseguimos encontrar el resto de ese artículo. Y luego, eh, ¡nos haremos famosos! —añadí con voz alegre—. Superfamosos. Nos haremos virales. Es nuestro pasaporte para largarnos de Flat Hill para siempre.

Madison me observaba sin pestañear.

—Está bien. ¿Qué parte no nos estás contando?

—¿Perdón?

—Amy, todo esto es de locos. No me andaré con rodeos: tu historia no tiene ni pies ni cabeza. Recapitulemos. Un tornado se traga tu casa. Desapareces durante un mes. Vuelves a casa y le cuentas a todo el mundo que has estado en el hospital, lo cual es claramente mentira, ¿y ahora estás obsesionada con demostrar que la protagonista de una película, malísima y demasiado cursi, por cierto, no era un personaje, sino una persona de verdad?

—Yo... bueno, sí —contesté—. A ver, puedo hacerlo solita. Entiendo que no queráis ayudarme.

—¿Ayudarte a qué, exactamente? —preguntó Madison. Utilizó un tono demasiado tranquilo y paciente, como si tuviera la misma madurez que su hijo Dustin Júnior.

—A encontrar los zapa... eh, a encontrar más pruebas que demuestren que Dorothy existió —contesté con un hilo de voz—. A ver... no fui capaz de encontrar el resto del artículo. Pero sé que debe de haber alguna especie de... no sé, colección de periódicos, o algo parecido. Su granja estaba justo donde ahora está el instituto. Lo que quiero decir con todo esto es que tiene que haber más cosas aquí sobre ella.

—¿Cómo te has enterado de que la granja de Dorothy estaba ahí? —preguntó Madison.

—Yo, eh... —titubeé—. Esto... ejem, es una suposición. —Los dos me miraban como si me hubiera crecido una tercera cabeza—. ¿Es que no os dais cuenta, chicos? Si logramos demostrar que Dorothy existió, nos haremos famosos. Saldremos por la tele. Y en todas las portadas de los periódicos. —Al oír eso, Madison cambió su expresión. Ahora parecía intrigada, incluso interesada—. En fin, he pensado que podría empezar intentando encontrar el artículo completo de Baum y, eh, a partir de ahí ya se verá.

—¿Por qué no vas a la biblioteca? —preguntó Dustin.

—¿La biblioteca?

—El archivo histórico de Flat Hill está en la biblioteca del instituto —explicó él—. Una vez me expulsaron de clase y me hicieron ordenar un montón de libros.

—Oh, Dios mío, Dustin. Eres un genio —suspiré. Por supuesto. Era demasiado obvio. Ahí estaba, preocupada por no poder utilizar mi magia cuando todo lo que necesitaba era encontrar un viejo periódico.

—Sí, no está nada mal —dijo Madison, y le dio una palmadita en la espalda.

—El único problema es que guardan los archivos más antiguos bajo llave; necesitarás un permiso especial para poder entrar allí —añadió Dustin—. Si no recuerdo mal, solo te dejan entrar si estás investigando algo o quieres hacer un artículo para la revista del instituto.

Se me encogió el corazón. Genial, justo lo que necesitaba. Todo lo que quería estaba encerrado en un cuartucho lleno de polvo, escondido en la trastienda de la biblioteca. Y lo peor de todo era que no podía entrar utilizando mi magia.

—A lo mejor podría colarme por la noche —propuse.

—¡Hala! Sí que te has tomado en serio el tema —dijo Madison—. ¿Por qué no haces que te expulsen de clase?

—¿Qué?

—A ver, Dustin llegó allí porque lo habían expulsado de clase, así que no es tan descabellado pensar que, si consigues que te expulsen, podrás entrar allí —explicó Madison muy razonablemente—. Si quieres compañía, nosotros también podemos intentar que nos expulsen —añadió, sosteniendo a Dustin Júnior en el aire—. Sacar a Strachan de sus casillas se ha convertido en mi afición favorita. Dustin puede mearse en su escritorio, o algo así.

—Ni de broma —dijo Dustin.

—Me refería al bebé.

—Ya lo sé. Pero deja en paz a Strachan, Mad. Te la estás jugando, y lo sabes. Él está deseando encontrar una excusa para echarte del instituto de una patada. No se lo pongas en bandeja, anda. Pero si necesitas a alguien que te ayude a buscar ese artículo, Amy, puedo acompañarte. Lo único que tengo que hacer es llegar tarde un par de veces.

Madison hizo pucheros.

—Eres muy aburrido —suspiró.

—A Strachan también le encantaría echarme del instituto —comenté—. Tengo que encontrar el modo de meterme en un lío pero sin meterme en un lío. ¿Me explico?

—Uy, pero a mí me suena que estás castigada… —dijo Madison, batiendo las pestañas—. Recuerdo una pelea en mitad del pasillo con una pobre alumna embarazada e indefensa.

—¡Claro! —dije, y casi me doy una bofetada en la frente—. Iré a su despacho y le diré que no pretendo librarme de mi castigo. Tienes una mente brillante, Madison.

—Lo sé —respondió ella; se había ventilado todo el helado y ahora miraba la copa vacía con ojos de cordero degollado, como si quisiera pedir una segunda copa. ¿Cómo podía estar tan delgada? ¿Y tan en forma?—. Lactancia —dijo, despejando así todas mis dudas—. Además, llevar a este pequeñín todo el día encima me deja molida. No he estado más en forma en toda mi vida.

—Si te veo comer una cucharada más de helado, te

juro que vomito —dijo Dustin con firmeza, y apartó la copa de helado. Dustin Júnior se despertó y se puso a lloriquear. Todas las cabezas se giraron hacia Madison y ella trató de calmarlo, pero no lo logró—. Deberíamos marcharnos —propuso Dustin—, pero te veo mañana en el trullo —añadió con una sonrisa de oreja a oreja.

Me habría encantado achucharlos. A los dos. Por primera vez desde que había vuelto a Kansas, tenía un plan.

—Sí, nos vemos mañana —dije.

DOCE

Entré en el edificio donde ahora vivía mi madre. El pasillo estaba oscuro y tranquilo. Un gato pasó por mi lado y me acarició la pierna; seguramente por eso el pasillo apestaba a pis de gato. Mi madre estaba en casa y el apartamento olía delicioso, a comida casera. Un tipo que no reconocí estaba sentado en el sofá.

—Hola —dijo, y se puso en pie de un brinco—. Tú debes de ser Amy. He oído hablar mucho de ti. Soy Jake —añadió, y extendió una mano. Me quedé mirándolo durante unos segundos, hasta que caí en la cuenta de que pretendía que se la estrechara.

—Eh, hola —saludé. Era bastante guapo, con su estilo granjero, claro: llevaba un par de días sin afeitarse, pero aquella barba incipiente le otorgaba un aspecto varonil, no descuidado o desaliñado. Llevaba una camiseta de manga corta, que dejaba al descubierto unos brazos bronceados y musculosos, y unos tejanos limpios pero muy viejos. Mientras me estrechaba la mano, se quitó la gorra que, por cierto, tenía cosido el logotipo de una marca de tractores.

—¿Amy? —llamó mi madre desde la cocina. Y luego vino corriendo al comedor. Llevaba su falda favorita (y la más corta, dicho sea de paso) y una camiseta bastante escotada Se había recogido el pelo en un moño un tanto despeinado y tenía las mejillas sonrosadas por un exceso de colorete rosa. Por suerte, encima de aquel modelito de fulana, se había puesto un delantal. Sujetaba una cuchara de madera con un mango larguísimo. Me dio un abrazo y me preguntó—: ¿Qué tal ha ido el instituto? ¿Conoces a Jake?

—El insti ha ido bien —dije—. Y sí, acabamos de conocernos.

—Jake vive en el piso de abajo —explicó mi madre, pero a juzgar por cómo lo miraba, me dio la sensación de que eran algo más que vecinos—. Él también perdió su casa en el tornado.

—¿Vivías en Dusty Acres? —pregunté, un tanto sorprendida. Estaba convencida de que recordaría a ese tipo si lo hubiera visto antes.

—No, en Montrose —respondió él; Montrose es un pueblo aún más pequeño que el nuestro, a unos tres kilómetros de distancia—. El tornado nos aplastó pero no nos ofrecieron una vivienda de emergencia, así que vine aquí. Lo perdí todo, mi granja, mi casa. Tu madre se ha portado genial conmigo. No sé qué habría hecho sin ella.

«Pues se me ocurren un par de cosas», pensé. Se miraban con tanta ternura que, por un momento, creí que iba a potar ahí mismo. Pero aquella mirada cómplice también me hizo pensar en Nox. Me aclaré la garganta y mi madre se sobresaltó.

—¡Lo siento, cariño! —exclamó—. Debería haberte avisado de que Jake vendría a cenar. ¡Estoy preparando espaguetis!

«Deberías haberme dicho que Jack existía», pensé. Pero mi madre parecía tan feliz que preferí no decirlo en voz alta. Aun así, estaba un poco dolida. No me había echado mucho de menos durante el último mes; de lo contrario, no habría empezado un romance con el vecino cañón. Me metí en la cocina y me serví una Coca-Cola. Era una de las pocas cosas que había en Kansas y no en Oz.

La cena fue tan normal que hasta se me hizo extraño. Mientras explicaba cómo me había ido el día en el instituto, mi madre se dedicó a pasar una bandeja enorme llena de espaguetis y una cesta de rollitos de primavera. Cualquiera que nos hubiera visto, habría pensado que éramos una familia feliz y unida, disfrutando de una cena juntos. Obviamente, me salté la parte de mi pequeña reunión con Madison y Dustin para planear una búsqueda secreta. Ah, tampoco le conté que había estado charlando con el subdirector Strachan. Pero después de que Jake se marchara, no sin antes besar a mi madre en los labios, un gesto que ignoré por completo, la seguí hasta el comedor y me senté a su lado.

—No tenías que echarlo —dije—. La verdad es que me cae bien.

Mi madre dibujó una amplia sonrisa.

—Es genial, ¿verdad? No es como los demás hombres con los que solía salir. —«¿Como mi padre?», me pregunté—. Creo que no estaba preparada para salir con un tío decente, ¿sabes? La verdad es que no era muy madura —añadió y, de repente, se quedó callada—. Pero eso tú ya lo sabes.

—Escucha, mamá —dije, ignorando así su confesión. No quería que nos enzarzáramos en otra conversación eterna sobre sentimientos porque sabía que acabaría haciéndole daño—. Hoy me he reunido con el subdirector Strachan y me ha explicado que tú no te crees que haya estado en el hospital. ¿Es eso cierto?

Ella bajó la mirada y suspiró.

—Ojalá no te hubiera dicho eso —murmuró.

—Entonces es verdad.

—Amy… —Se giró hacia mí y vi que tenía los ojos llenos de lágrimas. Aquello me pilló por sorpresa, desde luego—. Mira, Amy, ya te lo dije ayer. Sé que he sido un desastre de madre.

¿Un desastre de madre? La madre que había dejado en Dusty Acres me había hecho muchísimo daño.

—Más que eso —murmuré.

Ella asintió con la cabeza.

—De acuerdo, más que eso. Cuando el tornado arrasó el pueblo… bueno, digamos que no te culpo por utilizarlo como excusa para largarte de casa. Pero no te imaginas lo agradecida que estoy porque me hayas dado una segunda oportunidad. —Hizo una pausa—. Durante este mes… ¿has estado bien? ¿Has estado a salvo?

«¿A salvo? Qué va», pensé para mis adentros. Sabía muy bien qué me estaba preguntando. Mi madre estaba pensando en las decenas de adolescentes que desaparecen de la noche a la mañana y cuyas fotografías aparecen en los cartones de leche: desconocidos siniestros, furgonetas con los cristales tintados y episodios de *Ley y orden: Unidad de Víctimas Especiales*. Estaba segura de que, desde que había vuelto a casa, no dejaba de pensar qué clase de trauma estaba tratando de esconder.

—Sí —dije—. Conocí a una gente muy maja y bueno, eh, cuidaron muy bien de mí. No ocurrió nada… nada de lo que estás pensando.

Ella suspiró, aliviada. Intuí que quería que le contara algún detalle, pero me había inventado tantas historias ese día que había agotado toda mi capacidad imaginativa.

—Lo siento, es que… estoy muy cansada. Volver a casa, empezar las clases… Te lo explicaré otro día, te lo prometo. —Siempre y cuando ese «otro día» no llegara nunca, era una promesa que podría cumplir.

—Por supuesto, cielo. Pero si te apetece hablar de lo que viviste mientras estuviste fuera de casa, recuerda que me tienes aquí. Siempre te escucharé, ¿de acuerdo?

Ojalá hubiera podido contarle a mi madre todo lo que me había ocurrido en Oz. Me moría de ganas de charlar con un ser humano que estuviera en sus cabales. No acababa de fiarme de mi madre, pero sabía que si decidía confiar en ella, no podría explicarle todo lo ocurrido; de hecho, no sabría ni por dónde empezar. Y, lo peor de todo era que sabía que no me creería. Por primera vez en mi vida, deseé no haber viajado a Oz. Mi vida en Kansas era insípida y aburrida, pero al menos no había tenido que ver cómo la gente a la que quería moría. No me habría convertido en un monstruo, y no habría tenido que matar a criaturas fantásticas. Kansas era un asco, eso era evidente, pero tal vez Oz no fuera mucho mejor. En aquel reino había sido una heroína, pero nadie me había tratado como tal. Nadie me había mirado como mi madre me estaba mirando en ese momento, como si fuera la única persona en el mundo cuya seguridad y bienestar importaban más que cualquier otra cosa.

—¿Te apetece irte a la cama? Mañana te espera un día muy movido.

—Sí, tienes razón —dije, y solté una carcajada—. La química se me da de pena.

Ella sonrió y me dio un abrazo.

—Esa es mi chica.

Me aparté y, de repente, la vi. Mombi. Estaba escondida en un rincón, justo detrás de mi madre. Y parecía enfadada.

—¡Céntrate, Amy! —susurró la bruja—. No hemos venido hasta aquí para que ganes la medalla a la hija del año.

Y después de ese comentario, desapareció.

TRECE

Al día siguiente, lo primero que hice fue ir corriendo al despacho del subdirector Strachan. La reconciliación con mi madre me estaba gustando, pero no podía desviarme de mi objetivo. Tenía una misión que cumplir. En pocas palabras, tenía que salvar todo un reino mágico antes de que una loca psicótica lo destruyera. El subdirector Strachan estaba a punto de conocer a una Amy Gumm renovada y mejorada. Y, además, iba a descubrir toda la verdad sobre Dorothy. Tuve que esperar unos minutos, pero por suerte, había llegado pronto al instituto. La señora Perkins me dio otra piruleta. Me la comí mientras esperaba. No pude evitar pensar en Gert, Mombi y Glamora. Debían de estar merodeando en aquella especie de limbo, a esperas de que avanzara en mi misión. Y Nox. ¿Dónde estaba? ¿Él también estaría pensando en mí? ¿Se estaría preguntando si estaba a salvo? ¿Le importaba? ¿Era posible volverse totalmente loco después de estar quince minutos sentado en una silla de plástico? Por fin, el subdirector Strachan me llamó a su despacho. Al entrar me di cuenta de que no se alegraba mucho de verme.

—¿Qué ocurre ahora, señorita Gumm?

—Señor, he estado pensando en todo lo que me dijo

ayer. No se imagina lo agradecida que estoy por haberme readmitido en el instituto, pero no me parece justo.

Él arqueó una ceja, pero no dijo nada, así que continué.

—Sé que antes era una alumna problemática, pero quiero convencerle de que he cambiado. —Intenté recordar el discurso que mi madre había utilizado conmigo—. También sé que no me merezco su perdón —añadí—, pero quiero ganármelo.

—¿Disculpa?

—Quiero cumplir con mi castigo, señor. Después de clase, me quedaré en el instituto a realizar tareas de limpieza si hace falta.

El subdirector Strachan me miraba perplejo.

—¿Quieres quedarte aquí después de clase?

—Es la única manera de demostrarle que he cambiado —expliqué. Aquello no tenía ningún sentido, pero, por suerte, él mordió el anzuelo. O eso, o no encontró ninguna razón siniestra y maquiavélica en mi petición de barrer los pasillos y quitar el polvo a la biblioteca.

—Muy bien —dijo con los ojos entrecerrados—. Si lo que quieres es cumplir con tu castigo, que así sea. Durante dos semanas, te quedarás en el instituto después de clase. No sé qué estás tramando, señorita Gumm, pero si me entero de que estás haciendo algo turbio...

—¡No, señor! —añadí rápidamente; cogí mi mochila y reprimí las ganas de plantarle un beso en la mejilla. Me fui pitando de su despacho. Él se quedó un tanto confundido.

Estaba impaciente por empezar a buscar los dichosos zapatos y, a decir verdad, ese día no presté atención en clase. Volví a almorzar con Dustin y Madison. Dustin había cumplido con su palabra y había llegado tarde a primera hora de clase. Lo sentenciaron al purgatorio posclases.

—¿No te preocupa que puedan echarte del instituto? —le pregunté.

—¿Estás de coña? Formaba parte del equipo de fútbol —dijo. Madison soltó un soplido y murmuró algo que sonó a «dobles raseros de mierda».

Estaba tan nerviosa y emocionada que me era prácticamente imposible quedarme sentada en aquel banco de la cafetería. Dustin Júnior estaba de buen humor y no dejaba de agitar los brazos mientras la baba empapaba su bodi de felpa. Al ver a Madison cuidando de su bebé, caí en la cuenta de lo mucho que había cambiado. Seguía siendo una chica dura, pero ahora parecía protectora. Era evidente que no tenía ni pajolera idea de lo que estaba haciendo. A veces daba la sensación de que la maternidad la aterrorizaba, como si temiera que el bebé se le cayera o hiciera algo mal. Dustin tampoco sabía muy bien qué hacer con el bebé. Los dos contemplaban a su hijo con amor y cariño. Me resultaba extraño ver a la persona que me había hecho la vida imposible durante tantos años comportándose de un modo tan amoroso y vulnerable. A Madison siempre se le había dado bien todo. Ni siquiera había tenido que esforzarse para obtener un diez. Pero, al parecer, un recién nacido baboso y gritón no se le daba tan bien.

Me pregunté si mi madre habría sido así cuando nací. Si ella y mi padre también me habrían mirado con esa expresión de amor incondicional, con esos ojos aletargados y llenos de cariño; me pregunté si alguien volvería a quererme de ese modo. Nox. Encerré ese pensamiento en un armario del fondo de mi cerebro y tiré la llave. Nox había tomado una decisión, y no le culpaba por ello. Sabía que, en su corazón, Oz siempre estaría antes que yo. Si yo hubiera nacido en un lugar como

Oz, habría hecho lo mismo que él. También lo habría antepuesto a las personas. Tal vez no estaba destinada a tener un hogar. Pero lo menos que podía hacer era ayudar a Nox a salvar el suyo.

—¿Qué estás pensando, Amy? —preguntó Madison que, después de acomodar a Dustin Júnior en su mochila para bebés, me observaba con detenimiento—. Pareces haber viajado a otro planeta. A un planeta muy triste, por cierto.

—Nada —espeté. Pero a ella no pareció molestarle ese tono tan brusco.

—Ya —murmuró—. Imagino por lo que estás pasando.

Ojalá hubiera podido abofetearla. ¿Qué sabía Madison sobre tristeza? Entonces pensé en cómo debía de ser su vida ahora; sus amigas la dejaron de lado en cuanto ella se convirtió en madre adolescente. Tal vez Madison sí conociera el sufrimiento y el dolor de la soledad.

Cuando sonó el timbre que anunciaba el fin de las clases, un grupito de alumnos nos quedamos en el instituto. Nos reunimos los mayores pringados del colegio: un par de fumetas, un tipo con el que había compartido clase el primer año de instituto, y que siempre se estaba metiendo en peleas en los pasillos, y una chica rubia con una permanente exagerada y unos vaqueros rotos (pero no rotos porque estaba de moda, sino porque eran de 1997). Al ver que aceptaba la aspiradora y un paño para el polvo de buena gana, la rubia platino puso los ojos en blanco. El profesor de tecnología, el señor Stone, entregó varias herramientas a mis queridos compañeros castigados y luego farfulló unas indicaciones que no fui capaz de entender. Y en ese preciso instante, la puerta se abrió y apareció Dustin.

—Hola, Amy —saludó—. Deberíamos...

—¡Aquí no se viene a socializar! —regañó el señor Stone.

Dustin se disculpó y aceptó un abrillantador de cristales.

—Ayuda a la señorita Gumm a limpiar las clases de ciencias —añadió el señor Stone.

—Perdone, señor, pero había pensado que podríamos limpiar la biblioteca —propuso Dustin con tono inocente—. Es la tarea que me suelen encomendar y, qué puedo decir, me he vuelto todo un experto.

El señor Stone se quedó mirando a Dustin con cierto recelo, como si sospechara que tramaba algo. Y no le faltaba razón, desde luego. Pero Dustin lo miró con expresión inocente y bobalicona. Tuve que apartar la mirada y disimular; de lo contrario, habría explotado a reír.

—Está bien —gruñó el señor Stone—, pero no pienso quitaros ojo de encima. Como os vea haciendo algo parecido al ñaca-ñaca… —De pronto, se quedó callado y se puso rojo como un tomate.

Uno de los fumetas soltó una risita y murmuró el nombre de una enfermedad venérea.

—¡Basta! —ladró el señor Stone—. Carseon, te acabas de ganar la tarea de limpiar los baños.

El señor Stone le lanzó a Dustin un juego de llaves. Contuve la risa y lo seguí hasta la biblioteca.

Jamás había puesto un pie en la biblioteca del instituto. Y, por lo que sabía, nadie había entrado allí en su vida. Dustin abrió una puerta que daba a una especie de armario del conserje. Allí detrás se escondía una sala diminuta, sin ventanas ni ventilación, y con un montón de estanterías de metal oxidado en las que se apiñaban libros del siglo pasado. Daba la sensación de que nadie había pasado un trapo por aquellos libros desde la última vez que Dustin había estado allí. La triste y escasa exposición de libros que había sobre una pequeña mesa junto a la puerta era una oda a la primavera, aunque estábamos en octubre. Ni siquiera había un bibliotecario; si querías echar un vistazo a algún libro, tenías que pedirle las llaves a un profesor y usar el decálogo de honor. El robo de libros no era un crimen preocupante en la llanura solitaria de Flat Hill. El propio instituto se habría emocionado al descubrir que alguno de sus alumnos disfrutaba leyendo.

El «archivo» resultó ser un armario empotrado que había en el fondo de la biblioteca. Dustin probó todas las llaves que el señor Stone le había dejado, pero ninguna encajaba en aquel cerrojo.

—Ostras, qué lástima —dijo. Miré aquella puerta endeble de madera podrida y luego miré a Dustin. Él pilló la indirecta a la primera—. ¿En serio?

—Vamos —dije—. Te hice los deberes durante todo un año. Me lo debes.

Él asintió con solemnidad.

—En eso llevas razón.

Apoyó un pie en el marco de la puerta, agarró el pomo y empujó con todas sus fuerzas. Sus músculos se tensaron bajo la fina tela de su camiseta azul cielo. Seguía estando en plena forma, desde luego. Hacía unos meses, estaba coladita por los huesos de ese chico. Dustin no era un lumbreras, pero era muy atractivo. Se oyó un crujido y, tras un último empujón, la puerta cedió y se desencajó del marco.

—¡Hala! —exclamé—. No pensaba que fuera a funcionar. Qué fuerza.

Dustin se sonrojó.

—No exageres... No es de madera maciza —murmuró.

—Nos vamos a meter en un buen lío —dije al ver aquel destrozo.

—Qué va —respondió él—. Esto está dejado de la mano de Dios. Nunca he visto a nadie rondando por aquí. No se darán cuenta.

Estaba ansiosa, así que asomé la cabeza por encima del hombro de Dustin y eché un vistazo al armario: una pila de cajas de cartón llenas de polvo, una montaña de telas descoloridas y, lo más extraño de todo, una azada vieja y oxidada. Y nada más. Aquello era el archivo histórico de Flat Hill, Kansas.

—Esto parece más bien un trastero —dije. Dustin cogió una caja. Pesaba como un muerto. Gruñó y la dejó rápidamente en el suelo. Al destaparla, vimos que contenía un montón de anuarios antiguos. Cogí uno al azar. Era de 1967.

—Brutal —dijo Dustin, y se puso a hojearlo—. Fíjate en el pelo de este tío. —Señaló a un chico con pintas de *hippie* y con cara de felicidad. Tenía una melena de anuncio: larga, ondulada y rubia.

—Qué injusta es la vida —dije. Aparté la caja y cogí otra. Dustin seguía absorto mirando anuarios de hacía décadas. Abrí la tapa. Más anuarios, una cajita con periódicos viejos, ninguno de ellos de la época del artículo de Baum, y un libro con cubierta de cuero. El título, *Cuentos de la pradera*, estaba grabado en relieve con una tipografía muy rococó. Nada. Se me encogió el corazón. Las telas eran en realidad decenas de delantales pasados de moda y una pancarta de color azul con las palabras ENHORABUENA PROMOCIÓN DE 1934 bordadas en letras rojas muy brillantes.

—Supongo que esto es todo —dijo Dustin un tanto decepcionado.

—Hay otra caja —dije—, justo ahí detrás.

—No la veo.

Traté de alcanzar la caja y, al palparla, aparté las manos de repente. Algo me había pinchado. Me llevé un dedo a la boca y enseguida reconocí el sabor metálico de la sangre.

—Hay algo afilado ahí detrás —dije.

—Es que no consigo ver esa caja.

Volví a intentarlo, pero esta vez tuve más cuidado. Y entonces lo noté. Aquella caja vieja y maltrecha estaba envuelta de una especie de halo, el inconfundible vibrar de la magia. Sentí un escalofrío por todo el cuerpo. No me había equivocado. Allí había algo… algo que alguien había intentado esconder. Alguien lo bastante poderoso como para utilizar magia en Kansas. Alguien que había sido capaz de mantener el secreto de Dorothy durante más de un siglo. Alguien que tenía que ser de Oz.

—Pásame un trapo —ordené. Y justo cuando Dustin se volvió, la puerta de la biblioteca se abrió, y los dos nos quedamos petrificados.

—No veo que se esté limpiando mucho aquí —gruñó el señor Stone. Dustin abrió los ojos como platos.

—Oh, mierda —susurró.

CATORCE

—¿*Q*ué está pasando aquí? —preguntó el señor Stone de mal humor, entrando en la biblioteca. Dustin y yo estábamos escondidos entre las estanterías, pero si se acercaba un poco, nos vería. Y no habría modo de explicarle qué estábamos haciendo allí, con un montón de cajas viejas y la puerta de un armario reventada. Dustin se escabulló entre las cajas y salió escopeteado hacia la puerta. Yo me tapé con la banda de graduación que estaba sujetando y, sin querer, rocé la última caja que había encontrado. Esta vez no noté nada afilado, pero, al tocarla, me quemé. Fue la misma sensación que tienes cuando tocas un metal frío: te congela la piel y te quema la capa más superficial. Pasados unos segundos, aquel ardor empezó a apagarse y, de repente, noté una sensación muy extraña por toda la piel; me recordó al frío que sientes después de estar horas paseando por la nieve.

De pronto, la luz de aquella sala se fue apagando. Todos los rincones se difuminaron, se perdieron en una sombra espesa y densa. Unos zarcillos de oscuridad se arrastraban por el suelo, hacia mí. Una silueta esbelta y plateada emergió de entre la penumbra y me miró. Se ocultaba detrás de la negrura, pero aun así logré distinguir una especie de túnica negra muy holgada y un rostro pálido. La figura era calva y, sobre aquella superficie lisa y brillante, advertí una corona de hierro.

«Al fin», siseó. Su voz no retumbó en la sala, sino en mi cabeza y, en un intento de acallarla, me tapé los oídos con las manos. «Has encontrado lo que yo había escondido, pequeña bruja. Te felicito».

Traté de contestar, pero la magia de aquella criatura me había dejado muda. «¿Quién eres?», pensé. Estaba desesperada. Su sonrisa se coló en mis pensamientos.

«Lo descubrirás muy pronto, pequeña bruja. Debes de ser muy fuerte, y muy lista, para haber destapado con tal facilidad lo que yo había ocultado con tanto cuidado. Tus brujas no pudieron ver lo que yo había escondido aquí. Ni siquiera tu Dorothy fue capaz de encontrar lo que una vez fue suyo. Pero tú lo has encontrado, y sin usar una pizca de magia. Da la sensación de que estuviera esperándote. Eres muy fuerte, insisto... quizá más fuerte que mi otra amiguita».

¿Qué otra amiguita? ¿Se refería a Dorothy?

«Nos volveremos a ver, querida. Empiezo a creer que podrías serme de gran utilidad. Pero ahora no es momento de explicaciones. Por favor, da recuerdos a tus... amigas».

Entonces noté un pinchazo de dolor en el cráneo, como si alguien acabara de atravesarme la cabeza con un puñal y dejé escapar un grito de dolor. Vi a Mombi, a Gert y a Glamora; estaban envueltas en una oscuridad absoluta y su expresión era de miedo, y de alarma. Nox, que estaba en mitad de un prado, observaba el cielo, como si presintiera que lo estaba mirando. Abrió la boca para decir algo. La criatura soltó una carcajada y chasqueó los dedos. Acto seguido, una nube oscura descendió sobre los cuatro, borrando sus rostros de mi mente.

«Hasta la próxima, pequeña bruja. Ándate con cuidado. No todos tus amigos son dignos de tu confianza».

Entonces retrocedió hacia las sombras y desapareció. Su magia también se desvaneció y, por fin, recuperé el control. Me desplomé sobre el suelo y me puse a llorar.

—¿... Amy? Está en el baño —estaba diciendo Dustin—. Todo está muy tranquilo por aquí, señor Stone.

El profesor gruñó algo que no logré entender y la puerta de la biblioteca se cerró de golpe.

—¡Uf! —suspiró Dustin; oí sus pisadas en el pasillo. Venía directo hacia mí—. Ha estado a punto de... ¿Amy? ¿Dónde estás?

—Aquí —dije con voz ronca. La boca me sabía a ceniza, a barro. Con un esfuerzo casi sobrehumano, aparté la banda de graduación y me incorporé. Dustin me estaba mirando con la mandíbula casi desencajada.

—¿Cómo has hecho eso? —murmuró.

—¿Hacer el qué?

—Acabas de... no estabas aquí —dijo—. Amy, hace unos segundos no estabas aquí. Acabas de aparecer así, de repente. ¿Estás bien?

—Estoy bien —dije, y fingí un estornudo—. No he ido a ninguna parte; me he tapado debajo de esta estúpida pancarta. —Todavía estaba un poco aturdida por los efectos de la magia de la criatura, pero tenía que convencer a Dustin de que allí no había pasado nada extraordinario—. Este cuchitril está muy oscuro, por eso no me has visto. Creía que podría esconderme debajo de esta cosa roñosa y polvorienta, ¿puedes creerlo? —balbuceé—. Como si fuera una cría jugando al escondite, ja ja. Qué tonta. Eh, en fin, concentrémonos. Ahí hay otra caja.

Dustin seguía mirándome como si... en fin, como si me hubiera desvanecido para después reaparecer como por arte de magia. Pero el hecho de que fuera físicamente imposible desvanecerse y reaparecer en un mismo sitio, y todo en un abrir y cerrar de ojos, confirmaba mi versión. No sé qué explicación debió de encontrar para justificar lo que acababa de ver, pero estaba convencida de que no era algo parecido a «una especie de entidad sobrenatural, una criatura espeluznante capaz de colarse en la mente de las personas, ha logrado atravesar las paredes de la biblioteca para hacer a Amy invisible y, de paso, dejar caer un par de ideas siniestras y ambiguas. Y después ha desaparecido».

—¿Y qué hay dentro? —preguntó; a juzgar por su expresión, se moría de curiosidad por averiguarlo. Cogí un par de trapos y, con mucho cuidado, retiré la caja que había en el fondo del armario. Pero la magia que minutos antes había protegido aquella caja, había desaparecido junto con la misteriosa visita. Ahora, al palparla, parecía una caja normal y corriente. Era pequeña y ligera, pero enseguida noté que había algo en su interior. Levanté la tapa y, casi sin aliento, los dos nos asomamos.

En aquella caja solo había un objeto: un viejo cuaderno. Lo saqué y lo hojeé. Todas las páginas estaban en blanco. No podía creérmelo. Estaba decepcionada, pero me negaba a creer que no hubiera nada escrito, así que seguí hojeándolo, con la esperanza de que, en algún momento, aparecieran las palabras. Un secreto, un conjuro… o, mejor todavía, un mapa que me guiara hasta los zapatos de Dorothy. Pero nada. Quería llorar. Tanto esfuerzo, ¿para eso? Jamás encontraría los malditos zapatos, si es que existían, claro. Las brujas se quedarían atrapadas en Kansas. Y yo, también. Dorothy iba a destruir Oz, y no podríamos detenerla.

—Amy, ¿qué ocurre?

—Esperaba encontrar una respuesta —murmuré. Aquella misteriosa visita se había empeñado en proteger un cuaderno en blanco, lo cual me pareció una auténtica pérdida de tiempo.

—Podemos seguir buscando, Amy —propuso Dustin en un intento de animarme—. Podemos… no sé…

Topeka seguramente tenga una biblioteca. Te puedo llevar en coche, si quieres. Espero que Mad pueda quedarse con el bebé. En serio, no es ningún pro...

La puerta de la biblioteca volvió a abrirse. El ruido nos asustó a los dos. Casi sufrimos un infarto.

—¡Se ha acabado el tiempo! —gritó el señor Stone—. Volved a casa, pequeños delincuentes.

Por suerte, el profesor se marchó sin tan siquiera molestarse en comprobar qué habíamos estado haciendo allí. Guardé todas las cajas en el armario y las cubrí con la pancarta. En el último momento, metí el cuaderno en mi mochila. Sabía que, si lo tenía en mi poder, podría demostrar que mi misión podía compararse con buscar una aguja en un pajar. Cerramos la puerta de la biblioteca y devolvimos el juego de llaves y la aspiradora al huraño y taciturno señor Stone.

—Puedo llevarte a casa —ofreció Dustin.

—Gracias —dije.

Durante todo el trayecto en coche, no articulé ni una sola palabra. Apoyé la cabeza en el cristal y observé el paisaje. Traté de buscar algo hermoso en aquel cielo gris y apagado y en aquella tierra polvorienta y plana. «Más vale que te vayas acostumbrando —pensé—. Esta vez, te quedarás aquí para siempre».

QUINCE

Cuando llegué al apartamento, mi madre y Jake estaban sentados en el sofá, mirando las noticias. Estaban muy acaramelados: abrazados y con las manos entrelazadas. Cuando abrí la puerta, los dos se sobresaltaron y se sonrojaron, como si les acabara de pillar haciendo algo escandaloso. Contuve una risa.

—¡Cariño! —exclamó mi madre—. No sabía que llegarías tan tarde. ¿Dónde has estado?

No estaba de humor para ponerme a charlar con mi madre, pero no iba a volver a pagar mi frustración con ella —ya lo había hecho demasiadas veces—, así que le expliqué que había decidido cumplir con mi castigo. Ella me regaló una sonrisa de oreja a oreja.

—Qué decisión tan madura, Amy. Estoy muy orgullosa de ti. —Jake asentía con la cabeza. Al menos había hecho algo bien, aunque las razones que me habían motivado a hacerlo no habían sido tan desinteresadas.

Esa noche, Jake preparó la cena. Se portaba tan bien con mi madre que, muy a mi pesar, era imposible odiarlo. Mi madre había tenido un par de novios, si es que «novio» era la palabra adecuada para definir a los capullos que solían merodear por Dusty Acres durante uno o dos meses; nos vaciaban la nevera y eructaban como camioneros mientras veían la televisión con un pack de seis cervezas junto al sofá. Pasado ese tiempo, desaparecían para siempre. Mi madre tenía una puntería infalible para atraer a patanes, vagos y trepas.

Durante un tiempo, estuvo saliendo con un tío al que le gustaba seguirme cuando mi madre no estaba en casa; me miraba de un modo extraño y, después de un par de días, compré un espray pimienta antivioladores. Siempre lo llevaba encima, por si acaso. Por suerte, la relación no duró mucho tiempo. También salió con un tipo al que le «prestó» un buen fajo de billetes. Se largó sin devolverle ni un centavo del supuesto «préstamo». Lo más sorprendente de todo es que mi madre no se lo esperaba y, cuando se enteró, no podía creérselo. Ah, y cómo olvidar al chico que jamás vi sobrio. La lista no podía ser más penosa. Jake, en cambio, parecía majo. De hecho, quizá fuera majo, y todo aquello no fuera un teatrillo para conseguir lo que quería. Mi madre apagó el televisor y los tres nos sentamos alrededor de la mesa del comedor. Cenamos la carne guisada que él había preparado como si fuéramos una familia de verdad. Todavía no las tenía todas conmigo, así que, durante toda la cena, esperé a que Jake hiciera algún comentario cruel sobre mi madre, o que se quedara mirándome las tetas, o que soltara algo machista, racista o, simplemente, asqueroso, pero lo cierto es que se comportó como un hombre… normal. Solo había estado fuera un mes, pero me daba la sensación de haber aterrizado en otro planeta.

—¿Cómo ha ido el instituto, Amy? Debe de ser muy difícil adaptarse a las clases después de tu… —hizo una pausa, como si no supiera muy bien qué decir— accidente —acabó. Me pregunté qué le habría contado mi madre sobre sus teorías de mi misteriosa desaparición.

—Ha ido bien —contesté—. Pensaba que después de un mes no entendería nada, pero la verdad es que han avanzado muy poco. El instituto Dwight D. Eisenhower no es Harvard que digamos. —Él se rio de aquel chiste tan absurdo, como si acabara de contar algo desternillante. Mi madre sonrió y él empezó a avasallarme a preguntas. ¿Qué libros me gustaba leer? ¿Cuáles eran mis películas favoritas? ¿Y mis platos favoritos? Se estaba esforzando muchísimo por impresionarme, por lo que supuse que mi madre le importaba de verdad. Me alegré muchísimo por ella. Después de todo, iba a necesitar mucha ayuda cuando volviera a marcharme de Kansas.

Jake también fregó los platos de la cena. Yo me ofrecí a hacerlo, pero él insistió. Les dije que estaba agotada, pero la verdad es que quería darles un poco de intimidad. Y también me apetecía estar sola y pensar. En cuanto cerré la puerta de mi habitación, el aire empezó a vibrar y, unos segundos después, Mombi se materializó delante de mis narices.

—¿Otra vez? —susurré—. Si mi madre entra en la habitación, no podré explicarle por qué una anciana desconocida está aquí dentro.

—¿«Anciana»? ¿Dónde están tus modales, jovencita? —gruñó Mombi—. Para ti soy una «vieja bruja», no lo olvides. En fin, no discutamos porque no estoy exactamente aquí. Gert, Glamora y yo seguimos ocultas en las Tierras de la Oscuridad. Esto es tan solo una proyección. Tú y yo tenemos que hablar.

—Pensaba que estabas muy débil, que aún no habías recuperado toda tu magia y que no podías desplazarte de aquí para allá, como si estuvieras de vacaciones —repliqué—. ¿O es que para espiarme sí que tienes energía suficiente?

—Solo espío porque me preocupa la situación —murmuró Mombi—. A diferencia de otras, que parecen haber olvidado de por qué están aquí.

—No me he olvidado de nada —espeté—. ¿Qué está pasando?

—Al parecer, nos estamos amoldando a vivir fuera de Oz. Todavía queda mucho para que estemos en plena forma, pero tenemos la fuerza suficiente como para llevar a cabo una pequeña proyección astral.

—No sé si os servirá de mucho —dije sin emoción alguna. Me dejé caer en la cama y le expliqué todo lo ocurrido. El artículo del periódico. El armario de la biblioteca. La caja misteriosa. Y cuando llegué a la criatura que se había colado a la fiesta de la limpieza sin avisar, Mombi pareció sorprenderse.

—Cuéntame esa parte otra vez —suplicó—. ¿Qué viste?

—Una silueta muy alta y delgada. Ropa oscura. Cabeza calva. Creo que llevaba una corona.

—¿Y qué te dijo?

Traté de recordar nuestra conversación, pero fue como intentar ver a través de una niebla blanca y espesa.

—No lo recuerdo muy bien. Me dijo algo sobre haber encontrado algo que él mismo había escondido. Creo que es la persona que encubrió toda la verdad sobre Dorothy... Me refiero a que fue una chica de carne y hueso. —Me estremecí—. Dustin no vio a esa criatura.

—De todas formas, no habría podido verla —dijo Mombi con seriedad. Se quedó con la mirada perdida durante unos segundos mientras se acariciaba la barbilla con el pulgar—. No puede ser él —murmuró—. Ozma le desbarató todos los planes. ¿De veras ha estado aquí todo este tiempo?

—¿Quién? —pregunté, pero Mombi siguió parloteando como si yo no estuviera presente—. Mombi, ¿quién?

Ella suspiró y meneó la cabeza.

—El rey Nome. Pero de ser él... estaríamos metidas en un buen lío...

—¿Quién es el rey Nome? Nome me suena a enano, a champiñón.

Mombi resopló.

—El rey Nome es el rey de los nomes —explicó—. Y es «nome», no «gnomo» que, por cierto, se escribe con «g». No metas la pata. Es muy quisquilloso con la ortografía. A uno de sus súbditos, a un cavador para ser más exactos, le arrancó todas las extremidades. Se las arrancó una por una, y todo porque había pronunciado su nombre con «g».

Tragué saliva. Aquello encajaba bastante con el vampiro que había conocido en la biblioteca. No me apetecía nada volver a verle.

—¿Cavadores? ¿A qué se dedica? ¿Qué es, una especie de trol? Creía que vivían en las montañas.

Mombi empezaba a desesperarse.

—Glamora dedicó muchísimo tiempo a enseñarte la diferencia entre una galleta y un *scone*, pero a ninguna se os ocurrió mencionar al rey Nome. Qué típico.

—Oye, no me eches la culpa a mí —protesté.

Mombi habló apretando los dientes, como si le fastidiara tener que explicarme algo tan básico.

—Un trol es un monstruo enorme y estúpido. Con un simple coscorrón, adiós trol. Derrotar a un trol es pan comido. Un nome, en cambio, es más bien una mezcla entre un hada y un demonio. Son criaturas nauseabundas. Viven en el inframundo de Ev, más allá del Desierto de la Muerte.

—Nunca he oído hablar de ese lugar —admití.

—La verdad es que tampoco hay mucho que contar —dijo Mombi—. El caso es que, hace muchísimo tiempo, el rey Nome intentó invadir Oz, pero Ozma se lo impidió. Pero no solo eso, le hizo jurar que abandonaría Oz en paz mientras ella fuera la reina... —Mombi se quedó callada y me miró con expresión de pena e impotencia.

—Pero Ozma ya no es la reina —adiviné.

—Has dado en el clavo, listilla.

Preferí ignorar el comentario.

—Pero si su intención es invadir Oz, ¿qué está haciendo aquí?

—No tengo ni idea. Pero hay una parte que sí tiene sentido; si él fue quién eliminó todas las pruebas que demostraban que Dorothy era una persona real, estoy segura de que sabe que los zapatos son mágicos. A lo mejor los utiliza para viajar de un reino a otro; o eso, o tiene algún poder que se lo permite. En Ev, la magia no funciona como en Oz. No se rige por las mismas normas. Ev es un lugar distinto a Oz, igual que el Otro Sitio. Es imposible averiguar qué se trae entre manos, pero no puede ser nada bueno. Al menos, para nosotros.

—Dijo algo sobre que yo era más fuerte que «la otra». Creo que se refería a Dorothy. Y luego insistió en que no confiara en nadie —expliqué.

—Oh, cielos —suspiró Mombi. De pronto, aquel rostro ajado y arrugado empalideció. En ese momento supe que el problema era grave—. ¿Sabía quién eras? Eso no es bueno, nada bueno.

—No me estás tranquilizando mucho, la verdad.

—Tenemos que encontrar los zapatos antes de que haga algo, eso es todo. Cumple con la misión y, tal vez, aún estemos a tiempo de hacer algo. Tal vez, repito. —Luego frunció el ceño—. Amy, no puedes despistarte.

Tienes que estar concentrada, y muy atenta. Si está usando a Dorothy y decide que tú puedes ser un esbirro más útil...

No acabó la frase, pero tampoco hizo falta. No quería pensar en cómo podía acabar. No allí, en el único lugar donde me había sentido a salvo por primera vez en meses: en la habitación de paredes rosas que mi madre había decorado con pésimo gusto para mí. Sabía que esa sensación de seguridad no era más que una ilusión. Eso era lo que Oz me había enseñado. Pero no pude evitarlo. Una parte de mí quería creer que allí estaría segura, protegida. Que podía quedarme allí y volver a ser una chica normal y corriente. Que podía librarme de aquella misión interminable y que fuera otro quien se encargara de ella.

Pero no podía contarle nada de eso a la vieja bruja, aunque a juzgar por el modo en que me estaba mirando, intuía que se imaginaba algo. Centré toda mi atención en la misión que tenía entre manos que, ya de por sí, estaba siendo tediosa y agotadora.

—Mombi, no sé cómo voy a encontrar los zapatos. Creía que estarían en la biblioteca, pero me equivoqué. Esa opción ha resultado ser un callejón sin salida.

—Amy, ¿por qué crees que el rey Nome descendería de su reino en una balsa de oscuridad si no estuvieras a punto de destapar algo?

La verdad es que llevaba razón.

—Pero no encontré nada. Solo este viejo cuaderno. Está en blanco, por cierto.

—Déjame echarle un vistazo —ordenó. Rebusqué en mi mochila y saqué la libreta. Se lo ofrecí, pero las manos de Mombi atravesaron el cuaderno en lugar de cogerlo—. Maldita proyección —farfulló—. Siempre se me olvida. Hazme un favor y pasa las páginas, anda.

Una vez más, hojeé aquel cuaderno. Mombi observaba aquellas páginas en blanco con su mirada afilada y sagaz.

—Ese cuaderno tiene un poder especial. Lo presiento. ¿Y tú?

Cerré los ojos y me concentré en el peso del cuaderno sobre las palmas de mis manos. Y cuando presté atención, comprendí a lo que se refería Mombi. Aunque era un poder débil, estaba ahí, y era inconfundible, como el zumbido que suena en la pantalla de un televisor viejo después de apagarlo.

—Tienes razón —dije—. Hay algo.

—Voy a canalizar mi magia para que tú puedas usarla —dijo Mombi—. Debería funcionar. No tienes que hacer nada, tan solo serás un conducto. Pero quizá no logre soportarlo, Amy. Descifrar el contenido de ese libro y mantener la proyección al mismo tiempo tal vez sea demasiado para una vieja como yo. Si desaparezco, vas a tener que apañártelas tú solita. Y si no logras encontrar esos zapatos...

No hizo falta que acabara la frase. Si no encontraba los zapatos, estaríamos perdidas.

—Hagámoslo —dije, con más seguridad de la que tenía. La idea de que Mombi me utilizara como conducto me pareció estrambótica y un pelín arriesgada, pero era lo único que podíamos hacer. Si Mombi no estaba preparada para rendirse, yo tampoco—. Nadie se tomaría tantas molestias para esconder un libro si no contuviera algo importante.

Mombi me miró con los ojos entrecerrados y, tras aquella mirada minúscula, me pareció ver respeto. Reconozco que me gustó. No siempre habíamos estado de acuerdo; de hecho, habíamos chocado en más de una ocasión, pero aun así, después de tantísimo tiempo juntas, no estaba segura de que, en el fondo, velara por mi seguridad, por mi bienestar. (No nos engañemos, lo más probable era que no). Sin embargo, contar con el respeto de la bruja era muy importante para mí. Cerró los ojos y empezó a articular las palabras de un hechizo. De repente, recordé la imagen que había visto, y que me había paralizado, cuando el rey Nome vino a visitarme. La imagen de unas brujas aterrorizadas. Y Nox en mitad de una pradera, completamente solo. ¿Lo que había visto era real? ¿Qué estaba haciendo allí?

—¡Espera! —grité. Ella abrió los ojos, pero esta vez me miró un tanto molesta e irritada. Qué lástima—. ¿Cómo está Nox? ¿Dónde está?

Mombi me lanzó una mirada fulminante; de haber estado de cuerpo presente en la habitación, me habría muerto de miedo.

—Está bien; no necesitas saber nada más —contestó con indignación—. ¿Estás preparada ahora?

Quería hacerle más preguntas, pero sabía que tentaría demasiado a la suerte. No sabía dónde estaba Nox, pero no podía o no quería contactar conmigo. Las dos opciones eran descorazonadoras. Tal vez las brujas le habían encomendado una misión secreta, pero sabía que Mombi jamás me lo contaría. Mombi cerró los ojos por segunda vez y retomó el hechizo. El cuaderno que tenía entre las manos empezó a irradiar calor.

Sentía la magia de Mombi fluyendo por todo mi cuerpo, pero fue una sensación extraña, ajena. No tenía nada que ver con la sensación familiar de compartir el poder, una sensación que ya había experimentado antes. Para explicarlo de algún modo, fue como si me hubiera convertido en un trozo de tubería por el que ella vertía su poder. Sí, eso era. Me había convertido en un trozo de plástico insignificante. Traté de deshacerme de aquella sensación y dejé que Mombi siguiera con su hechizo.

—No opongas resistencia —siseó, apretando los dientes. Su expresión delataba el esfuerzo que estaba haciendo para realizar el hechizo. Estaba pálida y las arrugas de su rostro parecían más profundas todavía. El cuaderno, que seguía entre mis manos, se abrió de repente y las páginas empezaron a agitarse, como si se hubiera levantado una brisa invisible. Ahogué un gritó y, cuando una diminuta nube de tinta negra se formó sobre las páginas, a punto estuve de tirarlo al suelo. Poco a poco, la tinta fue esparciéndose por las hojas, creando líneas muy finas. Unos segundos después, las líneas se transformaron en palabras. Las páginas se movían cada vez más rápido, llenándose de palabras. El cuaderno resplandecía y, de repente, de la cubierta empezó a brotar un humo que olía a quemado. El libro estaba ardiendo. No lo soporté más y aparté las manos del cuaderno. Tras soltar un chillido, oí el lomo del cuaderno golpeando el suelo.

—¡Amy! —jadeó Mombi—. Tienes que… —Pero su silueta ya había empezado a desdibujarse y lo que iba a decir se perdió en el tiempo, y en el espacio. Un instante más tarde, su imagen parpadeó y se desvaneció.

—¿Todo va bien ahí dentro, cielo? —preguntó mi madre, y dio unos golpecitos en la puerta.

—¡Sí, genial! —respondí mientras pateaba el cuaderno para esconderlo debajo de la mesa.

—¿Me has preguntado algo?

—¡No, tan solo estaba hablando sola! —aseguré.

Ella me dio las buenas noches otra vez y oí que se acomodaba en el sofá. Esperé varios minutos y, cuando oí sus ronquidos al otro lado de la puerta, saqué el cuaderno. Se había enfriado, pero aun así lo cogí con mucho cuidado. No me habría sorprendido que me hubiera mordido, o algo parecido.

Parecía un viejo diario personal que, a primera vista, no tenía nada de especial; la cubierta de cuero se había ennegrecido en las zonas donde el hechizo de Mombi lo había chamuscado, pero ahora las páginas estaban escritas con una caligrafía estrecha y cursiva. Abrí el cuaderno por una página al azar y traté de entender aquellas letras diminutas y elegantes.

> … *Millie* está creciendo a pasos agigantados y está hermosa. Cada día pone al menos un huevo. La tía Em dice que algún día ganará un premio y que a lo mejor puedo llevarla a la feria el próximo verano. Si ganara una medalla, estaría súper orgullosa de ella.
>
> *Toto* es una cucada. Le estoy enseñando a darme una pata, ¡pero solo quiere jugar!

—Hostia —susurré. Era eso. Tenía que serlo. Solo había existido una persona que hubiera tenido una tía llamada Em y un perro llamado Toto: Dorothy Gale, la chica que había viajado hasta Oz. Pasé las páginas del diario personal de Dorothy. Leí más cosas sobre gallinas, sobre su perro, sobre las tareas de una granjera. Después, dos páginas en blanco y, en la tercera, con una caligrafía más gruesa y agresiva:

> NADIE ME CREE. PERO ESTUVE ALLÍ. TODOS LOS QUE DICEN QUE MIENTO, LO LAMENTARÁN ALGÚN DÍA.

Y ya está, ni una palabra más. El diario acababa ahí. El resto de las páginas estaba en blanco. No había escrito nada sobre los zapatos, ni sobre su regreso a Kansas, ni sobre todo lo que había vivido en Oz. Tal vez Dorothy había continuado con su diario, pero el hechizo de Mombi no había revelado nada más. Suspiré y cerré el diario. Lo único que había averiguado era que Dorothy era real —algo que, al fin y al cabo, ya sabía— y que alguien había querido esconderlo. Alguien con mucho poder. Alguien que probablemente no estaba de mi lado. Guardé el diario de Dorothy debajo de mi colchón y cerré los ojos. Ya se me ocurriría algo por la mañana. En aquel momento necesitaba descansar; estaba agotada.

Di varias vueltas en aquella cama tan estrecha en un intento de acomodarme. Cuando por fin me quedé dormida, tuve pesadillas horribles. Reviví algunos de los peores momentos que había tenido en Oz, como el hechizo que había utilizado para separar a Pete y a Ozma, y el dolor que había sentido Ozma al arrebatarle su propio cuerpo. O el día en que decapité al León, con aquel chorro de sangre empapándome la ropa. El cuerpo roto de Policroma. Y, de fondo, las carcajadas de Dorothy, que se burlaba de mí porque no podía vencerla. Y sus zapatos; sus zapatos rojos irradiando aquel resplandor horroroso.

De pronto, todo a mi alrededor se desvaneció. Nos quedamos las dos solas, en una llanura infinita y polvorienta que me resultó extrañamente familiar. Unos relámpagos verdes iluminaron el desierto que nos rodeaba y, a lo lejos, retumbaban truenos. Dorothy tenía la mirada enloquecida. Una brisa cálida le agitó la falda de su vestido a cuadros. Me entró arena en los ojos y tuve que cerrarlos. No veía nada. Busqué en mi interior algo de magia para enfrentarme a ella, pero no encontré nada. Al verme tan desesperada y vulnerable, Dorothy se echó a reír y, de repente, chasqueó los dedos. Sobre su palma se formó una bola oscura. Alzó la mano para arrojarme aquella esfera negra y, de forma instintiva, levanté los brazos, como si así pudiera protegerme. Oí a alguien gritar mi nombre, pero era una voz muy débil y sonaba muy lejana. Era alguien familiar. Alguien que podía protegerme. Dorothy avanzó hacia mí, desternillándose de risa, y yo sabía que iba a matarme.

—Eres una chica normal y corriente —dije, y ella frunció el ceño, confundida—. Eres una chica de Kansas. Igual que yo.

—¡No! —gritó, y levantó la mano—. ¡No soy como tú! ¡Nunca volveré a ser esa chica!

—¡Amy! —chillaba la voz—. ¡Amy, no!

Y entonces adiviné quién era.

—¡Nox! —Grité su nombre en mitad de la oscuridad de mi habitación. Me incorporé como un rayo. El corazón me latía a mil por hora. Unos segundos después, mi madre apareció en mi habitación.

—¿Amy? Amy, ¿estás bien? ¿Qué demonios está pasando?

Tardé un buen rato en recordar dónde estaba.

—He tenido una pesadilla —susurré. Mi madre me lanzó una mirada compasiva y me abrazó. Después se puso a canturrear una nana que solía cantarme cuando era un bebé—. No pasa nada —dijo con voz cariñosa—. Estoy aquí. No voy a irme a ninguna parte. —Si iba a volver a Oz, no podía hacerlo así. Nadie te canta nanas en mitad de una guerra.

—Estoy bien —dije con cierta brusquedad—. Vuelve a la cama.

—De acuerdo, cariño —respondió ella.

Mi madre se levantó de la cama, se marchó y cerró la puerta. Tuve que contenerme para no suplicarle que volviera. Lo único que quería era estar con alguien que me abrazara bien fuerte y me dijera que todo iba a salir bien. Pero eso habría sido engañarme. Nada iba a salir bien mientras Dorothy siguiera viva.

Antes de dormirme, pensé en Nox una última vez. El sueño me había parecido tan real… que habría jurado que su voz había sido real, como si hubiera querido ayudarme a través de la pesadilla. Pero no tenía la menor idea de dónde estaba, ni de si quería ayudarme, si es que podía, claro. Mombi había desaparecido y no podía ponerme en contacto con ella. Tampoco tenía ni idea de cómo volver a Oz, ni de qué tenía que hacer ahora. Esta vez estaba completamente sola. Noté la humedad de mis lágrimas en la almohada y, unos segundos después, me sumergí en un sueño profundo y reparador.

DIECISÉIS

Jake se marchó al día siguiente por la mañana; mi madre madrugó e intentó preparar un desayuno delicioso, huevos revueltos y tostadas. Las tostadas se le quemaron un poco. Bueno, se le carbonizaron. Cogí las más pequeñas, por una cuestión de educación y ella suspiró.

—Todavía no le he pillado al tranquillo a esto de las tareas domésticas —admitió—. No tienes que comerte las tostadas si no quieres.

—Están chamuscadas pero ricas —aseguré, pero en cuanto se dio la vuelta, tiré la tostada a la basura. Luego me entregó una bolsa con el almuerzo y me levanté; no quería llegar tarde.

—¡Nos vemos esta noche! —dijo—. No llegaré tarde. —Luego hizo una pausa, como si quisiera decir algo más. Abrí la puerta y en ese instante, murmuró—. Te quiero, Amy.

Vacilé durante unos instantes y después cerré la puerta.

—Yo también —susurré mientras bajaba las escaleras.

Cuando llegué al instituto, Dustin y Madison estaban allí, esperándome. Una parte de mí deseaba esa vida, una vida nueva y, sobre todo, normal. Una vida con una madre que se preocupaba por mí, que me cuidaba, y con amigos de verdad, amigos que no eran munchkins ni monos parlantes. No me había dado cuenta de lo mucho que anhelaba una vida normal hasta que, por fin, la había tenido. Pero entonces recordé que Dustin y Madison no eran mis amigos, sino dos personas que estaban siendo amables conmigo y que mi madre se había puesto las pilas solo porque había desaparecido durante un mes. De haberme quedado en Kansas, mi vida no habría cambiado en absoluto: cada día habría sido igual de largo y aburrido que el anterior. No quería pensar en ello, así que olvidé el tema.

—¿Preparada para un segundo día de castigo? —me preguntó Dustin de camino a clase. Había dejado el diario de Dorothy en casa porque creía que allí, debajo de mi colchón, estaría a salvo—. A lo mejor encontramos algo más en la biblioteca.

Estuve a punto de decirle que se equivocaba, que allí no quedaba nada interesante. Pero entonces se me ocurrió algo. Si Baum había entrevistado a la verdadera Dorothy, quizá el secreto de sus zapatos estaba escondido entre sus libros. Lo primero que iba a hacer era buscar el personaje del rey Nome. En teoría, Baum había utilizado los recuerdos de Dorothy para escribir sus historias, aunque lo más probable era que hubiera tomado a Dorothy por chiflada, o por mentirosa. Si Baum había descrito al rey Nome, tal vez pudiera encontrar algo útil.

Y justo cuando estábamos pasando por delante de la maqueta polvorienta de Dorothy, Dustin se detuvo en seco.

—Se avecinan problemas —murmuró entre dientes—. Mad, márchate de aquí, rápido.

El subdirector Strachan venía directo hacia nosotros, y parecía muy cabreado.

—No pienso dejaros en la estacada, chicos —protestó Madison. Dustin Júnior empezó a llorar.

—Señorita Gumm, señor Cheever —llamó el subdirector Strachan con voz grave—. Tengo algunas preguntas sobre su tarea de limpieza de ayer por la tarde —dijo, haciendo especial hincapié en la palabra «limpieza» —. Señorita Pendleton, puede ir a clase.

—Pero... —replicó Madison. En ese preciso instante, sonó el timbre.

—¿Algún problema, señorita Pendleton?

Madison le lanzó una mirada asesina y, por un momento, pensé que iba a abalanzarse sobre él. Ahora que Madison estaba de mi lado, reconozco que me encantaba su capacidad de aterrorizar a la gente. Incluso el subdirector Strachan parecía un poco intimidado. Pero después de una pausa muy tensa, ella se encogió de hombros.

—Pues no, señor —respondió mientras acunaba a Dustin Júnior, que seguía berreando—. Nos vemos, chicos —añadió. Pero antes de irse, le plantó un espectacular beso en la boca a Dustin padre. Luego se dio media vuelta y se marchó meneando el trasero, forrado, como siempre, con un pantalón de terciopelo rosa. Tenía que reconocerlo; Madison era una chica con actitud.

El pasillo se había quedado desierto; solo quedábamos Dustin, el subdirector Strachan y yo. Estábamos justo al lado de aquella caja de cristal polvorienta. Me aclaré la garganta.

—¿Podemos hacer algo por usted, señor?

El subdirector Strachan entrecerró los ojos.

—Tengo varias preguntas para ti, Amy —siseó—. Pero prefiero que me las contestes en mi despacho. —Percibí un brillo extraño en su mirada; un destello plateado. Dustin, que estaba a mi lado, se puso tenso. Él también se había dado cuenta. Algo no marchaba bien.

El subdirector Strachan jamás me había llamado por mi nombre de pila. Y su voz también sonaba distinta. Parecía retumbar en mi cabeza. Igual que la voz del rey Nome en la biblioteca. En cuanto pensé en esa criatura, el subdirector Strachan sonrió.

—Lo has acertado, Amy Gumm —gruñó. No había pronunciado ni una sola palabra.

—¿Amy? —preguntó Dustin que, por su voz, parecía un pelín asustado.

—Dustin, lárgate de aquí —susurré—. Ahora mismo. —Pero ya era demasiado tarde. El rostro del subdirector Strachan empezó a retorcerse; sus rasgos fueron desapareciendo y, en su lugar, empezó a formarse una cara cruel y malvada, la cara de la criatura que había conocido en la biblioteca. El traje chaqueta del subdirector, pasado de moda y sin forma, se desprendió de su cuerpo. Oí el crujido de unos huesos; la criatura estaba creciendo. Y esta vez, Dustin sí vio a la criatura.

—Amy, ¿qué está pasando? —preguntó cuando el disfraz del subdirector Strachan cayó al suelo y el rey Nome dio un paso hacia delante.

—Cállate, muchacho —bufó el rey Nome, y movió los dedos. Noté su magia moviéndose por el aire, como si fuera una onda sísmica; se dirigía directa hacia Dustin.

—¡Agáchate! —grité, y me lancé sobre él. Los dos nos quedamos tendidos en el suelo. Logramos esquivar la magia del rey Nome, pero por muy poco. Un segundo después, se estrelló contra la pared, provocando un estruendo ensordecedor. Todo el edificio tembló y las baldosas del techo se derrumbaron sobre el suelo.

—La pequeña Dorothy está perdiendo el control de Oz —dijo el rey Nome, con voz calmada—. Muy pronto la magia de Oz habrá absorbido toda su fuerza y, para entonces, ya no me servirá para nada. Pero tú, mi querida señorita Gumm, eres más fuerte que ella. Y creo que podrás serme de gran utilidad.

Sé que suena absurdo, pero en ese instante pensé en uno de los episodios de *Scooby-Doo* en el que un personaje que todo el mundo considera simpático y divertido se revela como el villano de la serie. Cuando eso ocurre, suele ser un momento divertido o siniestro. Pero aquella situación no era en absoluto divertida. Sin mi magia, no podía defenderme. Estaba sola. Tenía que ingeniármelas para poder salir de allí antes de que el rey Nome matara a Dustin y me secuestrara. El único problema era que no tenía ni idea de cómo hacerlo.

—¿A qué te refieres con eso de «utilidad»? ¿Qué le has hecho al subdirector Strachan?

No podía arriesgarme a enfrentarme a él, pero sí podía intentar distraerlo para que Dustin pudiera huir de allí. El rey Nome miró de reojo la maqueta de Dorothy y, por primera vez, me fijé en una figurita en especial. Representaba al subdirector Strachan, con su traje desaliñado y sus zapatos raídos. Me estremecí. Aquel tipo nunca me había caído bien, pero jamás le habría deseado algo así. Y entonces me percaté de otro detalle. La estatuilla de Dorothy llevaba un par de zapatos que brillaban bajo una gruesa capa de polvo. Eran zapatos plateados.

Cuando aprendes a reconocer la magia, es inconfundible. Solo necesitas saber qué estás buscando. Es como el don que tiene mi madre para localizar la única camiseta que tiene un agujero de toda la tienda. Así, puede pedir un descuento. Y los zapatos plateados de aquella maqueta eran mágicos. Eran tan mágicos que con solo estar cerca de ellos, ya noté un hormigueo en el estómago. Los había encontrado. No me explicaba cómo habían llegado allí, pero aquellos zapatos habían estado delante de mis narices todo el tiempo.

El rey Nome esbozó una sonrisa.

—Así es —dijo—. Han estado a la vista todo el tiempo. Sabía que, algún día, me servirían de algo. Como puedes ver, querida señorita Gumm, puedo moverme entre los dos mundos sin ningún problema; pero no todo el mundo tiene esa suerte. Si tu destino es gobernar Oz, necesitarás un modo de volver al reino. ¿Y si te regalara un nuevo par de zapatos?

¿Gobernar Oz? ¿De qué estaba hablando? Si el rey Nome quería tomar el control de Oz, ¿para qué le iba a servir yo? ¿Él había orquestado el regreso de Dorothy a Oz? Y de ser así, ¿por qué?

—Tal vez podamos llegar a un acuerdo —dije, y empujé a Dustin. Aunque estaba muy confundido, pilló el mensaje a la primera. Aprovechó que yo me levantaba poco a poco, sin apartar la mirada del rey Nome, para salir pitando de allí.

El rey Nome soltó una risotada.

—¿Un acuerdo? Creo que no estás en posición de negociar, Amy Gumm.

—En verdad, no lo está —dijo una voz familiar a mis espaldas—. Pero tal vez yo sí.

El rey Nome sonrió de oreja a oreja, dejando al descubierto una dentadura espeluznante.

—Qué emocionante —dijo—. Bienvenido a la fiesta, pequeño mago.

DIECISIETE

—*N*ox —murmuré—. ¿Qué estás haciendo aquí?

—No puedes utilizar la magia, Amy. Y no puedes enfrentarte al rey Nome tú sola.

—¿Te envía Mombi?

Él no respondió a mi pregunta; tenía la mirada clavada en el rey Nome, por lo que intuí que había venido por voluntad propia. No tenía ni idea de las consecuencias que podría conllevar desobedecer las órdenes del Cuadrante, pero intuía que a las brujas no les haría ninguna gracia saber que Nox había actuado por su cuenta. El rey Nome no podía estar disfrutando más de aquel momento.

—¿De veras crees que puedes protegerla de mí, muchacho? Tu magia apenas funciona en este reino. Estás débil y muy lejos de tu hogar. Te aconsejo que te relajes. No tengo ninguna intención de hacer daño a tu amiga.

Hizo especial énfasis en la última palabra, por lo que supuse que estaba al corriente de lo que sentíamos el uno por el otro.

—Esto no es un juego —respondió Nox en voz baja. Sabía muy bien lo que estaba haciendo. Después de todo, él me había enseñado todo lo que sabía. Estaba poniendo a prueba las defensas del rey Nome, buscando sus debilidades, su talón de Aquiles. Pero el rey Nome ya había dicho que su magia funcionaba de una forma distinta a la nuestra.

—Amy, ¿quién es esta gente? ¿Y qué… qué le ha ocurrido al subdirector Strachan?

Mierda. Me había olvidado por completo de Dustin. Seguía en el vestíbulo.

—¡Dustin, hablo en serio! ¡Sal de aquí! —grité.

—¡No pienso dejarte aquí!

—¡Puedo cuidarme solita! —repliqué, pero él no se movió. Era más terco que una mula, así que cambié de estrategia—. ¡Avisa a la policía!

Ningún agente de Kansas podría parar a una criatura como el rey Nome, pero al menos así Dustin estaría a salvo.

—¡No pienso dejarte aquí! —repitió.

—¡Hazlo!

El rey Nome salió disparado hacia mí y extendió sus dedos huesudos y horrendos.

—¡Amy! —gritó Nox.

—¡Lo sé! —dije, y me tiré al suelo, esquivando así los brazos del rey Nome. No podía utilizar mi magia, pero sí mis habilidades guerreras. Di un par de volteretas por el suelo y, tras pegar un salto, aterricé justo al lado de la maqueta. Sin embargo, el objetivo de aquella criatura asquerosa no había sido yo, sino Nox. El pobre invocó un escudo para protegerse, pero el rey Nome lo apartó de un manotazo, como si estuviera hecho de una telaraña fina y quebradiza.

—Esto no es asunto tuyo, muchacho —dijo, sin alterar la voz—. Si quieres irte, ahora es el momento.

—No me trates como a un mocoso estúpido —contestó Nox, molesto. Entonces levantó las manos y, de sus palmas, brotaron unos zarcillos de fuego que, varios segundos después, se condensaron en una esfera llameante. El rey Nome soltó una carcajada, la misma carcajada siniestra y maquiavélica que se coló en mi cabeza como un cuchillo afilado. Aullé de dolor y me tapé los oídos con las manos. Nox también se dobló de dolor mientras unas lenguas de fuego descendían de sus dedos. Tenía que sacarlo de allí. No podíamos enfrentarnos al rey Nome sin mi magia. Era una misión suicida. No me cabía la menor duda de que aquel monstruo mataría a Nox si se entrometía en su camino o intentaba desbaratarle los planes.

«Podría ser peor —pensé—. Al menos no le gusta la purpurina».

Los zapatos plateados eran la única oportunidad que tendríamos para escapar de allí con vida. Pero el rey Nome quería que yo los cogiera. ¿En qué lío me metería si, sin querer, obedecía los deseos del rey Nome en un intento de salvar la vida de Nox? El rey Nome se acercó a Nox con una amplia sonrisa; los dedos de la criatura empezaron a retorcerse, a alargarse y a teñirse de color plata; aquella imagen me recordó a los esbirros del Hombre de Hojalata, que en lugar de dedos tenían tijeras, cuchillos y puñales oxidados pero afilados.

Si no actuaba rápido, condenaría a Nox a una muerte segura. Me quité la sudadera, me envolví el brazo con ella y asesté un codazo al cristal de la maqueta. Lo golpeé con todas mis fuerzas. Sentí un pinchazo de dolor en todo el brazo y, por un momento, temí habérmelo roto en lugar del cristal. Pero entonces advertí una grieta en la superficie. Otro golpe, y el cristal se haría añicos. A mis espaldas, Nox y el rey Nome ya habían pasado a la acción; el rey Nome se movía a una velocidad pasmosa mientras que Nox… en fin, Nox estaba nervioso, tenso. Era evidente que aquel monstruo estaba jugando con él, como suele hacer un gato con un ratón antes de matarlo.

Pero, de momento, su jueguecito enfermizo estaba manteniendo a Nox con vida.

—¡Amy! —resopló Nox—. ¿Qué estás haciendo?

—Tratando de salvarte la vida, seguro —respondió el rey Nome, con tono aburrido—. No sé ni por qué se molesta.

—No te conozco de nada, pero no pareces un tío con muchos amigos —espeté, y cogí la figurita de Dorothy de entre los cristales rotos. En cuanto rocé los zapatos, noté su magia, como si fuera una corriente eléctrica. Empezaron a emitir una luz cálida y agradable y, después de unos segundos, esa misma luz iluminó el vestíbulo. Dustin, Nox y el rey Nome se quedaron inmóviles, petrificados. Los zapatos comenzaron a crecer, como esas esponjas en forma de animal que sumerges en agua y se hinchan, hasta alcanzar el tamaño perfecto para mis pies. Me quité las zapatillas y me calcé aquel par de zapatos plateados.

—Muy bien, Amy —ronroneó el rey Nome.

—¡Amy, no! ¡Tiene que ser una trampa! —gritó Dustin.

No era idiota. A mí también se me había pasado por la cabeza, pero no sabía qué otras opciones tenía. En aquel momento, mi prioridad era evitar que el rey Nome asesinara a Nox y a Dustin.

Y, de repente, ocurrió algo increíble. En cuanto deslicé mis pies en esos zapatos, empezaron a cambiar. La suela se volvió más gruesa y la tela, de aspecto sedoso cubierta con decenas de lentejuelas cosidas a mano, fue ascendiendo por mis tobillos. Y unos lazos plateados se entrelazaron por unas arandelas plateadas.

Los zapatos mágicos de Dorothy se habían convertido en un par de botas de combate adornadas con diamantes. Jamás me había puesto unos zapatos tan cómodos. Parecían hechos a medida. No podía describir la sensación de llevarlos puestos. Era como si un amigo de la infancia me estuviera abrazando. «Todo va a salir bien», parecían susurrar. La sensación me llenó todo el cuerpo, de pies a cabeza. Levanté las manos y me percaté de que brillaban con la misma luz plateada que los zapatos. Sentía que la magia fluía por mis venas. Estaba tranquila, más tranquila que nunca. Todas mis preocupaciones se desvanecieron. Tuve la sensación de haberme alejado varias decenas de kilómetros del caos del vestíbulo. Sabía que, si se lo pedía, los zapatos me llevarían allá donde quisiera. Y sabía muy bien dónde quería ir: a Oz. Cerré los ojos y me preparé para invocar el poder que me llevaría de vuelta a casa.

—¡Amy! —gritó Nox y, de repente, abrí los ojos. ¿Cómo había podido olvidarme de él? ¿Qué estaba haciendo? Eché un vistazo a las botas. Si aquellos zapatos formaban parte del plan del rey Nome, ¿podía fiarme de su magia?

No tenía tiempo para resolver las dudas. Al ver que llevaba los zapatos, el rey Nome se puso a aplaudir, satisfecho. Nox se abalanzó sobre él para intentar derribarlo y, en ese preciso instante, Dustin saltó y se metió en la refriega. Estaba muerto de miedo, pero aun así estaba decidido a arriesgar su vida por mí. Y eso que no sabía a quién se estaba enfrentando.

—¡Dustin, para! —grité, pero no llegué a tiempo.

El rey Nome le lanzó una bola de fuego con tal rapidez que ni siquiera me percaté de que había movido las manos.

—¡No! —chillé, y alargué la mano que tenía libre para frenar la bola.

Las botas se iluminaron y, por fin, recuperé mi magia. De inmediato creé una red de hilos de luz que salió disparada de mis dedos. Mi truco no bastó para desviar la bola de fuego del rey Nome, pero al menos mi red absorbió parte de la fuerza y la velocidad de la esfera antes de que impactara directamente en el pecho de Dustin. Él abrió la boca, sorprendido, y se miró el cráter oscuro que tenía en el pecho. Luego soltó un gemido de dolor y perdió el equilibrio.

—¡Dustin! —grité.

De pronto, oí unos murmullos en el pasillo y, a lo lejos, el ruido de una sirena. Un puñado de profesores se había apiñado tras una columna. El rey Nome alzó las manos y les arrojó una especie de onda sísmica que los tiró al suelo. Nox salió disparado hacia la criatura, pero el rey Nome lo apartó de una patada. Luego invocó una masa de hilos oscuros que empezaron a arremolinarse y a expandirse. Aquella nube oscura rodaba cada vez más rápido.

—Mi querida señorita Gumm —dijo; su voz seseante me ponía la piel de gallina—. Me temo que ha llegado el momento de despedirse; dile adiós a tu amiguito. Te llevo de vuelta a Oz, que es donde debes estar.

Aquella masa oscura empezó a elevarse, pero había alcanzado tal velocidad que, al ascender, arrancó varias baldosas del suelo. Los cristales de las ventanas empezaron a vibrar y, tras unos segundos, se rompieron en mil pedazos. Tardé unos segundos en adivinar qué estaba haciendo. El rey Nome había creado un tornado. Yo tenía los zapatos de Dorothy y sabía que esa bestia repugnante quería enviarme de vuelta a Oz. Pero también sabía que no iba a dejar que Nox se fuera de rositas; no podía arriesgarse a dejar a un miembro del Cuadrante con vida. Iba a matarlo.

No teníamos mucho tiempo. De hecho, no podíamos perder un segundo más. Quería ayudar a Dustin. Quería decirle a Madison que, allá donde estuviera, rezaría porque algún día pudiera marcharse de Flat Hill. Quería despedirme de mi madre y decirle «te quiero» por última vez. Demasiadas cosas. Pero no tenía elección. O viajábamos a Oz, o vería a Nox morir en aquel mísero vestíbulo.

—¡Nox! —grité—. ¡Vamos!

Él echó un fugaz vistazo a mis zapatos y, en un abrir y cerrar de ojos, se plantó a mi lado.

—¡Llevadnos a casa! —chillé mientras el tornado escupía un aullido aterrador. Los zapatos se iluminaron con una luz blanca y, de repente, comenzamos a flotar... una brisa invisible nos arrastró directamente al ojo del huracán.

En mitad de aquel vestíbulo en ruinas, rodeado de cristales rotos, sangre y escombros, el rey Nome nos observaba con una enorme sonrisa pegada en la cara.

«Te veré muy pronto, señorita Gumm»; su voz de serpiente volvió a meterse en mi cabeza.

Y justo en ese instante el tornado nos engulló, y todo a nuestro alrededor se volvió negro.

DIECIOCHO

Lo primero que oí fue el canto de un pájaro. Entré en pánico. Si no me ponía las pilas, iba a llegar tarde al instituto. Tenía los párpados tan pegados que ni siquiera logré abrir los ojos. Levanté la mano para frotármelos y sentí un pinchazo de dolor insoportable. Me dolía todo el cuerpo. Traté de moverme, pero fue aún peor. Algo muy pesado me había inmovilizado el otro brazo. Y el pájaro que estaba oyendo era de otro mundo; ningún ciudadano de Kansas lo habría reconocido porque las notas eran discordantes. Y porque el sonido venía del subsuelo.

—¿Amy? ¿Estás bien?

La voz me resultó familiar. Era una voz ronca. Y masculina.

—No te muevas —añadió—. Creo que estás herida.

Noté que el peso que me aplastaba el brazo desaparecía y unos dedos me acariciaron la mejilla.

—Tenemos que buscar ayuda.

Al final, conseguí abrir los ojos. Apenas a unos milímetros de mí, alguien me miraba con preocupación. Alguien que reconocí enseguida. Me estrujé los sesos y, por fin, recordé su nombre.

—Nox —grazné—. ¿Qué ha pasado? ¿Dónde estamos?

—Lo has conseguido, Amy —susurró él—. Hemos regresado a Oz. Estamos junto al antiguo palacio del Hombre de Hojalata. Creo que hemos aterrizado en el huerto.

No pude contenerme y me eché a reír. Me dolió todo el cuerpo, pero me dio lo mismo.

—Sé que no lo parece, pero estoy muy enfadada contigo —dije.

—Lo sé —murmuró Nox, y luego me besó.

No podía moverme sin que me doliera todo el cuerpo. Supuse que Nox debía de estar tan hecho polvo como yo. Solo que él estaba encima de mí. Sus labios sabían a Oz. A un campo de flores cantarinas con un perfume delicioso. O a una cucharada de la fruta del sol de Lulu.

Su sabor era silvestre y limpio. Y sus labios eran suaves como el terciopelo. Sí, el dolor era insoportable, pero, de repente, me dio lo mismo. Cerré los ojos y disfruté de aquel beso. Él se movió y gruñó de dolor. Yo me eché a reír otra vez y, tras unos segundos, él también se rio. Deslizó sus labios por mi cuello, hasta llegar al oído.

—Amy —murmuró—. Se supone que no debo hacer esto, pero...

Sabía que un puñado de besos no resolvería el problema. Pero me apetecía saborearlos un poco más. Quería que se quedara ahí, a mi lado, para siempre. El segundo beso supo a beso robado.

Alguien empezó a toser y Nox levantó la cabeza. Aquel movimiento provocó una cadena de pinchazos por todo mi cuerpo y, muy a mi pesar, abrí los ojos. Mombi se cernía sobre nosotros y tenía el ceño fruncido.

—¿Cómo has conseguido llegar aquí? —preguntó Nox, desconcertado.

—¿Tú qué crees? Estamos unidos por la magia del Cuadrante —respondió Mombi.

—Como miembro del Cuadrante, Nox, ahora estás conectado a nosotras —explicó Gert—. Podemos ver lo que tú ves, y sentir lo que tú sientes.

Un momento. ¿Eso significaba que me había besado con las tres brujas? La idea me pareció tan repugnante que preferí no pensar en ella. Gert arqueó una ceja y después continuó:

—Nos dimos cuenta de lo que estaba pasando en cuanto encontraste los zapatos originales de Dorothy, así que nos apresuramos y aprovechamos la magia que os ha arrastrado hasta Oz para volver aquí.

—Este es el lugar más seguro que se nos ha ocurrido y por eso os hemos teletransportado aquí —añadió Glamora—. El palacio está abandonado; los Winkies se han marchado, el Hombre de Hojalata está muerto y a nadie se le ocurrirá buscarnos justamente aquí. Aunque Dorothy y Glinda no tardarán en averiguar dónde estamos. No podremos escondernos de su magia para siempre.

Esperaba que me felicitaran por haber encontrado los zapatos, pero Mombi aún no había acabado con la reprimenda.

—¿Y tú en qué estabas pensando? —espetó a Nox—. Esto no es un juego. Nos desobedeciste en el Otro Sitio y nos has desobedecido ahora.

—Creía que, como miembros del Cuadrante, nadie estaba por encima de nadie, que éramos todos iguales —respondió Nox. ¿Nox había ignorado sus órdenes para vigilarme? ¿Para protegerme? Eso explicaría por qué había aparecido de repente en el vestíbulo del instituto. Lo miré de reojo, pero él no se atrevió a mirarme a los ojos.

—Has adquirido un compromiso con Oz y ese compromiso es muchísimo más importante que cualquier cosa —bramó Mombi—. ¿Te ha quedado claro?

Jamás había visto a Mombi tan furiosa como en aquel momento. Nox parecía un niño pequeño al que acababan de pillar robando galletas. Se puso en pie de un brinco y balbuceó una disculpa.

—Lo sé, Mombi —murmuró—. Lo siento mucho. Tienes razón.

Ella seguía mirándolo como si fuera un pedazo de carne podrida que se le había quedado pegado en la suela del zapato.

—¿Vas a tomarte el Cuadrante en serio sí o no, Nox? Hay otros candidatos dispuestos a ocupar tu lugar.

¿De veras? Le miré por el rabillo del ojo. Estaba asombrado. Que hubiera otras brujas o magos ansiosos por ocupar el lugar de Nox no era una mala noticia. Quizá él podría… jubilarse. Y así, tal vez, podríamos tener la oportunidad de estar juntos.

«Para», me dije a mí misma. Me estaba comportando como una niñata de instituto. Todo aquello era mucho más importante que mis sentimientos, y que los de Nox, obviamente.

—Cumpliré con mi deber —se apresuró a decir, sin mirarme. Me dolió que tomara la decisión tan rápido, que ni siquiera se planteara la opción de estar conmigo. Y luego me reprendí por ser tan quisquillosa.

—Creemos en ti, Nox —dijo Gert, con una voz mucho más amable que Mombi—. Sé que todo esto es muy difícil para ti —añadió, y luego me miró—. Todos debemos sacrificarnos por el bien común. —Sentí que aquellas palabras iban dirigidas a mí—. Amy, estás malherida. Necesitas sumergirte en la balsa mágica, pero me temo que, en este lugar, no disponemos de lujos como ese. Quédate quieta, por favor.

Sentí el calor de su magia desprendiéndose de sus palmas y envolviéndome todo el cuerpo, acariciándome las piernas, y los brazos. Al principio fue una sensación muy agradable, como si de un masaje se tratara.

Pero ya sabes que durante un masaje, siempre hay un momento en el que te cansas y ya no quieres más. Gert cruzó ese límite, y vaya si lo cruzó.

En cuanto su hechizo me retorció los huesos y los músculos, para soldarlos y entretejer las fibras, sentí un dolor que no puedo describir con palabras. Fue como si alguien tratara de meter mi cuerpo por un agujero diminuto.

Y justo cuando creía que no podría soportar aquella agonía ni un segundo más, paró. Moví los dedos y luego traté de mover los brazos y las piernas. Gert lo había vuelto a hacer. Seguía llena de moretones y estaba cansada. Y un poco molesta. Y un poco triste. Pero estaba en Oz, sana y salva.

Volví a oír aquel canto de pájaro; bajé la mirada y vi una rana amarilla minúscula. Me observaba con sus ojos brillantes mientras canturreaba una melodía.

—¿Ranas cantarinas? —pregunté—. ¿Cómo es que no las había visto antes?

—Las ranas cantarinas de Oz son una especie autóctona del país de los Winkies —respondió Glamora.

—Tenemos cosas mucho más importantes de las que hablar que de ranas cantarinas —gruñó Mombi. Nox tenía la mirada clavada en mis pies, así que eché un vistazo. Las botas plateadas emitían un suave resplandor. Recordé todo lo ocurrido en los últimos días.

Madison. Dustin. El rey Nome. Dorothy. Mi madre.

—¿Por qué estamos en el palacio del Hombre de Hojalata? —pregunté—. ¿Y dónde está Dorothy?

—Vamos —dijo Mombi—. Tengamos esta conversación dentro.

DIECINUEVE

El palacio de los Winkies parecía un verdadero estercolero. No sé por qué me extrañó tanto; al fin y al cabo, sus antiguos inquilinos habían sido el Hombre de Hojalata y la Bruja Mala del Oeste. A primera vista, daba la impresión de que unos bandidos lo habían saqueado. Los tapices que colgaban de las paredes estaban raídos y llenos de polvo y casi todas las puertas estaban astilladas, como si alguien las hubiera querido abrir a patadas. Allá donde mirara veía manchas deformes. Estaban por todas partes, tanto en las paredes como en los suelos. Sospechosamente, parecían manchas de sangre. Todos los muebles estaban volcados o rotos. En cuanto entramos en el salón para fiestas del palacio, Mombi agitó una mano y, de inmediato, un fantasma invisible recogió las sillas que estaban desperdigadas por el suelo y las colocó alrededor de una mesa.

Flexioné los dedos y enseguida noté ese cosquilleo mágico en la punta. No sabía qué le había ocurrido a mi magia en Kansas, pero la había recuperado. Y, además, percibí algo distinto en ella, algo que no podía describir. «Los zapatos», pensé. Los zapatos no eran unos zapatos cualquiera, de eso no me cabía la menor duda. Y sabía que tendrían un efecto en mí. ¿Pero ese efecto sería bueno o malo? ¿Y podría volver a utilizar la magia sin convertirme en un monstruo, como le había ocurrido a Dorothy?

—Vayamos al grano —dijo Mombi—. No sabemos dónde está Dorothy. Suponemos que está en Ciudad Esmeralda, pero no tenemos modo de averiguarlo. Hay que actuar rápido, antes de que descubra que hemos encontrado el modo de volver a Oz. —Se volvió hacia Glamora y añadió—: Ha llegado el momento de convocar al resto de los Malvados.

Glamora asintió con la cabeza.

—El rey Nome se ha alzado contra Oz, lo que implica que ahora tenemos tres enemigos a los que enfrentarnos. Los planes que habíamos pensado se han ido al garete. Tenemos que elaborar una nueva estrategia.

Rememoré la última conversación que había tenido con el rey Nome.

—El rey Nome estaba empeñado en que regresara a Oz —comenté—. Me dijo que Dorothy ya no le servía de nada pero que, a lo mejor, yo sí.

Mombi y Gert intercambiaron una mirada cómplice.

—No me gusta un pelo cómo suena eso —gruñó Mombi.

—Quizá... —murmuró Glamora, pero luego se calló y todas las brujas se miraron sin articular palabra.

—Glinda fue quien trajo a Dorothy de vuelta a Oz —dijo Gert—. Asumimos desde el principio que Glinda había orquestado el retorno de Dorothy al trono para que así ella pudiera mover los hilos del reino desde la sombra. Pero si ha estado colaborando con el rey Nome...

—O bajo sus órdenes —añadió Mombi en voz baja—. No sabemos lo poderoso que es. Recordad que es capaz de viajar a su antojo a Ev, Oz y al Otro Sitio. Y lleva siglos deseando hacerse con el poder de Oz.

—¿Siglos? —pregunté.

—Es muy, muy viejo —respondió Glamora—. Hay quien asegura que es un ser ancestral, que nació incluso antes que Lurline, la primera hada que pisó Oz.

«La magia es peligrosa para los forasteros. No estáis hechos para ella». Eso era lo que Nox me había dicho hacía una eternidad, cuando empecé mi entrenamiento en las cavernas subterráneas de los Malvados.

—Dorothy ya no le sirve porque la magia de Oz la ha corrompido —dije. La magia de Dorothy había sido destructiva; había transformado a una chica dulce e inocente que mataba las horas escribiendo los quehaceres de sus gallinas y su perro *Toto* en la tirana sanguinaria y despiadada que era ahora. ¿Qué podía hacerme a mí? Ahora que había averiguado ciertas cosas sobre su pasado me daba cuenta de que, en realidad, sí nos parecíamos bastante. El rey Nome me había asegurado que era más fuerte que Dorothy; y que la magia de Oz ya me había convertido en un monstruo.

Gert me leyó la mente y asintió con la cabeza.

—Eso se puede resolver —dijo—. Amy, no puedes utilizar la magia. Es demasiado peligroso.

—¿Pero cómo voy a luchar sin magia? —protesté—. Vosotras fuisteis quienes me enseñasteis a usar la magia. Vosotras me convertisteis en lo que soy ahora. ¿Qué pretendéis, que borre todo lo que aprendí?

Nox no había articulado palabra, pero ahora decidió intervenir.

—No merece la pena, Amy —dijo. Recordé la charla que habíamos tenido. Aunque había sido hacía unos días, me daba la sensación de que habían pasado varios meses. Si la magia de Oz me transformaba en una segunda Dorothy, al Cuadrante no le quedaría más remedio que matarme. Y sabía que a Nox no le temblaría el pulso. Para él, sería un acto de misericordia. Y, para qué engañarnos, sí lo sería. Pensé en todo lo que Dorothy había hecho, y me estremecí. Prefería morir que acabar siendo como ella. ¿Pero cómo podría protegerme en el reino si no podía usar mis poderes? Tenía los zapatos de Dorothy, pero me asustaba que también formaran parte del plan del rey Nome.

De repente, pensé en mi madre. La magia podría destruirme, igual que le había ocurrido a ella con las pastillas. La misma adicción... y los mismos resultados. Yo me había encaprichado del poder; y ella, del olvido. Su adicción había acabado con ella, con nosotras, y yo la había odiado por eso. ¿Pero de veras éramos tan diferentes?

¿Dónde estaría ahora? ¿Qué creería que me había ocurrido esta vez? ¿Qué hora era en Kansas? ¿Qué estragos habría causado el tornado en el pueblo? Alguien habría llamado a su puerta para darle la peor de las noticias: que su hija había vuelto a desaparecer. Se me había tragado otro tornado... ¿qué posibilidades había de que eso ocurriera? Lo bueno era que esta vez Dustin lo había presenciado todo; había visto con sus propios ojos cómo el tornado me engullía. ¿Y Dustin? ¿Habría sobrevivido a la batalla contra el rey Nome? En algún momento, la policía tendría que darme por muerta. ¿Cómo funcionaba eso? ¿Cuánto tiempo tenía que pasar antes de que mi madre perdiera toda la esperanza? ¿Y luego qué? ¿Empezaría a tomar pastillas como si no hubiera un mañana? ¿Bebería hasta perder el conocimiento? Al fin y al cabo, no tendría motivos de peso para mantenerse sobria. Si mi madre pensaba que no volvería a ver a su hija... no sabía lo que podría llegar a hacer. Se me humedecieron los ojos. Me había quedado atrapada en Oz. No tenía forma de protegerme. Estaba enamorada de un chico al que no le permitían quererme. Y no podía salvar a mi madre de algo que acabaría destruyéndola. Eran demasiadas preocupaciones.

—Necesito tomar un poco el aire —dije, y me levanté de la silla.

—Amy, debes andarte con mucho cuidado —comentó Gert—. Dorothy podría estar en cualquier sitio.

Me di la vuelta y, a mis espaldas, escuché a Mombi murmurar:

—No pasa nada, deja que dé una vuelta. Si pasara algo, podríamos protegerla.

No sabía adónde ir, así que subí la primera escalera que vi. Y luego la siguiente. Después de varios minutos deambulando por aquel palacio, llegué a una sala enorme que debía de haber servido como dormitorio en otros tiempos. El aire olía a petróleo. No había ninguna cama, tan solo un armario gigantesco de madera en el fondo de la habitación. Había una parte ennegrecida, como si alguien hubiera intentado incendiarlo. Recordé los aposentos del Hombre de Hojalata en Palacio Esmeralda y, de inmediato, sentí un escalofrío por la espalda. Por fin lo comprendí. El Hombre de Hojalata dormía de pie. Estaba en su vieja habitación. Y justo delante de mí había un retrato de Dorothy. Le había arrancado el corazón del pecho, pero allí, en mitad de su habitación, me di cuenta de… de que si no hubiera conocido a Dorothy, jamás se habría vuelto un ser tan despreciable, tan malvado. A veces me pregunto en qué me habría convertido de no haber conocido a Nox.

Iba a dar media vuelta cuando, de pronto, vi unas puertas dobles que daban a una especie de balcón; las empujé y noté una oleada de aire fresco. Aquel balcón tenía unas vistas panorámicas del reino preciosas.

Eso sí eran vistas. Desde ahí se podían contemplar los jardines que rodeaban el palacio. En algunos lugares la vegetación era frondosa, probablemente porque hacía mucho tiempo que nadie la cuidaba. Detrás de los jardines se avistaban unas montañas altísimas y, al otro lado, el Reino de los Sin Alas. Bajo aquel cielo azul y despejado, y con el reino de Oz extendiéndose bajo mis pies, me sentí atrapada entre unos muros invisibles. Había viajado hasta muy lejos, había aprendido muchísimo, había librado incontables batallas, y tenía la impresión de que no había servido para nada. De hecho, Oz parecía un lugar peor desde que había puesto un pie en él.

—¿Amy? —oí decir a Nox detrás de mí. Pero no me giré.

—Quiero estar a solas, Nox.

Oí unos pasos y, unos segundos después, lo tenía al lado. Los dos permanecimos en silencio durante un buen rato.

—Siempre creí que era un lugar hermoso —murmuré sin apartar la mirada de las vistas—. Incluso cuando las cosas se complicaron, seguía siendo un lugar hermoso. Me parecía… increíble. Ahora, en cambio, da lo mismo lo bonito que sea. Solo es un pedazo de tierra que, tarde o temprano, alguien destruirá.

—Tienes razón —dijo él.

Esta vez sí me giré hacia él. No hacía tanto que nos habíamos conocido, pero algo en él había cambiado. Parecía mayor.

—No quiero tener razón —repliqué.

—¿Y qué quieres que diga? —dijo, y se apartó un mechón de la cara—. Tienes razón. Todo se ha complicado. Demasiado. ¿Sabes qué me pregunto a veces?

—No sé si quiero saberlo.

—A veces me pregunto si la culpa es de Dorothy, o si este lugar siempre ha estado podrido. Tal vez ese es el precio que tienes que pagar por la magia.

—Mi mundo no tiene magia, y también es complicado.

—¿En serio? A mí no me pareció tan mal. Al menos era mejor que esto.

—Eso es porque no viste mucho.

—Sí, lo sé —contestó él—. ¿Pero sabes qué me gustó?

—¿Qué?

—Que me recordó a ti. Allá donde miraba, pensaba: aquí nació Amy. Este es el suelo que pisaba. Este es el cielo bajo el cual creció. Ese es el lugar que te convirtió en quien eres hoy. Y por eso me gustó tanto.

—Dorothy también nació allí.

—Oh, que se joda —espetó Nox. Los dos soltamos una risita, aunque los dos sabíamos que no era en absoluto gracioso.

—Ojalá pudiera ver dónde naciste tú —dije.

—Lo tienes delante de tus narices.

—No, me refiero a tu hogar. A tu aldea. A la casa en la que te criaste. Todas esas tonterías.

Él hizo una mueca.

—Mi hogar desapareció —murmuró él. El dolor que percibí en su voz me dejó helada—. Ya lo sabes. Lo redujeron a cenizas.

—Lo sé —dije—. Pero igualmente me encantaría verlo.

—Los ríos estaban poblados por duendecillos que te cantaban mientras nadabas. En verano, podías dar un paseo por el Bosque Cantarín y ver el espectáculo de las montañas: se movían y cambiaban de lugar... —describió. Luego se quedó callado y con la mirada perdida.

—Tal vez... —empecé. ¿Tal vez, qué? ¿Tal vez todo iba a salir bien? ¿Tal vez estábamos exagerando? No había manera de acabar la frase sin sonar más falsa que el bolso Prada de imitación que mi padre me envió como regalo para mi trece cumpleaños, con una etiqueta en la que se leía «Praba».

Pero tampoco tuve que acabar la frase porque Nox lo hizo por mí.

—Tal vez no merezca la pena luchar por este reino —dijo—. Tal vez deberíamos rendirnos.

—¡No! —exclamé—. No quería decir eso.

—Ya lo sé. Es lo que yo quería decir. Creo que es la primera vez que lo digo en voz alta, pero a veces lo pienso, de veras. No sé, quizá lo mejor sería dejar que se mataran entre ellas. Mombi, Glinda, Dorothy... todas. Que sigan librando su guerra, hasta que hayan destruido todo el reino. Y entonces, tal vez Oz volvería a nacer de sus cenizas. Apuesto a que sí.

—No —dije—. A ver, a lo mejor tienes razón. No lo sé. Pero no podemos tirar la toalla ahora. No después del sacrificio que hemos hecho.

Hacía cuestión de un minuto, yo misma había estado a punto de rendirme. Pero después de oír a Nox decirlo, caí en la cuenta de que sería un error gravísimo.

—Mira —dije—. No te dejes engañar por las primeras impresiones. Solo has estado dos días en Kansas. Has acampado en una pradera y te ha fascinado. Y lo entiendo; Kansas también tiene su encanto, pero mi planeta se está volviendo loco, créeme. Los océanos han alcanzado niveles insospechados, los gobiernos cada vez declaran más guerras a países vecinos, varias especies de plantas y animales han desaparecido de la faz de la tierra, cada semana aparece en las noticias un niño que ha cogido la pistola de su padre y ha disparado a sus compañeros de instituto... —Al ver la cara de Nox, paré—. El mundo en el que crecí también ha desaparecido —añadí en voz baja—, pero eso no significa que vaya a perder la esperanza en él. Porque si te rindes, ¿qué sentido tendría la vida?

Nos quedamos callados durante un buen rato y mirándonos a los ojos. Estaba muy cerca de mí. Olía su perfume, aquella deliciosa fragancia a sándalo. Me habría encantado apartarle el pelo de los ojos. Si me hubiera inclinado un poco, nuestros labios se habrían rozado. Y lo deseaba tanto que el corazón se me había acelerado y ahora me martilleaba el pecho.

—¿Y qué te parecería esto? —preguntó Nox sin apartar la mirada. La luz púrpura del atardecer se reflejaba en su mirada gris, tiñéndola así de un color neón—. ¿Qué te parecería si tú y yo nos fuéramos de aquí? Dejemos que tengan su guerra. Encontraremos un lugar donde escondernos, solos tú y yo, y luego, cuando todo acabe, nos abriremos paso entre las ruinas y empezaremos desde cero. Reconstruiremos el reino. Y lo haremos juntos.

De pronto, me cogió de la mano. Casi se me para el corazón. Aquellas palabras sonaban muy bien. Él y yo. Solos. Juntos. Sin guerras. Sin sufrimiento. Era como un sueño precioso… salvo que era imposible. Por mucho que deseara que se hiciera realidad, era eso: un sueño. No podía sacrificar a la gente que quería por estar con un chico del que me había encaprichado. Y, a esas alturas, conocía bastante bien a Nox como para saber que él tampoco lo haría. No soportaría los remordimientos. Nos convertiríamos en dos personas abatidas, amargadas y resentidas viviendo en un mundo muerto. Lo sabía. Y él también.

—No me lo creo —dije.

—¿Y si te dijera que yo sí?

—Tú tampoco. Es lo más egoísta que te he oído decir. No es típico de ti.

—A lo mejor soy un capullo.

—Puede que seas un capullo, pero no eres un capullo egoísta.

—¿Y cómo estás tan segura, Amy?

—Porque jamás me enamoraría de una persona egoísta —respondí.

Él abrió los ojos como platos.

—Amy —murmuró con voz ronca—. Yo…

Pero no terminó la frase. Clavó la mirada en el patio que se extendía debajo del balcón del Hombre de Hojalata.

—¿Tú qué? —susurré; tal vez me había pasado un poco.

Y en ese momento me di cuenta de todo. A Nox no le habían sorprendido mis palabras. De hecho, ni siquiera me estaba mirando. Estaba contemplando el horizonte.

—Creo que se avecinan problemas —dijo. Me di la vuelta enseguida.

En aquel patio nos estaba esperando un ejército. Y no era un ejército cualquiera. Eran clones. Un océano de clones de ojos azules y la tez pálida y eternamente joven. Unos zarcillos de cabello dorado asomaban por debajo de sus cascos. Eran idénticas y tras aquella mirada sin brillo solo había oscuridad. Y era aterradora. Era imposible no reconocer a la figura rosa y reluciente que flotaba sobre todas ellas.

Ni tampoco a la chica y al chico que tenía encadenados a su lado.

VEINTE

—Avisa a los Malvados —siseó Nox y, en un abrir y cerrar de ojos, me hizo un placaje y me tiró al suelo para que Glinda no nos viera en el balcón—. Ahora.

No tuvo que decírmelo dos veces. Bajé las escaleras a toda prisa y me topé de frente con...

—¡Melindra! —exclamé. Estaba igual que la última vez que la había visto: alta, fiera y lista para la batalla. Alguien le había esquilado el cabello rubio que ocupaba la mitad humana de su cabeza; la otra mitad, de hojalata, estaba abollada y maltrecha. Tras ella vi a Annabel, la chica unicornio pelirroja y con una cicatriz púrpura en el centro de la frente que también había entrenado conmigo. En aquel salón había varias personas que, a primera vista, no reconocí, pero todas tenían la misma postura de guerrero precavido. Glamora estaba dándole un masaje a Gert en la espalda; Gert parecía agotada. Seguramente había tenido que utilizar su poder para invocar a todos los Malvados.

—Amy, ¿qué ocurre? —preguntó Gert cuando me vio entrar a toda prisa.

—¡Está pasando! —grité, casi sin aliento—. ¡Al piso de arriba, ahora!

Di media vuelta y salí escopeteada de aquel salón.

Ni siquiera me molesté en comprobar si alguien me seguía.

Glinda había venido bien preparada: en lugar de elegir uno de sus habituales vestidos pomposos y con varias capas de volantes, se había enfundado un mono de color rosa chicle muy, muy ajustado. Parecía estar hecho de cuero rosa y adornado con diminutas lentejuelas rosas. Se había recogido su melena dorada en un moño muy tirante y llevaba un bastón gigantesco —y obviamente de color rosa— en una mano.

—Oh, cielos —dijo Gert al ver a Glinda y a la inmensa legión que la acompañaba. Todas las soldados llevaban una armadura plateada tan pulida que emitía un brillo casi cegador. Además, cargaban unas lanzas con una punta de plata tan reluciente que parecía estar recubierta de diamantes. Aquella imagen me recordó al Hombre de Hojalata.

—¿Cómo ha conseguido un ejército? —pregunté.

—Siempre ha tenido un ejército —respondió Mombi—. Es solo que no lo utiliza muy a menudo.

—¿A qué te refieres?

—El general Jinjur invadió Ciudad Esmeralda y depuso al Espantapájaros antes de que Dorothy regresara a Oz —explicó Melindra—. ¿Es que no te lo enseñaron?

—Me salté la clase de historia porque estaba librando una guerra.

Melindra puso los ojos en blanco. No sabía qué problema tenía conmigo, pero era evidente que aún no lo había superado. Genial.

—Después, Glinda convocó a su ejército y sacó a Jinjur del palacio —explicó Mombi—. Juntos, Glinda y el Espantapájaros pusieron a Ozma en el trono.

—Espera un segundo; pensaba que Ozma era quien había desterrado a Glinda —dije, confundida.

Gert asintió.

—Y así fue. Glinda creyó que podría controlar a Ozma y así gobernar el reino a sus anchas. Pretendía convertirla en su marioneta. Pero Ozma tiene, o tenía, voluntad propia. Glinda trató de destituirla. Pero Ozma la desterró. Y cuando Dorothy regresó a Oz, Glinda fue liberada.

—Dorothy no está con ella —apuntó Gert después de echar un vistazo al campo de batalla, donde las tropas de Glinda habían empezado a formar.

—Si pretende enfrentarse a nosotros sin Dorothy... Va a por todas —opinó Melindra—. Jamás se ha atrevido a contradecir los deseos de Dorothy. Lo puede decir más alto, pero no más claro: quiere hacerse con el poder. Lo único que le falta es escribirlo en un papel y pegárselo en la frente.

—Supongamos que está trabajando con el rey Nome; tal vez él la haya obligado a hacer esto —propuso Mombi—. Sea como sea, no me gusta un pelo. Luchar contra Dorothy y Glinda unidas ya es difícil de por sí... pero si ahora cada una actúa por su cuenta...

—No cometas el error de pensar que esa colección de vampiros paliduchos no te despellejarían —dijo Melindra—. Glinda se encarga personalmente de su entrenamiento, y ya podéis imaginaros el tipo de ejercicios que se le ocurren. —Todos los presentes nos estremecimos—. Te destriparían sin pensárselo dos veces. Algunos son los mejores guerreros de Oz.

—Solían ser los únicos guerreros de Oz —puntualizó Gert.

—Bueno, esos eran otros tiempos —resumió Mombi—, y si nos quedamos en este balcón mucho más tiempo, empezarán a dispararnos. Lo único que podemos hacer es entrar y prepararnos para la batalla. Por suerte, las paredes de este palacio son muy gruesas, así que mientras estemos aquí dentro, será fácil defenderse.

—No estamos preparados para esto —se quejó Melindra; la chica medio metálica, con su aspecto fuerte y robusto, sonó casi lastimera.

—Te han entrenado para combatir en una batalla —dijo Nox—, y eso significa que estás preparada para lo que se avecina. —Melindra le lanzó una mirada cargada de dolor; me mordí el labio y traté de no regodearme.

El ejército de Glinda ya estaba en formación y la bruja se cernía sobre aquel enorme rectángulo. La flanqueaban Pete y Ozma, que se retorcían entre las cadenas. La princesa, que seguía hechizada, miraba a su alrededor con aquella expresión ausente. Pete parecía taciturno y abatido. «Te lo mereces», pensé para mis adentros al recordar su traición. Se había aliado con Glinda a nuestras espaldas y se había escapado con ella, si es que «escapar» era la palabra correcta para lo que ella le había hecho.

Me importaba muy poco que ahora estuviera sufriendo. Me acordé de Policroma, de su cuerpo inerte tirado en el suelo. Y de las Cascadas de Arcoíris, ardiendo en llamas. Y de Heathcliff, el gato unicornio de Policroma, ensangrentado y roto en mil pedazos. Por mí, Pete podía irse al mismo infierno. Pero Ozma era diferente.

Ozma no tenía la culpa de todo lo que había ocurrido. Era inocente. Y algo más que eso. También era la legítima heredera de Oz. Era la única posibilidad que teníamos. La única con poder suficiente para cambiar las cosas. Solo teníamos que romper el hechizo.

—Tenemos que rescatarla —anunció Nox; parecía haberme leído los pensamientos.

—Tiene que haber una manera —añadí, y, al ver su

mirada de aprobación, me tranquilicé. Sí, no las tenía todas conmigo, pero Nox llevaba razón. Además, actuar con tal seguridad me hizo sentir más fuerte y renovada. No podía ser peor de lo que ya habíamos vivido.

Fuera, sonó una trompeta y Glinda se elevó en el aire para que todo su ejército pudiera verla.

—Buenas tardes, mis queridos Malvados —dijo. Aunque seguía cerniéndose a varios metros de distancia y no había levantado la voz, la bruja sonó como si estuviera a apenas un par de pasos de nosotros. Ella y todos sus soldados se habían embadurnado la cara con PermaSonrisa. Sonreían de oreja a oreja, dejando al descubierto una dentadura blanca, brillante y aterradora—. Bienvenidos de nuevo a Oz. No sabéis cuánto nos alegramos de que hayáis vuelto. Ahora podréis presenciar la nueva era de Oz.

—Sigue siendo la misma zorra de siempre —murmuró Mombi.

—¿Dónde está Dorothy, querida hermana? —preguntó Glamora con voz dulce y melosa.

—¿Eres tú, cariño? —gritó Glinda—. Hacía una eternidad que no nos veíamos. De hecho, desde que te hice ese maravilloso *lifting* que tanto te gustó.

—No lo he olvidado —replicó Glamora con tono glacial.

El modo en que las hermanas charlaban me puso los pelos de punta; daba la sensación de que estuvieran teniendo una conversación íntima, y muy tensa, mientras tomaban té y pastas.

A Mombi se le acabó la paciencia.

—¿Qué quieres, Glinda? —bramó.

—Pensaba que podríamos ser amigas —ronroneó Glinda—. Como imaginaréis, vuestro Cuadrante no ha pasado desapercibido. Y tenía la esperanza de que me invitarais a la fiesta. —Hizo un puchero, pero el hechizo de permasonrisa no le permitió arrugar la frente.

—Se nos ha debido de olvidar —gruñó Mombi.

—Pues a mí me da que no —replicó Glinda—. ¿En serio creíais que podíais unir fuerzas sin mí, queridas?

—Qué curioso que quieras unirte a nosotras, sobre todo después de haber actuado a nuestras espaldas para borrar todos los recuerdos de la reina de Oz y poner a una tirana en el trono —espetó Gert.

Nox, que estaba a mi lado, me dio una palmada en el hombro.

—Tenemos que volver abajo. Si se presenta la oportunidad de rescatar a Ozma mientras andan por las ramas, tenemos que aprovecharla. —Asentí y Nox hizo un gesto a Melindra, a Annabel y a un par de guerreros más. Nos deslizamos como gatos sigilosos hacia la escalera. Mombi sacudió la cabeza.

—Ya basta de cháchara —dijo, de repente—. Propongo que unamos fuerzas, bajemos y nos enfrentemos a ella con toda la artillería. No habíamos previsto que ocurriera tan pronto, pero sabíamos que, tarde o temprano, llegaría este momento. Este, Oeste, Norte, Sur. Somos cuatro. Nox, te necesitamos.

—No —respondió Glamora. Todos la miramos sorprendidos. Aquellos ojos azules, idénticos a los de Glinda, brillaban con una energía salvaje y poderosa—. Es mi hermana. Y esta es mi guerra.

—Querida —intercedió Gert—, no puedes estar hablando en serio. No puedes plantarle cara tú sola. Tiene un ejército entero a su disposición y, si no me falla la memoria, la última vez que te enfrentaste a ella casi te mata.

Glamora se palpó el rostro; había pasado mucho tiempo, pero no había olvidado el día en que me mostró la desagradable cicatriz que Glinda le había dejado en la mejilla: un agujero a través del cual se le veía hasta la lengua.

Había combatido al lado de Glamora, pero jamás la había visto como en ese momento. Despiadada y salvaje, sí, pero también algo más.

Eufórica. Exultante. Hambrienta. Hambrienta de Sangre. Recordé la época que pasé en la cueva; allí había conocido a los Malvados y allí Glamora me había enseñado el arte del disfraz, del *glamour*. Siempre me había asaltado la duda de si era más siniestra y más peligrosa que su hermana Glinda. Ahora, al verla así, ya no tenía ninguna duda.

—Llevo esperando este momento muchísimo tiempo, desde la primera vez que nos enfrentamos, y de eso hace ya muchos años —respondió Glamora sin perder la calma—. Llevo demasiado tiempo anhelando el momento de poder arrebatarle la vida. Y lo pienso hacer como ella misma lo habría hecho entonces. Es mi oportunidad de erradicar la maldad del reino. Es mi batalla, y la de nadie más.

Y, con una serenidad increíble, se llevó la mano a la cara y, al apartarla, reveló su cicatriz. No era una cicatriz, sino más bien una hendidura que iba desde el lóbulo de la oreja hasta el mentón. Era una herida de guerra que jamás se curaría; de hecho, parecía que se la hubiera hecho esa misma mañana.

Gert y Mombi querían protestar, pero las dos sabían tan bien como yo que a Glamora no le temblaría el pulso, que nos apartaría de su camino sin dudarlo si así podía destruir a su hermana. Tenía un brillo extraño en la mirada; parecía trastornada y el aire que la rodeaba vibraba, como si fuera agua a punto de romper a hervir.

—No sé si este cambio de planes es muy sensato —murmuró Mombi, pero Glamora la ignoró.

—Esperadme aquí —dijo, y se elevó.

—Tiene razón —dijo Gert—. Es su guerra. Déjala que la libre, Mombi.

—Es una idea terrible —gruñó Mombi, y apartó la mano de Gert con cierto desdén. Pero, al igual que todos nosotros, corrió hacia el balcón para poder contemplar el espectáculo. Estábamos ansiosos por ver lo que iba a ocurrir.

Incluso desde aquel balcón, vi que Glinda tenía los hombros tensos. A pesar del ejército, a pesar de su magia, era evidente que, una parte de ella, tenía miedo. Glamora llevaba esperando ese momento mucho tiempo y, durante todos esos años, había estado alimentando ese odio y ese deseo de venganza. Yo también le tendría miedo, aunque dispusiera de todo un ejército salvaje y aterrador.

—Es inútil intentar detenerla —susurró Gert—, pero tenemos que idear un plan alternativo. Ahora. Dorothy llegará en cualquier momento. Si Glinda nos ha encontrado, ella no tardará en hacerlo.

Mientras Gert hablaba, Glamora flotó hacia su hermana con una elegancia impecable; y, mientras se deslizaba por el aire, se despojó de toda la ropa, quedándose así desnuda. Pero aquella imagen solo duró un segundo. De pronto, su piel empezó a desprenderse de su cuerpo, como una serpiente cuando cambia de piel. Dejó al descubierto un cuerpo violeta y brillante.

Glamora no había creado una armadura, sino que se había convertido en una armadura andante. Su pelo, sus brazos, su rostro. Todo su cuerpo brillaba con luz propia. Verla así nos dejó a todos sin palabras.

La única que no pareció sorprenderse ante aquella transformación fue Glinda, que se limitó a asentir con la cabeza.

Las dos brujas dibujaron un círculo en el aire, como si de un duelo se tratara. Glamora parecía la sombra de su hermana. La cara dulce e inocente de Glinda se había convertido en una máscara de odio, una expresión todavía más aterradora por aquella empalagosa permasonrisa.

El aire se volvió espeso y negro y, de repente, se retorció formando una nube que, poco a poco, se fue moldeando hasta convertirse en una gigantesca serpiente. La serpiente de humo echó la cabeza hacia atrás, dispuesta a atacar a su presa. Glinda alzó un brazo y, de inmediato, una lanza de luz rosa atravesó el pecho de la serpiente de Glamora, disolviéndola *ipso facto*. Glamora bajó el brazo y la serpiente apareció de nuevo, pero esta vez se enroscó alrededor de Glamora. Ella chasqueó los dedos y un relámpago de energía salió disparado hacia Glinda que, en el último segundo, se agachó y lo esquivó. De forma instintiva, pensé en mi puñal; se materializó en mi mano.

—Amy, ¿qué estás haciendo? —susurró Nox.

—Si Glinda está distraída, podemos rescatar a Ozma. Y a Pete, también —dije, y me dirigí hacia la puerta.

—¡No puedes utilizar la magia! —ladró Mombi.

—El puñal no cuenta —protesté—. Es un regalo.

Nox abrió la boca para protestar, pero luego la cerró y negó con la cabeza.

Mombi suspiró.

—Me quedaré aquí, con Gert; si hay suerte, quizá podamos echarle una mano a Glamora. Crucemos los dedos. Nox, Melindra y Amy, buscad la forma de rescatar a la princesa y al pelele traidor. Annabel, necesitaremos algunas guerreras aquí arriba. —Todas las chicas asintieron con la cabeza.

Pero, al parecer, no había sido la única a la que se le había ocurrido la brillante idea de pasar a la acción mientras las hermanas resolvían sus problemas. De pronto, el castillo tembló. Todos volvimos a agolparnos en el balcón y miramos hacia abajo. El ejército de Glinda había traído un ariete hasta las puertas del castillo; sin embargo, no era un ariete cualquiera. Era enorme, brillante, rosa y tenía forma de...

—¿Eso es un munchkin? —preguntó Nox, horrorizado. La magia perversa y retorcida de Glinda había transformado a un ciudadano inocente de Oz en un arma gigante, fosilizada y rosa. El munchkin apretaba los ojos, como si estuviera sufriendo un dolor insoportable. De su boca rebosaban llamas rosas que, al derramarse sobre el suelo, chisporroteaban como si fueran lava rosa. Mientras observábamos aquello, las soldados de Glinda tomaron impulso y golpearon la puerta con una fuerza sobrenatural.

—No podemos ayudarle. Y esa puerta no aguantará mucho tiempo más —dijo Gert—. Lo mejor es que nos preparemos.

VEINTIUNO

*T*odos reaccionamos de inmediato. Bajamos las escaleras a toda prisa y, cuando llegamos al inmenso recibidor del palacio, vimos que los portones de madera ya habían empezado a astillarse. Gert, Mombi y Nox entrelazaron sus manos y un aura de energía parpadeó a su alrededor. Estaban listos para enfrentarse al ejército de Glinda. Yo empuñé mi espada y me concentré. Tras un crujido ensordecedor, las puertas se abrieron de golpe. Varios trozos de madera salieron volando por los aires. Mombi chasqueó los dedos y todos los pedazos de madera se quedaron suspendidos en el aire. Un segundo después, cayeron al suelo; el ruido fue escandaloso pero, al menos, no habían hecho daño a nadie. Las primeras guerreras empezaron a escabullirse por el agujero de las puertas, con sus lanzas preparadas para atacar. Nox les arrojó una bola de magia. Tenía una puntería envidiable. La bola se estrelló contra el torso de una de las chicas y ella soltó un grito agónico. Se desplomó sobre el suelo y de su armadura comenzó a salir un humo gris y espeso. Pero eso no frenó a sus compañeras, que no dudaron en pisotear su cuerpo para avanzar por el vestíbulo.

Corrí hacia delante y levanté el puñal. De cerca, las

soldados de Glinda eran aterradoras. Se habían limado todos los dientes, de forma que, con aquella espeluznante permasonrisa, solo se veía una fila de colmillos afilados. Sobre su armadura se arrastraban unos gusanos diminutos de color rosa que saltaban hacia sus oponentes para clavarles el aguijón. Con un solo movimiento, le arrebaté la lanza a otra soldado y luego la degollé; al caer al suelo, pateé su cuerpo para apartarlo a un lado, pues ya tenía frente a mí a otro vampiro.

—¿Son clones? —le pregunté a Nox, que estaba al otro lado del vestíbulo, luchando contra dos soldados más de Glinda. Las chicas no parecieron escuchar la pregunta, y Nox estaba demasiado ocupado como para contestarla—. ¿Qué eres? —murmuré a la soldado con quien me estaba enfrentando en ese momento—. ¿Por qué obedeces las órdenes de Glinda? —Ella mostró sus dientes afilados y se abalanzó sobre mi garganta—. De acuerdo, como quieras —dije, y le atravesé el corazón con el puñal.

—¡Detrás de ti! —chilló Nox; me giré justo a tiempo para esquivar el golpe. Nox se abrió camino entre la muchedumbre y se acercó a mí. Una soldado levantó su espada, dispuesta a atacarlo por la espalda. Yo lo tiré al suelo y logré parar el golpe. Él se puso de pie de un brinco y le asestó una patada en los tobillos. Fue un movimiento rápido y ágil.

Nox y yo estábamos luchando de espaldas, como siempre habíamos hecho. No podíamos evitarlo. Así nos sentíamos como pez en el agua. A nuestro lado, Annabel, Melindra y otros miembros de la Orden blandían sus espadas sin piedad. Gert y Mombi correteaban por la sala, lanzando hechizos cada vez que se les presentaba la ocasión. Un grupo de soldados derribaron lo que quedaba de los portones y, en cuestión de segundos, la batalla se trasladó al patio interior del palacio. Glinda y Glamora, que brillaban como dos piedras preciosas, se cernían sobre nuestras cabezas. Se movían por el aire como cometas humanos mientras se arrojaban bolas de fuego y relámpagos de magia rosa.

—¡Mira allí! —gritó Gert.

Me deshice de mi oponente dándole un fuerte puñetazo en la mandíbula y después miré hacia arriba. Pete y Ozma estaban escondidos detrás de una roca, con los ojos como platos y todavía inmovilizados por aquellas cadenas. Unas cadenas, por cierto, de color rosa. Cuando todo aquello acabara, nunca volvería a ponerme algo de color rosa.

—¡Esta es tu oportunidad, Amy! —urgió Gert, y me despejó el camino hacia los prisioneros lanzando una gigantesca bola de fuego. No pensaba desperdiciar la oportunidad, así que salí disparada hacia Ozma.

—¡Ozma! ¿Estás bien?

—La cosecha de maíz está a punto de acabarse —respondió.

—Está bien —dijo Pete entre jadeos. Tenía la cara amoratada y ensangrentada, como si alguien acabara de darle una buena paliza. Y podía imaginarme quién había sido. Reconozco que tampoco sentí lástima por él—. Tienes que sacarnos de aquí —suplicó.

—¿Para qué? ¿Para que puedas vendernos a Glinda? —espeté—. Te funcionó la mar de bien la última vez, ¿eh?

—¡Estaba desesperado! —lloriqueó—. Policroma iba a matarme. ¡Y lo sabes tan bien como yo!

—En fin, pues ya no puede matarte. Está muerta —dije.

De pronto, Pete abrió los ojos como platos.

—¡A tu espalda!

Ah, claro. Lo había olvidado. Estaba en mitad de una guerra. Me di la vuelta, con el puñal en la mano, pero Nox también se había fijado en la chica y se había encargado personalmente de clavarle una lanza en el corazón.

—Pero si es el principito —dijo con gran desdén, sin apartar la mirada de Pete.

—No podemos dejarle aquí tirado. Morirá —murmuré a regañadientes—. Tenemos que sacarlos a los dos de aquí.

—¿Estás segura? —gruñó Nox.

Las manos de Nox ardían con fuego mágico. Trató de tirar de las cadenas de Pete, pero en cuanto las tocó, la llama se apagó y el metal rosa se iluminó de color blanco. Pete soltó un grito de dolor, pero las cadenas seguían ahí, inmóviles.

—¡Duele mucho! —resolló Pete—. ¡Por favor, para!

El hechizo de Nox tampoco tuvo ningún efecto en Ozma.

—Nos tomaremos el té en los jardines, ¿qué os parece? —preguntó Ozma.

Nox negó con la cabeza.

—La magia de Glinda es demasiado poderosa. Tendremos que llevarlos dentro del palacio y esconderlos en algún lugar, hasta que tengamos tiempo de deshacer el hechizo. —Pete levantó la piedra del suelo y la sujetó como si fuera a aporrear a la siguiente soldado con esa piedra hasta matarla.

—¡Déjame que te ayude! —grité.

—¡No! —chilló él—. ¡Amy, no puedes usar magia!

—¡Pero si estoy muerta, no podré utilizarla nunca! —repliqué. Él sacudió la cabeza, pero sabía que llevaba razón. Y, además, tenía los zapatos de Dorothy. Un zarcillo de energía serpenteó por mis piernas, hasta llegar a los pies y, de inmediato, sentí que los zapatos vibraban. «Ayudadme —pensé para mis adentros—. No sé qué sois, pero, por favor, ayudadme».

Las botas brillaron, y yo quise interpretarlo como una respuesta. De repente, me vi rodeada de una nube de diminutas luciérnagas; titilaban como si fueran diamantes voladores. Tardé muy poco en darme cuenta de que estaban hechas de diamantes. El campo de batalla enmudeció. Tenía la sensación de estar en una burbuja plateada, pero las paredes cada vez eran más densas y apenas podía ver a través de ellas. La imagen que me mostró aquella pantalla plateada no era la carnicería de la batalla, sino otra imagen.

Estaba dentro de una granja. A mi alrededor, todo estaba viejo y raído, pero escrupulosamente limpio. Las que una vez fueron cortinas amarillas, y que ahora estaban remendadas por decenas de sitios, estaban recogidas, revelaban unas vistas que me resultaron familiares: una pradera infinita y ondulante. Un anciano y una anciana estaban sentados junto a la mesa de la cocina, cuya madera brillaba por el uso. Una jovencita de mejillas rosadas les estaba sirviendo un trozo de pastel. Los dos la miraban con orgullo. La expresión de aquella chica era dulce y amable; sus ojos azules brillaban con luz propia y se había recogido la melena en dos trenzas perfectas.

—Sé que es imposible hacer una masa tan rica como la de la tía Em —decía—, pero me he esforzado muchísimo porque quiero que salga perfecta.

—Estoy segura de que es deliciosa, Dorothy —respondió la anciana.

De pronto, até cabos. ¿Esa era Dorothy? Pero esa chica no se parecía en nada a la chiflada que llevaba intentando matar desde hacía... mucho tiempo. La persona que tenía enfrente solo era una niña inocente.

Aquella era la Dorothy que había escrito un diario, el mismo diario que yo había encontrado. Dorothy levantó la vista y me miró. Pero no me miró a mí, porque no podía verme. Pero entonces entrecerró los ojos y su rostro comenzó a cambiar. Su mirada azul se volvió amenazadora y, por tanto, familiar. Y su sonrisa se retorció en una mueca de desprecio.

—Amy Gumm —dijo. Y en ese instante, clavó la mirada en mis pies y abrió los ojos de par en par—. Mis zapatos —susurró—. ¿De dónde los has sacado? —preguntó con cierto asombro. Y, por un segundo, volvió a ser aquella niña tierna e ingenua.

—¿Dorothy? ¿Con quién estás hablando? —preguntó la tía Em, y Dorothy titubeó.

Un segundo más tarde, chasqueó los dedos, con una expresión de asco pegada en la cara, y la tía Em, el tío Henry y la granja desaparecieron. Las dos aparecimos en una llanura inmensa. Alcé la vista y vi que, justo encima de nosotras, se balanceaba un mar de nubes grises y verdes. Era el cielo que solía avecinar un tornado. Dorothy empezó a crecer; sus rasgos se volvieron más afilados, perdiendo así cualquier rastro de su infancia en la granja. El vestido, de una tela gris, desgastada y raída, se transformó en un mono ajustado y cromado, igual que el de Glinda.

—No creas que puedes utilizar nuestra conexión para llevarme de paseo por mi pasado —dijo con voz fría y calculadora—. Voy a por ti, Amy Gumm. Y a por mis zapatos. Y voy a encontrar la manera de matarte. Quiero verte muerta.

—¡Amy! ¡Amy!

Alguien estaba gritando mi nombre. Parpadeé y, de repente, abandoné aquella llanura inhóspita y reaparecí en el fragor de la batalla. Nox me estaba sacudiendo con todas sus fuerzas.

—¡Amy! —chilló desesperado—. ¿Qué ha pasado? ¿Dónde has estado?

—He intentado utilizar los zapatos —respondí—,

pero siguen conectados a Dorothy. Ahora sabe dónde estamos. Y viene de camino.

—Tengo que avisar al Cuadrante —murmuró Nox, nervioso. Alcé la mirada. Glinda y Glamora seguían enzarzadas en su guerra particular. A Glinda se le había desecho el moño, de forma que su cabellera rubia flotaba alrededor de su cabeza como un halo salvaje. Su armadura estaba rasgada por decenas de sitios y tenía las manos y el rostro ensangrentados. Glamora no tenía mejor aspecto, la verdad. Su armadura amatista estaba resquebrajada y, aunque las dos seguían sobrevolando el ejército y lanzándose bolas de fuego, tenía un brazo pegado al pecho, como si no pudiera moverlo. Percibí varios destellos de energía en el campo de batalla; eran Mombi y Gert, que luchaban en tierra firme pero, al igual que Nox y yo, estaban rodeadas. En el suelo se amontonaban un sinfín de cuerpos rotos y magullados. Eran los cuerpos de las soldados de Glinda. El aire olía a sangre fresca y al humo eléctrico que desprendía la magia. No logré localizar a Melindra, ni a Annabel, ni a ningún otro miembro de los Malvados. Sabía que no aguantaríamos mucho más tiempo. Si no hacíamos algo rápido, ninguno sobreviviríamos.

De repente, un aullido aterrador partió el aire en dos. Pete empalideció y me giré para ver qué le había asustado tanto.

—Oh, no —murmuré. A mi lado, Nox inspiró hondo.

Dorothy nos había encontrado.

Y no había venido sola.

VEINTIDÓS

$\mathcal{A}$l ver a Dorothy, me quedé de piedra. No solo no se había recuperado, sino que estaba todavía más demacrada que la última vez que la había visto, en Kansas. Daba la sensación de que ni siquiera podía caminar, lo que me llevó a pensar que quizá ya no podía absorber más magia del reino. Su vestido estaba hecho jirones y se había pintado aquella sonrisa maquiavélica con un pintalabios rojo. A primera vista, parecía un manchurrón de sangre, todo sea dicho. Sus zapatos emitían un resplandor carmesí. Sin embargo, aquella Dorothy no me dio ningún miedo. Ese honor se lo había cedido a su corcel: un monstruo de tres cabezas del tamaño de un camión. El cuerpo de la criatura estaba recubierto con escamas de reptil muy afiladas. Agitaba una cola larga en cuya punta advertí una bola de espinas. Sus garras eran gigantescas y las zarpas que asomaban parecían guadañas. Los dientes de aquellas tres bocas eran tan grandes como mi brazo. El monstruo echó una cabeza hacia atrás, después otra y, por último, la tercera. Y luego rugió. Y en ese momento vi un lazo de terciopelo rojo alrededor de cada uno de los cuellos de la bestia.

—Oh, Dios mío —murmuré, casi sin aliento—. Es *Toto*.

O, mejor dicho, lo que una vez había sido *Toto*. El *Toto* que tenía delante de mis narices era la versión más villana de la mascota alegre y cariñosa de Dorothy. Se había transformado y ahora era realmente aterrador. Detrás de Dorothy se extendía otro ejército, este formado por las horripilantes creaciones híbridas del Hombre de Hojalata. Las criaturas avanzaban a trompicones, brincaban y sacudían los brazos que, en lugar de manos, tenían lanzas, sierras o pinzas. Algunas se movían sobre ruedas de bicicleta y otras, a cuatro patas. Pero todas parecían torpes y aturdidas. Daban la sensación de ser juguetes mal montados. Las heridas todavía supuraban, sobre todo allí donde se habían encajado piezas metálicas. Algunos cojeaban y, aunque su expresión era impávida, el rastro de sangre que dejaban a su paso sugería que el dolor debía de ser insufrible. Dorothy, que estaba sentada a horcajadas sobre el lomo de *Toto*, soltó una carcajada.

—¿Me habéis echado de menos? —gritó—. No sabes cuánto me alegro de volver a verte, Amy. Todos mis viejos amigos reunidos en un mismo lugar, qué suerte tengo.

Levantó la mirada hacia Glinda y Glamora; seguían suspendidas en el aire, pero habían hecho una pausa para contemplar a la recién llegada.

—Dorothy —llamó Glinda. Me pareció percibir una nota de pánico en su voz. La bruja no contaba con que Dorothy nos encontrara tan rápido. Albergaba la esperanza de cazarnos antes porque no era lo suficientemente poderosa como para enfrentarse a los Malvados y a Dorothy al mismo tiempo.

—Qué decepción, Glinda. No esperaba verte acompañada de tu ejército —dijo Dorothy—. Sospecho que has actuado a mis espaldas, y ya sabes cuánto odio los secretos, a menos que sean míos, claro está.

—Dorothy, esto es un malentendido... —empezó Glinda, pero antes de que pudiera inventarse una excusa, Dorothy la apuntó con el dedo y lanzó una bola de fuego directa a la bruja. Glinda se giró y esquivó la bola. Alzó su varita mágica; estaba preparada para usarla.

—No, no vayas por ahí —dijo Dorothy con voz fría—. Glinda, yo soy la Reina de Oz, ¿o es que lo has olvidado? Cualquier ejército que no actúe bajo mis órdenes, actúa en mi contra. Y ya sabes lo que les pasa a los traidores.

Toto gruñó, se apoyó sobre sus patas traseras y clavó las zarpas en el suelo.

—¡A por ellos! —bramó Dorothy, y todo su ejército se lanzó hacia el ejército de Glinda. Los soldados de Dorothy, unas criaturas que más bien parecían muertos vivientes, se abrieron camino a machetazos entre la masa de clones idénticos. Aunque de lejos parecían seres zarrapastrosos y torpes, lo cierto es que eran aterradores. Tenían la mirada triste, sin brillo, y actuaban como robots. Incluso cuando las soldados de Glinda los descuartizaban en mil pedazos, seguían moviéndose. Fui testigo de una escena horripilante: una soldado decapitó a uno de los esbirros de Dorothy, pero el cuerpo de la criatura siguió avanzando de forma implacable, sacudiendo los cuchillos oxidados y serrados que tenía como manos. Aparté la mirada porque preferí no ver el resto.

Durante unos segundos, los cuatro nos quedamos al abrigo de la piedra tras la que se habían ocultado Pete y Ozma. Pero teníamos que hacer algo porque, tarde o temprano, alguno de los ejércitos nos haría papilla. Había demasiados enemigos, y era imposible que Nox y yo pudiéramos vencerlos a todos y salir indemnes.

Toto cogió impulso y dio un salto espectacular. Al aterrizar, el suelo tembló. Dorothy estaba a punto de atraparnos, así que, sin pensármelo dos veces, cogí a Nox de la mano.

—Amy —murmuró—. Solo quiero que sepas… en fin, quiero que entiendas que yo…

Los ojos se me llenaron de lágrimas.

Entonces me atrajo hacia él y me abrazó tan fuerte que me quedé sin aire en los pulmones.

—Lo siento muchísimo —dijo, y entonces me besó. Fue un beso tan apasionado, tan intenso, que hasta me temblaban las rodillas. Por un momento pensé que iba a desmayarme allí mismo. Yo le respondí con la misma pasión. Aquel beso encarnaba el fin del mundo. Y, además, significaba muchas cosas. Una despedida, una disculpa y un «ojalá las cosas hubieran sido diferentes». Fue un beso lleno de anhelo, de anhelo por la vida que jamás íbamos a poder disfrutar juntos, por las cosas que nunca conoceríamos del otro. Pero, por desgracia, el beso no podía ser eterno. Estábamos a punto de morir.

Nox se apartó de mí y yo empuñé mi espada. Las soldados de Glinda nos tenían rodeados.

—¡Luuuuuuuuu! —exclamó Ozma mientras me tiraba de la manga. Me di media vuelta, pero no vi nada—. ¡Luuuu, luuuu, luuuu! —repitió con entusiasmo.

No tuve tiempo de averiguar qué quería. Una soldado levantó su lanza y arremetió contra mí. Alcé el puñal para frenar el golpe. Soltó un aullido triunfante que acabó en un gemido agónico; una masa pegajosa y apestosa le había dado en la cara.

—¿Qué diablos…? —empezó Pete.

—¡Luuuu! —gritó Ozma y señaló al cielo. Todos miramos hacia arriba, pero seguíamos confusos. De pronto, Nox se puso a dar saltos de alegría.

—¡Los monos! —exclamó—. ¡Son los monos!

—¡Lulu! —chilló Ozma, y todos los monos empezaron a descender del cielo.

VEINTITRÉS

—¡*E*so es, señorita! —gritó Lulu, y lanzó otra bola de aquel pringue misterioso a un soldado con una diminuta catapulta. Un segundo después, aterrizó a nuestro lado—. Nunca envíes a un humano a hacer el trabajo de un mono. Es lo que llevo diciendo no sé cuántos años. ¿Pero creéis que alguien me ha escuchado? Qué va.

Iba vestida con un uniforme militar muy elegante. No le faltaba detalle: en el pecho llevaba prendidas varias estrellas de almirante bordadas y el diminuto broche de un avión. Sus alas eran de alambre, cuero e hilo.

Los monos —tanto los que conservaron sus alas originales como los Sin Alas, que llevaban alas falsas como las de Lulu— aterrizaban a nuestro alrededor mientras trataban de despejar el terreno. Las tres cabezas de *Toto* se movían hacia todos lados mientras observaban a los monos voladores. Glamora estaba sujetando una ballesta de color rosa chicle; lanzó varios rayos fucsia a su hermana. Los rayos dejaban una estela de llamas rosas en el aire. Glinda trataba de esquivar los rayos al mismo tiempo que intentaba librarse de una bandada de atacantes.

Estaba tan contenta de ver allí a los monos que a punto estuve de coger a Lulu y estrecharla entre mis brazos, pero no era el momento de celebraciones.

—¿Puedes llevar a Pete y a Ozma al castillo? —pregunté.

Lulu asintió y ladró una orden; varios monos se apartaron de la formación, cogieron a Pete y a Ozma y despegaron. Ozma balanceaba los pies en el aire mientras los monos sobrevolaban las tropas de Dorothy y Glinda. Lulu les cubría las espaldas desde el suelo, catapultando bolas de aquella masa pegajosa a los soldados de Glinda.

—¿Qué es eso? —pregunté.

—¡Napalm de fruta del sol! —respondió Lulu con orgullo; luego se ajustó la gorra de cuero y derribó a otra soldado de Glinda—. Una receta familiar. Fruta del sol, plátanos podridos y algo más —dijo. Después me guiñó un ojo y se señaló el trasero; eso explicaba el hedor de aquella masa—. Dorothy tiene un montón de murciélagos en su campanario —dijo Lulu sacudiendo la cabeza y lanzando más napalm de fruta del sol al campo de batalla—. Esa niña ha campado a sus anchas por el reino desde el día en que llegó. Nadie ha sabido controlarla, pero ahora está más tarada que nunca. Suponiendo que salgamos de aquí vivos —dijo, y se santificó—, lo que, en este momento, me parecería un gran logro, pienso reunirme con el Mago y tener una charla con él.

Claro. La reina todavía no se había enterado de todo lo que había ocurrido desde la última vez que nos habíamos visto, en Ciudad Esmeralda.

—El Mago está muerto —dije—. Nos utilizó a Dorothy y a mí para abrir un portal al Otro Sitio, y luego Dorothy lo mató.

Uno de los soldados mecánicos de Dorothy se abalanzó sobre Lulu, pero Nox lo derribó incluso antes de que la reina de los monos pudiera reaccionar. La criatura se retorcía en la punta de la espada de Nox. Aquella imagen era horrenda, así que, muy a mi pesar, corté a la criatura en mil pedazos. *Toto* rugió con fuerza. Al otro lado del campo de batalla, Mombi y Gert estaban arrojando cadenas de magia; ese era su intento de contener a *Toto*, que ardía en deseos de cargar contra todos, Malvados, monos y clones. Pero la piel de la mascota de Dorothy, además de ser dura, resistente y escamosa, también era refractaria a la magia. Dorothy no podía dejar de reír al ver que la magia de las brujas rebotaba inútilmente en *Toto*. La cola de la criatura barría el campo de batalla a su espalda, tumbando a varios soldados de Glinda, y a muchísimos de Dorothy, como si fueran piezas de dominó. Sus seis ojos rojos brillaban con un odio infinito. Se apoyó sobre las patas traseras y comenzó a cazar monos del aire. Los devoraba de un solo mordisco. Tal vez Nox y yo podíamos contener a los soldados de Dorothy y Glinda, pero era evidente que no podríamos sobrevivir a *Toto*.

—Tenemos que derribar a ese maldito chucho —dijo Lulu sin dejar de pelear.

—No sé ni si podremos acercarnos —contesté mientras rajaba el cuello de uno de los soldados de Dorothy con mi puñal mágico. La cabeza de la criatura saltó por los aires y aterrizó junto a mis pies. Un ojo me miraba fijamente. De pronto empezó a llorar. Pero en lugar de lágrimas, de aquel ojo salió sangre. Di una patada a la cabeza y la aparté de mi camino. Aunque el Hombre de Hojalata y el Espantapájaros estuvieran muertos, Dorothy había continuado con su trabajo.

—Yo sí —anunció Lulu. Miré a ese mono tan diminuto y valiente y comprendí a qué se refería.

—Lulu, no puedes hacerlo. Te devorará en un santiamén.

Ella encogió los hombros.

—Morir con las botas puestas. Se dice así, ¿verdad?

Tú quieres acercarte a ese saco de pulgas, pues yo te llevaré. Pero luego no digas que no hice nada por ti.

—Amy… —empezó Nox, pero otro de los soldados de Dorothy nos interrumpió.

—¡No tenemos tiempo! —gritó Lulu; me agarró con fuerza y me elevó hacia el cielo. Nox logró esquivar el ataque del soldado. Mientras sobrevolábamos la batalla, noté que el estómago se me revolvía, probablemente por el balanceo de Lulu. Una lástima que los monos voladores no incluyeran cinturones de seguridad.

Toto y Dorothy no nos vieron hasta que estuvimos casi encima de ellos. Dorothy tenía una mano apoyada sobre el cuello de *Toto*; advertí el inconfundible latido de la magia. La energía fluía de Dorothy hacia el cuerpo de aquel monstruo. Dorothy tenía los ojos hundidos y amoratados y su cabello estaba lacio y sin vida. Más que sentada, estaba tumbada sobre *Toto*; no tenía fuerzas ni para mantener la espalda recta. Transformar a *Toto* en Hulk había hecho mella en ella. Pensé en mi madre; después de una borrachera, siempre se levantaba con ojeras y hecha polvo. Dorothy tenía el mismo aspecto. La magia de Oz la estaba matando poco a poco. Nox y los Malvados tenían razón: al final, también acabaría matándome a mí. Pero en ese momento, era la única alternativa. *Toto* cazó un mono volador, lo partió por la mitad y se lo tragó.

—¿Preparada? —preguntó Lulu. La verdad es que no lo estaba. De hecho, no había tenido tanto miedo en mi vida. Pero daba lo mismo.

Antes, cuando quería utilizar la magia de Oz, lo hacía con la misma facilidad con la que abría un grifo; era algo que podía controlar, aunque no siempre entendía cómo funcionaba. Sin embargo, algo había cambiado. Recordé lo que había dicho Nox antes de que Dorothy nos enviara a Kansas: que la magia de Oz estaba volviendo al reino, y que tenía voluntad propia. Y ahora lo sentía. Percibía una conciencia ajena detrás del flujo de poder. En cierto modo, era como si hubiera desatado un torrente de energía. La magia era tan poderosa que incluso mi consciencia se desprendió de mi cuerpo y, aunque Lulu me seguía sujetando, ahora podía ver todo lo que ocurría a mi alrededor, como si tuviera ante mí una pantalla de cine de trescientos sesenta grados: Nox y los monos, luchando codo con codo; Mombi y Gert, abriéndose camino entre las soldados, con el rostro empapado de sudor; Glamora y Glinda, que seguían enzarzadas en su lucha particular, ajenas a todo lo que ocurría en el campo de batalla e incluso a Dorothy y a *Toto*. Sentía ese poder fluyendo por mi cuerpo y, de pronto, comprendí que había invocado una magia que tenía el potencial de destruirme. Pero no había manera de poner freno a esa magia. Era como una hoja que flotaba por un río embravecido. Lo único que podía hacer ahora era intentar sobrevivir a la bestia que había liberado.

VEINTICUATRO

$\mathcal{H}$abía invocado la misma magia oscura que, en otra ocasión, me había transformado por completo. Esta vez, me entregué a ella sin pensarlo. Cedí y no opuse resistencia. «Haz lo que quieras», susurré. Sentí que mi cuerpo cambiaba, que se expandía. Los dedos de Lulu empezaron a alargarse; de cada uno de ellos salió un zarcillo negro que se enroscó por mis hombros y se clavó en mi piel. Sus brazos se fusionaron con mi espalda y, de repente, sentí cómo sus alas se desplegaban; eran unas alas curtidas y nervadas, como las de un dragón. De mi frente brotaron un par de cuernos. Y noté que unos dientes afilados me rasgaban las encías. Abrí la boca y rugí como un animal salvaje y desatado. Mis manos se convirtieron en garras y mis brazos y piernas se volvieron más musculosos, más fibrosos. Todo mi cuerpo estaba recubierto de un pelaje suave como el terciopelo y de color verde esmeralda. Me estaba transformando en un monstruo. Y me gustaba. Me gustaba la sensación que me daba aquel poder incomparable, las alas batiendo sobre mis hombros, acercándome cada vez más al enemigo. En cierto momento, oí la voz de Lulu a lo lejos, en algún rincón de mi mente, como una abeja revoloteando en un bote de cristal, pero me dio lo mismo. La ignoré.

Toto se encabritó para intentar agarrarme. Una explosión de aliento rancio y fétido impactó en mi cara cuando blandí el puñal y traté de decapitar a una de las tres cabezas. El tiempo pareció ralentizarse cuando el filo del puñal rozó aquella piel escamada y la cortaba como un cuchillo caliente corta la mantequilla. La cabeza rodó por el suelo, con el hocico aún abierto. De su cuello brotaron chorros de sangre negra. Con la agilidad de una bailarina, me alejé de los colmillos afilados de las otras dos cabezas. Me desplazaba por el aire con la misma facilidad y elegancia que una libélula. Dorothy seguía aferrada al lazo de terciopelo y me contemplaba con un brillo extraño en la mirada. Era miedo. Con un movimiento rápido y limpio, decapité la segunda cabeza de *Toto*.

—¡No! —gritó Dorothy mientras la tercera, y ahora única, cabeza de *Toto* rugía de dolor y rabia. Ella soltó el lazo y se desplomó sobre el suelo. Estaba preparada para matarla, para atravesarle el corazón con el puñal, pero algo me frenó. No debía asesinar a Dorothy, pero no recordaba por qué. Lo único que sabía era que el motivo era importante...

Toto se abalanzó sobre mí y me arrebató el puñal de mis garras. Me lancé sobre él y clavé los colmillos en su garganta escamada. El corte fue profundo. Noté un sabor metálico en la boca. Sangre. Los monos descendieron del cielo para darle la estocada final. Con sus machetes, le cortaron el único cuello que le quedaba. Me aparté justo a tiempo. Luego, *Toto* cayó al suelo produciendo un sonido ensordecedor. Yo aterricé junto a su cadáver. Los monos retrocedieron varios pasos y levantaron las armas. Me vi reflejada en su mirada. Era un monstruo. Y me encantaba. Ser un monstruo me hacía sentir invencible. Podía hacer lo que quisiera, matar a quien quisiera. Podía destruir a cualquiera que se interpusiera en mi camino. Oz sería mío... Y entonces algo se despertó en mi interior. Algo plateado y fresco, como un riachuelo que serpentea por la montaña. Unos hilos de luz plateada envolvieron todo mi cuerpo, hasta inmovilizarme. «Vuelve, Amy». Era como si los zapatos de Dorothy estuvieran hablándome, evitando que la magia de Oz se adueñara de mí para siempre.

—¡Amy!

La voz de Nox me devolvió a la realidad. Estaba atravesando el campo de batalla mientras gritaba mi nombre. Amy. Y era Amy. Sentí esa magia oscura revolviéndose en mi interior; se negaba a dejarme marchar.

«Libérame —pensé—. Por favor, libérame».

Los zapatos de Dorothy se iluminaron. Todos mis huesos se retorcieron y crujieron. Grité de dolor. Después noté cómo el cuerpo de Lulu se separaba del mío. Esta vez, la transformación no fue tan fácil. Fue muy dolorosa. Tanto que, por un momento, pensé que moriría junto al cadáver de *Toto*. Lloraba a lágrima viva; de dolor, pero también de miedo. Las zarpas se metieron en mi piel y los colmillos afilados se sumergieron de nuevo en mis encías. Un segundo después, sentí los brazos de Nox a mi alrededor. Me aferré a él como a un clavo ardiendo.

—Estás bien —me susurró al oído mientras me acunaba como a un bebé—. Estás bien. —Poco a poco, la agonía fue desapareciendo. Ya no tenía dolores, pero estaba agotada—. No vuelvas a hacer eso —dijo—. Nunca. Creía que te había perdido.

Estaba emocionado.

—¡Qué demonios ha sido eso! —chilló Lulu—. ¿Qué demonios acabas de hacer, pequeña bruja?

—Dorothy —murmuré mientras Nox me ayudaba a ponerme en pie—. Encuentra a Dorothy.

Dorothy estaba tirada junto al cuerpo inerte de *Toto*; al parecer, cuando *Toto* se había desplomado sobre el suelo, se había caído justo sobre una de sus piernas, dejándola allí atrapada e inmóvil. Trató de incorporarse y de apartar el cadáver de su mascota, pero pesaba demasiado y ella estaba muy débil. Me acerqué a ella cojeando. Sentía que la magia de aquellas botas de diamantes era lo único que me ayudaba a mantenerme en pie.

—Tú —dijo; su voz sonó más cansada que enfadada—. Todo esto es culpa tuya, como siempre.

Cerró los ojos, como si estuviera tan cansada que ni siquiera fuera capaz de mantenerlos abiertos. Sabía cómo se sentía. Se había entregado a la misma magia que había estado a punto de destruirme segundos antes. Se había entregado en cuerpo y alma a Oz. Ni siquiera regresar a Kansas había servido para deshacer los daños que la magia de Oz había causado. Fue entonces cuando caí en la cuenta de que, la matara o no, Dorothy estaba condenada.

—No puedes matarme —dijo—. Y no vas a ganar.

Sus zapatos de tacón rojos emitieron un destello de luz rubí; me tapé los ojos con una mano para evitar que la luz me cegara.

—No te olvides de mí, Amy —dijo con una sonrisa en la cara, y luego desapareció.

—¿Era demasiado pedir que mataras a esa zorra? —refunfuñó Lulu. A nuestro alrededor, los monos seguían luchando contra el ejército de Dorothy, pero ahora que Dorothy había desaparecido y que *Toto* había muerto, sus soldados empezaron a pulular perdidos y confusos. Algunos se rindieron y se sentaron. Parecían muñecos a quienes se les habían agotado las pilas.

Otros tiraron sus armas al suelo, o se unieron a los monos para derrotar al ejército de Glinda. La mayoría de las guerreras de Glinda parecían aturdidas y desorientadas; ya no sabían contra quién debían luchar.

—¿Qué te ha pasado? —preguntó Nox en voz baja.

Yo negué con la cabeza.

—No lo sé. Los zapatos me han salvado, o eso creo. No sé cómo, ni por qué. Pero escúchame, algo ha cambiado. He notado algo distinto. Esta vez, podría haber matado a Dorothy. Es la primera vez que ocurre. Lo he presentido —expliqué, y luego eché un vistazo a las botas—. Creo que ahora, con estos zapatos, todo es distinto.

Antes de que pudiera responder, Glinda y Glamora se estrellaron contra el suelo, formando un estruendo ensordecedor.

—Glinda —dijo Nox—. Tenemos que ayudar a Glamora a vencer a su hermana.

Las dos brujas estaban tan magulladas y ensangrentadas que era imposible distinguirlas. Sabía que Glamora llevaba años anhelando ese momento; era su guerra, pero no podía permitir que muriera. Así que respiré hondo y traté de recomponerme. Salí disparada hacia ellas y, por el camino, aparté a varias soldados de Glinda y una de las extrañas creaciones del Hombre de Hojalata.

Cuando estuve lo bastante cerca, vi que Glinda estaba tumbada en el suelo. Glamora estaba sentada encima de ella, con las manos alrededor de la garganta de su hermana. Al verla así, debería haberme sentido exultante, pletórica, feliz, pero era como estar frente a una película de miedo. Había algo en la expresión de Glamora que me puso la piel de gallina. Ni siquiera estaba usando la magia, solo su fuerza bruta.

—Esto es por todo lo que me has arrebatado —gruñó Glamora y, al pronunciar cada palabra, golpeó la cabeza de Glinda contra el suelo. Me di cuenta de que no estaba intentando matarla; lo único que quería era que su hermana sufriera.

—¡Glamora! —exclamé. Aún no sé qué pretendía hacer. Glamora estaba a punto de derrotar a su hermana y, para qué engañarnos, no quería ayudar a Glinda. Se lo tenía bien merecido, pero, en el fondo, deseaba que Glamora volviera a ser la bruja que había conocido: elegante, hermosa y compasiva. Sí, también era fiera, pero jamás la había considerado cruel. No era una bruja despiadada que disfrutaba del sufrimiento de su hermana, como la que tenía ahora mismo delante de mis narices.

Sin embargo, cuando Glamora levantó la mirada, sorprendida, Glinda aprovechó la distracción para abofetearle la cara. Atónita, Glamora soltó el cuello de su hermana y Glinda trató de escurrirse para escapar de allí, pero la bruja no iba a ponérselo tan fácil. Glamora le dio un puñetazo en la frente con tal fuerza que Glinda se quedó durante unos segundos un tanto aturdida. Y justo entonces Glamora hundió sus dedos en las cuencas de los ojos de Glinda. Metió los dedos hasta los nudillos.

De los ojos de Glinda salieron un par de rayos rosas. Glamora echó la cabeza hacia atrás y advertí una sonrisa horrenda. Soltó un grito triunfante y yo me dejé caer sobre el suelo. De pronto, aquel grito se transformó en un bramido espeluznante. La luz rosa envolvió sus brazos, luego su pecho y, por último, alcanzó su rostro. Sus rasgos de diosa griega empezaron a retorcerse.

—¡Glamora! —grité otra vez, y me acerqué a rastras.

Tenía la piel en carne viva y parecía que alguien le hubiera tirado varios litros de sangre encima. Se giró hacia mí y entonces vi algo extraño: su cara era la suya, y la de Glinda. La cicatriz de la mejilla de Glamora también apareció en la frente de Glinda. Las dos brujas me observaban a través de aquellos ojos azules poseídos.

VEINTICINCO

Mientras contemplaba aquel espectáculo sin poder hacer nada, la silueta de Glinda se disolvió en un destello de luz rosa que, poco a poco, fue enroscándose alrededor de los brazos de Glamora. Y entonces su cuerpo se elevó poco a poco, envuelto en una nube de magia rosa. Tenía la boca abierta en un grito mudo y sus ojos se quedaron ciegos.

—¡Glamora! —chillé, y me lancé hacia ella.

De pronto, estalló un último destello de luz rosa y la explosión fue tan fuerte que me catapultó por los aires.

—¿Estás bien? —me preguntó Nox, que enseguida corrió a mi lado para ayudarme a ponerme en pie. Asentí con la cabeza; todavía no me había recuperado de la caída y no podía articular palabra. Miré a mis espaldas; solo había una bruja tirada en el suelo. La otra había desaparecido.

Nos aproximamos a aquel cuerpo inerte que yacía sobre un charco de sangre. Caminamos de puntillas, y con la mayor cautela que pudimos. Invoqué el puñal, por si acaso. Nox sacudió el cuerpo inmóvil con el pie y le dio la vuelta.

Al principio, no sabía quién era. Tenía los ojos cerrados, pero respiraba, con lo cual seguía viva. Tenía una piel perfecta y una tez de porcelana. No había ni rastro del agujero que Glamora tenía en la mejilla, ni la horrorosa cicatriz nueva de Glinda. Su melena dorada caía a su alrededor como si acabara de lavársela. Y estaba totalmente desnuda.

Aquella imagen desprendía algo trágico. No me gustó verla así. Glamora era una mujer obsesionada con los buenos modales, la elegancia y la clase.

—Dame tu camiseta —le ordené a Nox.

—¿Mi qué?

—Tu camiseta, idiota —dije, y le tiré de la manga.

Él obedeció sin rechistar; se quitó la camiseta por la cabeza y todos los músculos de su torso se tensaron. Se aclaró la garganta y entonces me di cuenta de que me había quedado embobada mirándolo.

Me ruboricé, cogí la camiseta y tapé el cuerpo de Glamora con ella. Si es que era Glamora, claro.

—Tenemos que averiguar qué acaba de ocurrir —murmuró Nox—. Si esa es Glinda…

—He visto a Glinda desaparecer —repliqué—. O al menos eso me ha parecido ver. Se han fusionado en una sola persona, Nox.

—Me quedaré aquí, haciendo guardia, por si se despierta —dijo—. ¿Por qué no compruebas que el resto de los Malvados está a salvo?

—Lo siento, pero nos hemos adelantado —respondió Mombi, que se acercaba a nosotros a toda prisa, con Gert pisándole los talones. Melindra venía tras ellas. No vi a Annabel, ni al resto de los guerreros que habían venido al palacio con las brujas.

—¿Y Annabel? —pregunté; Melindra negó con la cabeza, apenada. A mi lado, Nox contuvo la respiración.

—Annabel y yo nos conocíamos desde…

Nox no fue capaz de terminar la frase. Agachó la cabeza y se frotó la frente. Oía a Lulu ladrando órdenes en algún lugar.

—Lo siento muchísimo, Nox —dije. Me sentí doblemente culpable porque, para ser sincera, esa chica nunca me había caído bien. Y ahora había desaparecido.

—Hemos sufrido bajas importantes —comentó Mombi—. Hemos perdido a muchos de los monos y a la mayoría de nuestros guerreros. Pero la batalla ha acabado. Las soldados de Glinda huyeron despavoridas hacia las colinas cuando la bruja murió a manos de Glamora, pero algunos monos han salido tras ellas.

—¿Y qué hay del ejército de Dorothy? —pregunté. Mombi soltó un bufido.

—Las criaturas que han logrado sobrevivir están echando una mano a los monos —respondió Gert en voz baja—. Dorothy esclavizó a esas pobres bestias, pero no son malvadas. Su magia ya no es tan poderosa como antes, y ya no es capaz de controlarlas a distancia. La mayoría son simples granjeros y ganaderos que el Hombre de Hojalata secuestró y encarceló antes de morir. —En su voz se entreveía tristeza y melancolía. «Cuánto sufrimiento —pensé—. Y qué innecesario».

—En tiempos de guerra, no se pueden derramar lágrimas —refunfuñó Mombi—. Tendremos que enfrentarnos a Dorothy de nuevo, pero hasta entonces, tenemos otros problemas que solucionar.

Se agachó junto al cuerpo de la bruja y extendió las manos a Nox, y a Gert.

—Uníos al círculo —espetó; Nox y Gert obedecieron y se arrodillaron alrededor de Glamora. Los tres cerraron los ojos y entrelazaron las manos, formando un círculo perfecto. De inmediato apareció una nube de un tono dorado muy brillante. Aquel resplandor se cernía sobre las tres figuras. Los tres se habían puesto la capa y la capucha. Mombi murmuró unas sílabas incomprensibles, aunque la nube pareció entenderlas porque, unos segundos después, descendió sobre el cuerpo durmiente. Por último, Mombi suspiró y soltó las manos de Nox y Gert. Luego abrió los ojos. Fui incapaz de descifrar la expresión de Mombi.

—Es ella —dijo—. Es Glamora. Lo ha conseguido. Ha vencido.

Poco a poco, la nube se sumergió en el pecho de la bruja y, unos segundos después, todo su cuerpo empezó a brillar con la misma luz dorada.

—Únete de nuevo a nosotras, hermana —anunció Gert—. Únete de nuevo a la Orden. Álzate con los Malvados.

La bruja durmiente abrió los ojos.

—Bienvenida, Glamora —dijo Mombi—. Has derrotado a Glinda.

VEINTISÉIS

Después de todo lo ocurrido, la verdad es que no había vuelto a pensar en Pete y en Ozma. Me había olvidado por completo de los dos. Los encontramos jugando a las damas; Ozma había improvisado un tablero y jugaban con un puñado de guijarros blancos y trozos de armadura carbonizada. Estaban en el salón del trono del Hombre de Hojalata, pero seguían encadenados. Nox salió disparado hacia ellos y, por un momento, creí que iba a abofetear a Pete. O algo peor. Para ser sincera, no habría movido un dedo para detenerlo. Además, si alguien debía darle un buen puñetazo, esa era yo. Me había traicionado. Y no solo eso, me había dado un buen golpe en la cara antes de avisar a Glinda para desvelarle nuestra ubicación. Y, por si todo eso fuera poco, Policroma había muerto por su culpa.

—¿Estáis echando una partida a las damas? —gruñó Nox—. ¿En serio? Acaba de morir muchísima gente ahí fuera.

—Me pareció buena idea intentar mantenerla entretenida, y escondida —respondió Pete con voz apagada, y miró de reojo a Ozma.

Todos nos quedamos en silencio observando a Ozma, que balbuceaba palabras incomprensibles mientras jugueteaba con las piedras y los trozos de metal. Pete tenía un aspecto demacrado. Estaba ojeroso y parecía algo ansioso. Su mirada verde resaltaba en aquella tez tan pálida y su cabellera negra estaba más enmarañada y salvaje que nunca. Sin embargo, Ozma estaba serena, tranquila. La magia de Oz había regresado al reino y, desde entonces, parecía tener más momentos de lucidez. De hecho, en más de una ocasión había sentido que podía llegar a ella, que podía entenderla. Recordé la visión que Policroma había revelado de la reina, como una joven serena, majestuosa y poderosa. Pero aquella Ozma seguía perdida en algún lugar, y no teníamos ni idea de cómo traerla de vuelta a casa.

—Lo siento —dijo Pete—. No puedo pediros que me perdonéis por lo que hice. Pero os ruego que intentéis entenderme. Policroma iba a matarme. No tenía elección.

—Siempre hay elección —sentenció Nox. Y llevaba razón. Sin embargo, por algún motivo que aún no logro entender, cuando vi a Pete tan arrepentido, mi enfado empezó a disiparse. Pete siempre había sido un misterio, pero tenía que reconocer que me había ayudado muchísimas veces en Oz. ¿Los crímenes de Pete eran peores o más imperdonables que todos los crímenes que yo había cometido desde que había llegado al reino para seguir con vida, para salvar mi propio pellejo?

—Déjalo en paz —dije. Nox me lanzó una mirada de incomprensión, y de asombro.

—¡Jaque mate! —exclamó Ozma, y barrió todas las fichas blancas y negras del tablero.

—El jaque mate solo se usa en ajedrez, Ozma —comentó Pete, y se agachó para recoger las fichas del suelo. Adoptó un semblante casi fraternal y en su voz reconocí un tono protector.

—¿Puedes saber lo que está pensando? —pregunté. Pete sacudió la cabeza.

—El vínculo que nos unía está roto. Creo que Ozma no tiene ni idea de quién soy.

Nox me tiró de la manga y se inclinó hacia mí.

—¿Por qué quieres que se vaya de rositas? —murmuró—. Nos apuñaló por la espalda, por si no lo recuerdas.

—Glinda está muerta, así que ya no puede volver a traicionarnos —respondí—. Y no sé cómo, pero mi hechizo separó a Ozma de Pete de forma permanente. Si no tenemos una razón para matarle, él tampoco la tendrá para traicionarnos otra vez.

—Por favor, no habléis de mí como si no estuviera delante —protestó Pete, y se puso de pie. Ozma estaba entretenida colocando las fichas sobre el tablero—. Mira, Amy tiene razón. Sé que no debería haber alertado a Glinda, pero fue lo único que se me ocurrió en ese momento para seguir con vida. Nunca imaginé que mataría a Policroma, ni que destruiría las Cataratas del Arcoíris.

—Podrías haber actuado de otra manera. Las opciones eran infinitas —dijo Nox con voz fría y distante—. Pero en lugar de barajar las opciones, tomaste una decisión egoísta. Una decisión que acabó con la vida de muchísima gente. Gente como Annabel. Si no hubieras mirado únicamente por ti, Policroma todavía seguiría viva.

Suspiré.

—Nox, yo tampoco confío en Pete, pero no puede hacernos daño. Ya no. Aunque pudiera ponerse en contacto con Dorothy, ya no tiene motivos para hacerlo.

—La bondad también puede ser una debilidad —dijo Nox, sin apartar la mirada de Pete.

—Eso no es lo que solías decirme —contesté—. Nos

conocemos desde hace un tiempo, Nox, y siempre me has dicho que ese rasgo me diferencia del resto. —No podía justificar por qué quería perdonar a Pete. Nox tenía razón: hasta ese momento, lo único que había conseguido en Oz siendo bondadosa y compasiva era... nada. Bueno, sí, haber estado al borde de la muerte en varias ocasiones. Pero si la magia de Oz estaba convirtiéndome en una especie de monstruo, tal vez perdonar a Pete era la prueba definitiva de que todavía quedaba algo de mí.

Pete parecía aliviado.

—¿Eso significa que puedo irme?

—No tan rápido —dije—. No quiero que Nox te mate, pero quiero tenerte cerca, por si acaso. Me has traído muchos problemas, Pete, y no pienso quitarte el ojo de encima.

—¡Te salvé cuando estabas en el calabozo de Dorothy! —protestó.

—Pero de eso ha pasado mucho tiempo —dije—. Además, no me salvaste tú, sino Mombi.

Al oír el nombre de Mombi, Pete hizo una mueca. Sabía muy bien que Pete y la bruja, la misma que había lanzado el hechizo de transformación a Ozma y, por lo tanto, que lo había creado, no se tenían mucho aprecio. Seguramente Mombi tenía sus motivos para despreciar a Pete, pero la verdad es que nunca quise ahondar en el tema. Y lo último que me apetecía era enfrentarme a Mombi por salvar la vida de Pete. Mi vida ya era demasiado complicada.

—Quiero que te marches —dije—. Ahora. Y para siempre. No quiero volver a verte por aquí. ¿Te queda claro?

Pete se quedó mirándome durante un buen rato, con expresión pensativa. Hubo un tiempo, en el que sentí algo por ese muchacho. Pero hacía mucho de aquello y habían pasado muchas cosas. Ese chico solo me había traído problemas.

—Sí, muy claro —dijo al fin.

—Bien —dije, y me volví hacia Nox—. Puedo ayudarte a liberarlos. Los zapatos me protegerán. —La verdad es que soné más serena y más segura de lo que realmente estaba.

Nox titubeó, pero al final asintió con la cabeza. Cerró los ojos, levantó las manos y, por segunda vez, las colocó encima de las cadenas de Pete y Ozma. Lo cierto es que no me fiaba de aquel par de zapatos. Habría preferido que él se encargara de la responsabilidad de usar la magia, pero sabía que no tenía fuerzas para liberar a Pete y a Ozma él solito.

El esfuerzo que hizo Nox para romper el hechizo de aquellas cadenas fue sobrehumano. Apoyé mis manos sobre las suyas y me concentré en las botas mágicas que llevaba. «Ayudadme —les rogué—. Ayudadme a ayudar a Nox». Sentí que me respondían y, de inmediato, empezaron a vibrar. La magia se había despertado. También percibí la magia de Oz, esa energía oscura y peligrosa, ese poder incontrolable que me incitaba a entregarme a él, a dejarme llevar, recordándome el placer que se siente cuando la magia te consume, cuando te transforma en un monstruo imparable.

Pero en lugar de ceder, me concentré en los zapatos y no permití que la oscuridad me tragara. Sentí su decepción, su desilusión, como si fuera un ser vivo.

Nox hizo un último esfuerzo y, tras soltar un gruñido, las cadenas se rompieron en mil pedazos, en mil fragmentos rosas. Me aparté enseguida. «He estado a punto —pensé—. Demasiado, quizá». ¿Los zapatos estaban de mi lado? ¿O la sensación de seguridad que me transmitían era un truco sucio del rey Nome?

Nox se dio cuenta de mi preocupación.

—¿Estás bien? ¿Qué ha pasado? Antes, me ha parecido oírte decir que esos zapatos te permitían matar a Dorothy. ¿Es verdad?

—Estoy bien —dije—. Tenía razón, Nox. Estos zapatos me protegen de los efectos de la magia de Oz. No quiero tentar a la suerte, pero puedo utilizar la magia si es necesario. Y sí, los zapatos también han roto el hechizo que me impedía matar a Dorothy —expliqué. Nox negó con la cabeza, pero no dijo nada. Él creía que me equivocaba, que usar la magia era arriesgarme demasiado. Y yo sabía que las posibilidades de que tuviera razón eran muchas.

—Lárgate de aquí —le ordenó a Pete—. Y si vuelvo a verte por aquí…

No terminó la frase, pero la amenaza quedó bien clara.

—¿Quieres teletransportarme o prefieres que me vaya por la puerta?

Fue imposible no apreciar la nota de sarcasmo, o de dolor, en la voz de Pete.

—Vete por la puerta —dije. Pete me miró directamente a los ojos, pero no abrió el pico; no fui capaz de descifrar su expresión. Me pregunté si acababa de crearme un nuevo enemigo.

Pete se giró y abrazó a Ozma. La princesa abrió los ojos como platos y, por un segundo, me pareció ver un destello de lucidez.

—Jaque mate —murmuró, y hundió la cara en su hombro. Pete cerró los ojos y le acarició el pelo.

—Cuidadla —nos dijo Pete. Levantó la mano, como si quisiera despedirse, pero luego se encogió de hombros y la bajó. Y justo antes de darse la vuelta, vi que tenía los ojos llenos de lágrimas.

—Adiós, Pete —murmuré. Su silueta cruzó aquel vestíbulo gigantesco y cubierto de polvo.

—Espero que no nos arrepintamos de lo que acaba-mos de hacer —dijo Nox en voz baja.

—Y yo.

—¿Una partida de damas? —preguntó Ozma, seña-lando el tablero.

VEINTISIETE

Esa noche, los Malvados ocuparon el palacio del Hombre de Hojalata. Cuatro brujas apaleadas y agotadas, un puñado de soldados magullados y heridos, una chica medio metálica, un ejército de monos, que sorprendentemente guardaba silencio, y yo.

Eché un rápido vistazo a mis amigos y camaradas; mientras, Nox y Mombi recurrieron a la magia para hacer aparecer algo de comida. Pero estaban tan cansados que no eran capaces de crear algo elaborado, así que tuvimos que conformarnos con un poco de pan, queso y agua. La batalla nos había curtido y habíamos luchado con uñas y dientes, por lo que ahora estábamos mugrientos, empapados de sangre ajena y amoratados. Ni siquiera estaba segura de que hubiéramos ganado. Y Dorothy seguía viva en alguna parte, esperando a atacar de nuevo. Eran demasiadas cosas en las que pensar. Recordé la sonrisa de Annabel, su melena pelirroja y, de repente, los ojos se me llenaron de lágrimas. Me pregunté si aquella guerra acabaría algún día; y, más importante, si yo seguiría viva para presenciarlo. Los pocos días que había pasado en Kansas, fingiendo ser una chica normal y corriente, solo habían servido para empeorar la situación.

Todas las brujas estaban apenadas y un tanto melancólicas. Nox se escabulló del salón justo después de comer. Dejé que se marchara; tal vez necesitaba estar solo. Glamora todavía no se había recuperado de su batalla con Glinda y prefirió no participar en las celebraciones. Se acomodó en el antiguo salón del trono del Hombre de Hojalata y se hizo un ovillo en una esquina. Se envolvió en una manta de lana y se sirvió una taza de té. Aquel brebaje apestaba a demonios, pero Lulu había insistido en que era vigorizante y reconfortante (esperaba que no estuviera hecho del mismo material que el napalm artesano de los monos). Los monos más malheridos también se retiraron a descansar con ella.

Estaba preocupada por Glamora. No parecía solo cansada... parecía una muerta viviente. Pensé en el monstruo en el que me había convertido durante la batalla y me pregunté si el hechizo que Glamora había usado para transformarse le había hecho perder parte de su humanidad.

—Se pondrá bien —dijo Gert, interrumpiendo así mis pensamientos. Se había sentado a mi lado en la larguísima mesa para banquetes y, durante toda la cena, apenas había musitado palabra—. Lo único que necesita es descansar. Glinda era una de las brujas más poderosas de Oz. Es imposible enfrentarse a alguien tan poderoso y salir sin un rasguño.

Mombi se acercó cojeando a nosotras.

—No hay tiempo para descansar —dijo—. Tenemos que planear nuestro siguiente paso.

Gert asintió y se levantó para avisar a Glamora y Melindra.

Eché una ojeada al vestíbulo; todos los monos estaban acurrucados y parecían bolas de pelo repartidas por el suelo. Lulu estaba roncando como un lirón sobre la mesa. Pero los Malvados no pueden permitirse el lujo de descansar, pensé para mis adentros. Así que seguí a Gert, Mombi y Glamora y subí las escaleras.

Esta vez encontramos una pequeña habitación con varias sillas que, curiosamente, no estaban rotas ni destrozadas. Fue un alivio quedarnos allí porque lo último que me apetecía era volver a los aposentos del Hombre de Hojalata. Sí, estaba muerto y, además, no había puesto un pie en ese palacio desde hacía una eternidad, desde antes de que yo viniera a Oz. Sin embargo, me costaba una barbaridad ver aquella espeluznante habitación sin pensar en todas las cosas horribles que había hecho a mi gente, a la gente que más había querido. Empezando por Indigo, a quien conocí poco después de aterrizar en Oz, el munchkin que el Hombre de Hojalata había torturado hasta la muerte delante de mí, por haber ayudado a Ollie a escapar. Todos los que me habían ayudado, habían salido malheridos, pensé de repente. Y la lista era muy larga. Indigo. Ollie. Policroma y Heathcliff. Jellia. Incluso Pete, aunque no sentía tanta lástima por él.

Mombi no iba a dejar que me desanimara. En cuanto todos estuvimos sentados alrededor de la mesa, la bruja cerró los ojos y chasqueó los dedos. Un minuto después, Nox entró en la sala arrastrando los pies. Estar conectado con el Cuadrante tenía muchísimos inconvenientes. Por un lado, poder ilimitado y, por otro, que te llamen como a un perro cuando lo único que quieres es estar solo.

—Pongámonos manos a la obra —dijo Mombi—. El panorama ha cambiado un poco, cuando menos. Aunque es algo que suele pasar muy a menudo en este reino, ¿verdad?

—El poder de Dorothy la está consumiendo —añadió Gert—. Y Glinda estuvo ayudándola desde el inicio. Pero por lo que Amy descubrió en Kansas, no podemos descartar la posibilidad de que el rey Nome lleve tiempo maquinando un plan contra nosotros. Es muy probable que él fuera quien trajera a Amy a Oz cuando descubrió que a Dorothy iba a tragársela su propia magia. Y ahora que Glinda está muerta...

—¿Glinda está muerta? —interrumpió Nox, y miró a Glamora—. ¿Cómo estáis tan seguras?

—El hechizo que lancé en el campo de batalla habría revelado cualquier rastro de Glinda —explicó Mombi.

Glamora esbozó una sonrisa.

—Soy yo, Nox, te lo prometo. Pero la última batalla con mi hermana me desveló una información muy importante, una información que debemos tener en cuenta en nuestros planes. En los últimos momentos de la vida de mi hermana, fui capaz de colarme en su mente. Ahora sé por qué los caminos de Dorothy y Glinda se bifurcaron —explicó. Después me miró, y añadió—: Pero no soy la única que ha establecido una especie de conexión con nuestros enemigos, ¿verdad, Amy? Tú tienes los zapatos de Dorothy. Puedes recurrir a su poder para averiguar qué está planeando Dorothy.

—¡No! —exclamó Nox de inmediato, y se puso de pie—. No es seguro. Ya hemos tomado demasiados riesgos. Me da lo mismo que Amy diga que esos zapatos la protegen. No puede utilizar su magia en Oz, y punto.

—Perdón, pero estoy aquí —dije—. Puedo hablar por mí misma, gracias. Pues yo también traigo noticias: puedo matar a Dorothy. Por lo visto, los zapatos han roto el vínculo que nos unía, y que nos impedía matarnos entre nosotras.

Glamora sonrió de nuevo.

—Antes déjame que te explique lo que vi en la mente de Glinda —dijo.

VEINTIOCHO

Glamora se levantó y apoyó la mano sobre el respaldo de su silla, como si quisiera recalcar la seriedad de lo que estaba a punto de decir.

—Ya hace un tiempo que las cosas entre Glinda y Dorothy estaban… tensas —empezó. A pesar de que estaba agotada, su voz sonó clara e inquebrantable—. Mi hermana llevaba años, décadas, tratando de controlar el trono de Oz y Dorothy ha sido la última víctima de sus… planes.

A Glamora le flaquearon las rodillas, así que se agarró de la silla con más fuerza para no perder el equilibrio y respiró hondo.

—Pero, al igual que Ozma, Dorothy ha demostrado ser independiente y pensar por sí misma. Con la diferencia de que en este caso, se ha emborrachado de poder y ha decidido proclamarse la tirana del reino. Glinda llevaba tiempo buscando el modo de librarse de ella sin levantar sospechas. —Luego me miró a mí—. En mi opinión, Dorothy sospechaba de Glinda e intuía que ya no podía contar con su apoyo, pero el hechizo del Mago os trasladó a las dos a Kansas antes de que pudiera hacer algo. Pero… —dijo, y se encogió de hombros—, si el rey Nome es quien ha estado intentado controlar a Dorothy desde el principio, creo que nos sobran los motivos para matarla. Y, de no ser así... en fin, todos sabemos que Oz no será un lugar seguro mientras ella siga con vida. A mí tampoco me gusta la idea, Nox, pero Amy debe utilizar los zapatos. Al menos, una vez más.

—El riesgo es enorme —dijo Mombi—. Quizá eso es lo que el rey Nome quiere.

—Creo que no —dije. Todas las brujas se giraron hacia mí—. Dejad que me explique, por favor. Sé que él quería que encontrara los zapatos y que regresara a Oz. Y sé que desea utilizarme, igual que utilizó a Dorothy. Pero creo que no es consciente de que estos zapatos son... buenos.

—¿A qué te refieres con «buenos»? —preguntó Nox—. ¿Vas arriesgar tu vida por una corazonada? ¿Por un par de zapatos del que no sabes nada? ¿Después de haber visto lo que otros zapatos encantados han hecho con Dorothy?

—No sé cómo explicarlo —murmuré; sabía que estaba quedando como una estúpida—. Pero estoy segura. Los zapatos quieren ayudarme.

—¿Ayudarte a qué? —preguntó Mombi.

Todos nos quedamos en silencio durante un buen rato.

—Cualquier movimiento que hagamos conllevará riesgos —dijo Glamora al fin—. Así que, personalmente, creo que deberíamos dejar que Amy utilice los zapatos. —Mombi miró de reojo a Glamora, aunque su cara permaneció impasible. «Mombi sabe algo que no quiere contarnos», pensé de repente. ¿Algo sobre el rey Nome? ¿O sobre los planes de Glinda? Solté un suspiro. Secretos y más secretos. Daba lo mismo. Me habían encomendado una misión: matar a Dorothy. E iba a hacer todo lo que estuviera en mi mano para cumplir la misión.

—Es decisión tuya —dijo Gert, leyéndome la mente.

—No tenemos elección —respondí.

—Siempre hay elección —replicó Melindra mientras tamborileaba los dedos de hojalata sobre la mesa.

—Mis opciones son... limitadas —contesté.

—Podemos utilizar nuestro poder para intentar protegerte —propuso Mombi, y miró al resto de las brujas. Asentí y todas se levantaron. Formaron un círculo a mi alrededor y, de inmediato, percibí el flujo de poder que circulaba entre ellas, creando una burbuja a mi alrededor, como si de un escudo se tratara.

—Deja que te guiemos —dijo Gert. La magia de cada uno de ellos era distinta: la de Nox era azul y fresca, como el agua de un riachuelo en otoño. La de Mombi, en cambio, era más gruesa, más densa, como la corteza de un viejo roble. La magia de Gert era cálida y tranquilizadora, pero con un toque de acero bajo aquella fachada de suavidad y dulzura. La de Glamora era tan dulce que incluso resultaba empalagosa, como una fruta demasiado madura. Dejé que su magia fluyera por mi cuerpo hasta posarse en mis pies. Los zapatos de Dorothy se iluminaron de luz blanca y, sin querer, tropecé. Por suerte, la red mágica del Cuadrante me mantuvo en pie.

—¡Concéntrate, Amy! —gritó Glamora.

De pronto, la habitación empezó a desdibujarse, igual que había ocurrido con el campo de batalla cuando había utilizado los zapatos. Estaba en una cueva subterránea; el aire que rozaba mi rostro era frío y húmedo y olía a agua estancada. En algún rincón de aquella penumbra sonaba un tictac que resonaba en la cueva. Pero además, aquel aire rezumaba magia; era una magia tan espesa que incluso me daba la sensación de que podía tocarla con los dedos. El poder del Cuadrante me mantenía anclada a mi cuerpo, como si fuera un salvavidas, pero sabía que si vacilaban, que si les flaqueaban las fuerzas, me soltarían e iría a la deriva. Algo andaba mal, lo presentía. Había algo que no debía estar allí. El hilo pálido de su magia combinada se volvió más grueso, y más oscuro. Fue como si alguien lo hubiera envenenado. A lo lejos, oí a Nox y a Gert gritando mi nombre.

«Déjate llevar —me decía una vocecita desconocida—. Déjate llevar». Lo más fácil era ceder a la tentación, dejarme engullir por aquella magia oscura. Así, por fin, podría descansar.

Los zapatos de Dorothy brillaban cada vez más y, de pronto, pensé en el aroma a sándalo de Nox, en los abrazos reconfortantes de Gert, en la brusquedad de Mombi. Incluso rememoré la actitud desdeñosa e insidiosa de Melindra. Y en los ronquidos de Lulu. Y en los enormes ojos verdes de Ozma. Recordé a todas las personas que apreciaba y quería en Oz, y me abalancé sobre ellas con todas mis fuerzas.

La cueva se desvaneció a mi alrededor; yo me desplomé en mitad del círculo que había creado el Cuadrante. El golpe fue terrible. Oí crujir todos mis huesos. Gert y Nox se arrodillaron a mi lado enseguida y me ayudaron a ponerme en pie.

—¿Qué ha ocurrido? —preguntó Nox—. ¿Estás bien?

—Sí, sí, estoy bien, pero no he visto a Dorothy. He estado en una especie de cueva oscura. Oía un tictac constante, pero no sé qué era.

—El Gran Reloj —desveló Mombi—. Dorothy está intentando acceder a su magia.

—¿Y a qué viene tanto revuelo? ¿Es que no lo utiliza para alargar las horas de sol siempre que le viene en gana? —pregunté.

—El Gran Reloj está conectado a la magia más ancestral y más profunda de Oz —explicó Gert en voz baja—. Ni siquiera las hadas, las legítimas herederas de este reino, han sido capaces de entender cómo funciona. Dorothy se ha dedicado a utilizar la magia del reloj en beneficio propio, pero si ahora está intentando liberar todo su poder...

Gert no terminó la frase y todos se quedaron en silencio.

—¿Qué pasará? ¿Qué pasará si lo consigue? —pregunté. Nadie respondió.

Gert miraba a Glamora fijamente. Glamora tenía la mirada clavada en el suelo. Mombi observaba a Nox sin pestañear. Nox desvió la mirada hacia la puerta. Aquello me daba mala espina. No podía presagiar nada bueno. De pronto, Nox soltó un suspiro y me miró.

—Si Dorothy se las ingenia para liberar la magia del Gran Reloj, es bastante probable que nos destruya a todos. Y no solo a nosotros, sino también a Oz, al Otro Sitio...

—Espera, ¿te refieres a Kansas? ¿Cómo es posible que Dorothy pueda destruir Kansas utilizando un cronómetro gigante?

—Oz y tu mundo están entrelazados —explicó Gert—. Ya lo sabes, Amy.

Recordé unas palabras del Mago; según él, Kansas y Oz eran dos caras de la misma moneda, de un mismo reino. También me habló del extraño vínculo que Dorothy y yo compartíamos. Y del modo en que Dorothy, una maniática de la magia, estaba anclada a la chica inocente que había sido en Kansas.

—Oz está superpuesto al Otro Sitio, como si fuera otra dimensión —explicó Mombi—. Los dos mundos no interactúan, pero dependen el uno del otro para sobrevivir. Hasta ahora, nadie se había atrevido a destapar la magia del Gran Reloj. Si Dorothy lo consigue, el poder será incontrolable.

Nunca había estado muy orgullosa del mundo que me vio crecer y, desde luego, no lo echaba de menos, pero la idea de que lo borraran del mapa me horrorizaba. Pensé en mi madre, totalmente ajena al hecho de que Dorothy estaba a punto de arrojar una maldición sobre todo el universo, del mismo modo que, años antes, había arrojado una casa sobre una bruja para que muriera aplastada. También pensé en Dustin y en Madison y en su bebé. Incluso pensé en la zorra de Amber y en el zopenco del señor Stone. Me tapé los ojos con las manos, como si así pudiera evadirme de la realidad.

—¿Puedo detenerla?

Gert miró a Mombi, y esta se encogió de hombros.

—Estás conectada al mismo poder que ella. Y llevas sus zapatos. Además, Dorothy y tú mantenéis un vínculo. Estoy convencida de que tú eres la única persona del reino que puede hacerlo.

—Tú, o el rey Nome —añadió Glamora—. Pero no sé si podemos contar con su ayuda.

—Es imposible que el rey Nome pretenda que Dorothy destruya Oz —protestó Gert.

—Todavía no sabemos qué pretende —resumió Nox—. Y si todavía está merodeando por el Otro Sitio, quizá ni siquiera sepa lo que Dorothy se trae entre manos. A lo mejor cree que a su marioneta no le queda energía para hacer ningún daño. —Después negó con la cabeza—. Pero no me gusta. Tú te empeñas en asegurar que los zapatos de Dorothy te protegen, pero ¿cómo saber si es cierto? ¿Y si se trata de una trampa? En mi opinión, que vayas a por Dorothy es demasiado peligroso. Tendremos que buscar otra manera de acabar con ella.

—No hay otra manera —sentenció Glamora.

—¡Amy está arriesgando su vida! —gritó Nox.

—Todos estamos arriesgando la vida —puntualizó Mombi con gesto serio.

—¡No os voy a permitir que la utilicéis a vuestro antojo! —bramó Nox—. Me habéis arrebatado mi vida. De acuerdo. Ahora, ya no tengo nada que perder. Pero Amy todavía puede volver a Kansas. Tiene una familia que la está esperando. Que la quiere. No es justo que le pidamos que corra este riesgo por un lugar al que ni siquiera pertenece.

Ese comentario me dolió. ¿Así era como Nox me veía? ¿Después de todo lo que habíamos pasado juntos?

—¿Es que no voy a poder tomar la decisión yo sola? —espeté—. Mi vida sería mucho mejor sin Dorothy acechándome constantemente, ¿no crees?

—Pero tú tienes una familia que te recibirá con los brazos abiertos —murmuró Nox—. Tienes una vida, Amy. Y no eres lo bastante poderosa para enfrentarte a la magia de Oz tú sola.

—¡No quiero que decidáis por mí! —ladré—. ¡Me entrenasteis justamente para esto!

—Lo sé —susurró con un hilo de voz—. Lo sé.

—Unirse al Cuadrante implica dejar nuestros sentimientos a un lado —interrumpió Glamora. Nox le lanzó una mirada cargada de odio y, por un momento, temí que la abofeteara, pero al final solo negó con la cabeza. Casi me echo a reír. El Cuadrante no me permitía estar con Nox, pero sí me permitía presentarme como voluntaria para una misión suicida cuyo objetivo era salvarles el culo a todas.

—Voy a hacerlo —dije.

—Me tenéis harto —murmuró Nox con voz glacial—. Todas vosotras. Exigís demasiado. Utilizáis a las personas a vuestro antojo y luego, cuando ya no os sirven, las dejáis tiradas. Tal vez ahora esté unido a vosotras, pero eso no significa que tenga que aceptar todo lo que hacéis.

Luego se dio media vuelta y salió de la habitación.

—Está bien —dijo Mombi después de unos segundos de silencio incómodo—. Partiremos a Ciudad Esmeralda a primera hora de la mañana para salvar el mundo, así que lo más sensato es que descansemos un poco.

VEINTINUEVE

No había suficientes mantas para todos y los monos, criaturas muy espabiladas, y un pelín egoístas, se habían agenciado todo el material de abrigo del palacio. Ozma estaba durmiendo como un tronco, con la cabeza apoyada sobre la espalda de Lulu. Me detuve un segundo para observarlas. Lulu seguía roncando con la boca abierta; parecía mentira que fuera el mismo mono que había combatido aguerridamente en la batalla. Y Ozma… ¿todavía seguía ahí dentro escondida? Había presenciado algunos momentos de lucidez, pero habían sido tan breves que no las tenía todas conmigo de que volviera a ser la princesa de siempre. Llevaba tantísimo tiempo persiguiendo a Dorothy que jamás me había parado a pensar en qué ocurriría si, por fin, alguien la derrotaba. Suponiendo que Ozma siguiera igual de chiflada, ¿quién ocuparía el trono? ¿Quién tomaría las riendas del reino? El rey Nome quería que fuera yo. Pero yo estaba harta de ser la marioneta de otra persona. Nox tenía razón. No pertenecía a ese lugar. Si los zapatos de Dorothy la habían llevado de vuelta a Kansas, a lo mejor yo tenía la misma suerte. Decidí que, cuando la matara, volvería a casa, quisiera el rey Nome o no. Oz tendría que solucionar sus propios problemas.

Gert, Glamora y Mombi desaparecieron enseguida; seguramente prefirieron buscar una habitación individual donde poder dormir largo y tendido. Estaba agotada, pero no me apetecía dormir. Así que en lugar de acurrucarme en algún rincón del salón, salí a lo que, una vez, habían sido los jardines del Hombre de Hojalata.

Quizá mientras él vivió allí, varios miembros de su personal se ocupaban del jardín, pero a juzgar por la dejadez que ahora reinaba, intuí que hacía mucho tiempo que nadie se molestaba en arreglar los árboles. La mayoría estaban podridos, muertos pero, por suerte, la batalla se había librado lejos de palacio, así que apenas habían sufrido las consecuencias; tan solo se veían pisadas en los parterres y algún manchurrón de sangre.

Pero aparte de eso, las flores se abrían con la luz de la luna: eran unas flores blancas enormes, muy parecidas a las dalias. Se mecían al son del viento y soltaban bocanadas de perfume al aire fresco que se respiraba allí fuera. Un enjambre de mariposas con unas alas de terciopelo descomunales pasó volando por el jardín, agitándolas mientras canturreaban una melodía suave, casi inaudible. La luna que brillaba esa noche era amarilla y estaba tan baja que, por un momento, creí que podría tocarla si me subía a una colina. La luna de Oz tenía un rostro, el rostro de una mujer sonriente que me recordaba un poco a Gert.

No sé cuánto tiempo debía de llevar ahí fuera cuando, de repente, me di cuenta de que Nox estaba a mi lado.

—Deberías irte a dormir —dijo—. Mañana será un día…

No hizo falta que lo dijera. Los dos lo sabíamos. Pero en ese momento lo último que quería era dormir. De pronto, me cogió de la mano. Aquel gesto me pilló por sorpresa. Su piel era tan cálida, tan agradable.

—Mira —murmuró—, tirium de floración nocturna.

—¿Y qué es eso?

Nox se llevó un dedo a las labios y, de puntillas, nos acercamos hacia una planta del tamaño de un girasol.

—No te muevas —me susurró al oído; al oír su voz sentí un escalofrío por todo el cuerpo—. Si la asustas, no florecerá. —Después se agachó y esperó; yo me senté en cuclillas a su lado.

Observaba aquella planta con la misma atención que un gato custodia la madriguera de un ratón. El tiempo pareció dilatarse y los segundos se hicieron minutos. Yo no dejaba de moverme, así que Nox apoyó una mano sobre mi rodilla, para tranquilizarme, y la dejó allí. Tenía los cinco sentidos alerta. Su aroma a sándalo. El calor de su cuerpo. El vaivén de su aliento. Dibujó una sonrisa, pero no me miraba a mí. Miraba la planta.

Un único zarcillo pálido emergió del extremo del tallo con la misma elegancia y agilidad que una bailarina de *ballet* se desliza sobre un escenario. Le siguió una hoja muy delicada, y luego otra, y luego otra. La brisa nocturna acunaba aquellas figuras con sumo cuidado. De los primeros zarcillos nacieron más zarcillos; daba la sensación de estar frente a una telaraña de seda que se entretejía delante de nuestros ojos.

Poco a poco, las hebras se fueron soldando hasta crear una flor blanca enorme; centelleaba bajo la luz de la luna y se balanceaba con tal fluidez que parecía tener voluntad propia. Entonces caí en la cuenta de que estaba conteniendo la respiración. Solté el aire en un suspiro largo y lento. Aquella flor era hermosa, pero también muy frágil, lo que me recordó que, por muy cómoda que me sintiera en Oz, siempre sería una tierra hostil para mí, regida por normas que no acababa de comprender. De pronto, la flor se giró hacia mí y, en silencio, explotó en un brote estelar de lucecitas blancas. Parecían luciérnagas que revoloteaban a nuestro alrededor. Unos segundos después, se alejaron del jardín. Algunos de aquellos puntos de luz se quedaron sobre el follaje de los árboles, o incluso apoyados sobre las ramas. Permanecieron allí, hasta que su luz blanca se apagó. La flor era preciosa... pero muy frágil. Como todo lo bueno en este mundo de locos. Como la esperanza. Como lo que había empezado a nacer entre Nox y yo; lo mismo que no nos permitían disfrutar, ni terminar. Sentí que los ojos se me llenaban de lágrimas. Nox se acercó y me secó las lágrimas.

—Había olvidado que Dorothy no ha podido destruir toda la belleza de Oz —dije.

—Tampoco te ha destruido a ti.

—No será porque no lo haya intentado —añadí; luego caí en la cuenta de lo que había dicho y me sonrojé. Por suerte era de noche y pude disimular la vergüenza—. A mi madre le habría encantado ver algo así. Ojalá hubiera podido despedirme de ella —murmuré.

—No vas a morir —replicó de inmediato—. Al menos, mañana.

—Espero que no. De todas formas, no me refería a ahora, sino a cuando vinimos a Oz. No te engañaré, Nox: quiero volver a casa. Pero tengo que asumir de una vez por todas que no volveré a verla. Es solo que... desearía que hubiera un modo de decirle que la quiero.

—Puedes verla —dijo Nox. Señaló un charco de agua que había junto al tirium, y cerró los ojos. Recordé el hechizo de adivinación que Gert había utilizado en las cuevas de los Malvados para mostrarme una imagen de mi madre. Me agaché para echar un vistazo. Las palmas de Nox se iluminaron y la energía navegó por el aire y aterrizó sobre el agua. Al principio, solo veía hierba y hojas secas. Pero unos segundos después, la superficie del charco se iluminó y se volvió opaca; de repente, empezó a formarse una imagen. Y entonces vi el salón del nuevo apartamento de mi madre. Ella estaba sentada en el sofá, con los ojos rojos, como si hubiera estado llorando. Jake estaba en la punta del sofá, abrazándola. Y en la otra punta del sofá…

—¿Dustin y Madison? —pregunté, asombrada. Dustin estaba explicando algo. Madison asentía con la cabeza mientras Dustin Júnior daba brincos sobre su rodilla. Y, pululando por el comedor, el subdirector Strachan.

Entonces me di cuenta de que mi madre tenía algo sobre el regazo. Algo que todos miraban con cierto recelo. Un libro encuadernado en cuero y con los bordes un tanto chamuscados.

—¡El diario de Dorothy! —exclamé—. Mi madre ha debido de poner mi habitación patas arriba y lo ha encontrado. Pero si adivinan lo que es…

—Llegarán a la conclusión de que Oz es real —susurró Nox.

—Imposible —contesté—. No te imaginas lo difícil que es para la gente de mi mundo creer en este tipo de cosas. Y más si no pueden verlo con sus propios ojos. Si descubren qué es ese libro, lo más probable es que se convenzan de que Dorothy sí existió… y de que estaba chalada.

En ese momento sentí un escalofrío por la espalda, pero no fue un escalofrío normal. Fue una sensación de ardor y escozor, como si alguien me hubiera tirado una gota de metal fundido en la nuca y ahora estuviera deslizándose por mi columna vertebral.

—Pero yo creía... —empecé y, de repente, algo llamó mi atención. Me incliné hacia delante para no perder detalle. El subdirector Strachan alzó la mirada, como si intuyera que le estaba observando. Y, aunque fuera imposible y descabellado, nuestras miradas se cruzaron.

Aquellos ojos no eran los ojos furiosos del subdirector Strachan. No, eran los ojos plateados del rey Nome. Ahogué un grito. Él sonrió y apoyó una mano sobre el hombro de mi madre y otra sobre el hombro de Madison. Las dos estaban hojeando el diario de Dorothy.

«No te olvides, señorita Gumm, de todo lo que todavía puedes perder».

Su voz se coló en mi mente y podía oírla con perfecta claridad.

«Puedes matar a nuestra amiguita Dorothy, o dejarla con vida; a mí, me importa bien poco. Pero recuerda que vendré a por ti muy, muy pronto. Y entonces, señorita Gumm, lo que hagas sí me importará».

Sus palabras resonaron en lo más profundo de mi cabeza; ahogué un grito. Al parecer, el rey quería demostrarme, y de paso fanfarronear un poco, lo fácil que le resultaría controlarme.

«¡No!», pensé para mis adentros. Las botas palpitaron y enseguida noté una inyección de magia por todo el cuerpo. La energía pareció acobardar al rey.

«No pienses que esos zapatos te bastarán para alejarte de mí, señorita Gumm», siseó.

Y, de repente, con la misma facilidad con que se había metido en mi cabeza, desapareció. La visión del comedor de mi madre explotó como una pompa de jabón y el charco se evaporó en cuestión de segundos. Y entonces me desplomé sobre el suelo.

—¿Amy? —llamó Nox mientras me sacudía, como si

quisiera despertarme—. ¿Qué ha pasado? ¿Qué has visto?

Estaba un poco atontada y me sentía un poco aletargada; me daba la impresión de haber tenido una pesadilla eterna.

—El rey Nome —respondí al fin—. Está con mi madre. Y me ha dicho que vendrá a por mí.

Nox respiró hondo

—¿Vendrá a por ti para qué?

—No lo sé. Le da igual si mato a Dorothy o no. Tiene otra cosa en mente.

Nox se quedó en silencio, pensativo.

—Todo esto no me da buena espina —dijo al fin.

Yo solté una carcajada.

—¿Y crees que a mí sí? Pero tenemos que matar a Dorothy, aunque eso forme parte de los planes del rey Nome.

—Deberías darme esos zapatos.

Negué con la cabeza.

—Hasta ahora, me han protegido como un escudo de hierro. Me han ayudado a deshacerme del rey Nome hace apenas unos segundos. No quiero renunciar a ellos.

—¿No quieres? ¿O no puedes?

Los dos sabíamos muy bien a qué se refería. Los zapatos rojos de Dorothy, que después de tanto tiempo se habían fusionado con sus pies, la habían transformado en un monstruo. Nada ni nadie me aseguraba que las botas no fueran a hacer lo mismo conmigo. Era tan solo una intuición, una corazonada. Pero tampoco podía descartar la posibilidad de que las botas fueran a convertirme en una criatura horrenda. Tal vez, aquella sensación de protección no era más que un truco de magia. En fin, toda la situación era muy confusa. No podía utilizar otra magia. Y sería una locura enfrentarme a Dorothy sin una pizca de poder.

—Prométeme algo —dije sin apartar la mirada de Nox—. Solo por si acaso.

—Eso dependerá de la promesa —respondió él. Estaba tan cerca que incluso notaba el calor de su piel. Tuve que morderme el labio para evitar besarle.

—Estos zapatos —dije, y me señalé los pies—. Si después de mañana me transforman en... ya sabes. En ese monstruo. Si intento quitármelos y no puedo... quiero que me prometas que harás todo lo que esté en tu mano para arrancármelos de los pies.

Nox abrió los ojos como platos.

—No te preocupes. No llegaremos a ese extremo.

—Nox, no me mientas, por favor. Los dos sabemos que sí podemos llegar a ese extremo, así que prométemelo. Me quitarás los zapatos. Cueste lo que cueste, aunque tengas... —inspiré hondo—, aunque tengas que cortarme los pies. Aunque tengas que matarme.

—Amy, lo que me pides es una locura.

—No es ninguna locura, y lo sabes.

—Nunca quise que te pasara esto. Siento muchísimo que tú... que este reino...

—Lo sé. Prométemelo, Nox —insistí. Él abrió los ojos y me fulminó con la mirada.

—Te lo prometo —dijo.

—Cueste lo que cueste.

—Cueste lo que cueste.

Los dos nos quedamos mirándonos fijamente un buen rato.

—Buena suerte para mañana —murmuró, y apartó la mirada. No quería que nuestra conversación terminara así. Deseaba que me dijera algo más. Que encontrara las palabras apropiadas para consolarme. Que me asegurara que todo iba a salir bien. Que me jurara que hallaría el modo de estar conmigo. Que averiguaría cómo podía ayudarme a volver a casa. Pero en lugar de todo eso, se dio media vuelta y se marchó hacia el palacio del Hombre de Hojalata. Yo le seguí y me repetí varias veces que ese vacío que sentía en el pecho era cansancio, y no mi corazón rompiéndose en millones de pedazos.

TREINTA

$\mathcal{A}$l día siguiente todos nos reunimos en el patio. Lulu quería acompañarnos, pero al final accedió a quedarse en el palacio del Hombre de Hojalata junto con su ejército de monos, por si los vampiros de Glinda decidían volver. Ozma era un lastre para nosotros, sobre todo porque el viaje hasta Ciudad Esmeralda iba a ser largo y arriesgado, y a Lulu le entusiasmó la idea de cuidar de ella durante nuestra ausencia. Supongo que todos, de una manera u otra, intentábamos compensar nuestros errores del pasado. Salvo Ozma, que no era capaz de recordar los suyos. Aunque, pensándolo bien, que te borraran todos los recuerdos podía ser una bendición, y no una maldición.

Al final, solo Nox, Gert, Mombi, Glamora y yo nos preparamos para teletransportarnos al palacio de Dorothy, en Ciudad Esmeralda.

Recordé la última vez que había estado allí. La majestuosa capital se había convertido en un lugar tétrico, escalofriante. Daba la sensación de que una bomba había arrasado la ciudad. Pero además, parecía estar creciendo como si tuviera vida propia, como si una especie de fuerza demoníaca la hubiera poseído.

El Mago había creado aquel caos y ahora estaba muerto. Pero conociendo el reino de Oz, y sabiendo lo que ahora sabía, dudaba de que las cosas hubieran mejorado mucho, incluso sin él. Si algo me había enseñado Oz era a prepararme para lo peor.

Así que los cinco nos cogimos de la mano y Mombi empezó a murmurar el conjuro para teletransportarnos a todos juntos. Lo había escuchado tantas veces que ya me lo había aprendido de memoria.

A esas alturas, ya era toda una veterana en el arte de volar; sin embargo, seguía siendo algo emocionante. Sentí el ya familiar impulso de la magia; me propulsó hacia el cielo y, de inmediato, noté ese vacío en el estómago. Sin soltarnos de las manos, los cinco nos fuimos elevando poco a poco. A lo lejos, en el horizonte, avisté una línea muy pálida. Era el Desierto de la Muerte. Al otro lado, distinguí las cumbres nevadas de las montañas. En ese instante, y en ese lugar ingrávido y tan espectacular, fingí que no estaba dirigiéndome hacia otra batalla y opté por disfrutar del momento. Estaba sobrevolando el maravilloso paisaje del reino de Oz, con la brisa del viento acariciándome las mejillas y el calor del sol en la espalda. Miré de reojo a Nox. Él parecía igual de feliz que yo. Incluso Mombi, que detestaba las alturas, sonreía mientras nos arrastraba a toda prisa hacia nuestro destino. Y, de repente, la expresión de Nox cambió. Me giré para comprobar qué había visto y ahogué un grito.

Estábamos a punto de adentrarnos en una tormenta. Unos nubarrones negros se habían arremolinado frente a nosotros; daba la sensación de que nos estábamos metiendo en la boca del lobo, literalmente. Y, además, no podíamos esquivar la tormenta porque se había apoderado de Ciudad Esmeralda, o de lo que quedaba de ella.

Ya había visto la ciudad derruida desde el suelo, y me había impresionado. Pero desde el aire, el paisaje era desolador: edificios bombardeados, calles desiertas, trozos de esmeralda por todas partes. Desde allí arriba, también se podían ver los cadáveres entre las ruinas; estaban retorcidos y rotos, igual que los edificios que los rodeaban. Tragué saliva. Y, en el corazón de la ciudad, las agujas del Palacio Esmeralda apuñalaban las nubes que ahora se cernían sobre ellas. Daba la impresión de que el palacio irradiaba una sensación de amenaza casi palpable.

Unas enredaderas oscuras se enroscaban alrededor de las torres y, de las ventanas rotas de palacio, salía humo negro. Lo que una vez habían sido jardines majestuosos y cuidados al mínimo detalle se habían convertido en una jungla llena de plantas espinosas que a primera vista no reconocí. A lo lejos se oía el tictac de un reloj. Resonaba en el interior del palacio.

—El Gran Reloj —dijo Gert entre dientes—. No ha perdido el tiempo. Está intentando utilizarlo.

—¡Sujetaos! —chilló Mombi, y sentí que me apretaba la mano. A medida que nos acercábamos a la tormenta, el viento empezó a soplar con más fuerza e insistencia. Una de las ráfagas fue tan fuerte que casi me suelta de la mano de Mombi. Al otro lado, Gert también me sujetó la mano con más fuerza.

Y justo en ese momento, las brujas empezaron a cantar.

—¡No te sueltes, Amy! —gritó Gert. El viento cada vez era más huracanado. No hizo falta que me lo dijera dos veces. Me agarré a las brujas como a un clavo ardiendo; mientras, ellas siguieron su cántico para enfrentarse a la tormenta.

Casi habíamos llegado al palacio. De pronto, me pareció ver varias siluetas pululando por aquellos jardines descuidados y enmarañados que cercaban el palacio.

—¡Tiene un ejército ahí! —gritó Nox. El suelo cada vez estaba más cerca. Y habíamos alcanzado una velocidad imparable. Las ramas de aquellos árboles, repletas de pinchos y púas afiladas, y las enredaderas que se habían desprendido de los torreones nos estaban esperando, dispuestas a darnos la más cálida de las bienvenidas.

—¡Cuidado! —chillé, pero una de las enredaderas azotó a Mombi en el brazo. La bruja no tuvo tiempo de reaccionar y la planta le hizo un tajo muy profundo. Se le escapó un grito de dolor y me soltó la mano. Y, un segundo más tarde, sentí que la mano de Gert se me escurría.

—¡Las plantas nos están atacando! —bramó Glamora—. ¡Están defendiendo el palacio!

—¡Amy! —llamó Nox, desesperado. Otra enredadera se había enroscado entre las piernas de Gert y, al tirar de ella, la bruja me había soltado. Glamora soltó un gemido ensordecedor. Miré hacia abajo y me di cuenta de que estaba deslizándome hacia aquellas espinas afiladas. Pero justo cuando estaba a punto de desplomarme sobre el suelo, una ráfaga de viento me arrastró hacia el cielo de nuevo. «Ha debido de ser Nox», pensé. Siempre tan pendiente de mí. Nox me había salvado.

Gert lanzó una bola de fuego a la enredadera, pero la planta se quedó pegada a sus piernas, moviéndose en el aire, y, cuando la bruja cayó redonda al suelo, la planta retrocedió y desapareció.

Salí corriendo hacia ella.

—¡Estoy bien! —jadeó—. ¡No tenemos tiempo! ¡Debes darte prisa!

Allí, en el suelo, el ruido del tictac era más alto, más claro y más incesante. Me daba la sensación de que intentaba meterse en mi cabeza y tuve que contenerme para no taparme los oídos.

—¡Soldados! —gritó Nox. Invoqué mi puñal y di un par de volteretas sobre el suelo. Había recuperado mis reflejos, y ya iba siendo hora.

Aquellos soldados eran un poco distintos de los que nos habían atacado en el palacio del Hombre de Hojalata. No tenían ninguna parte humana; todo lo que veía era metálico. Avanzaban como un ejército mecánico. Algunos se apoyaban sobre dos piernas y, de lejos, podían confundirse con humanos; otros tenían ruedas o cientos de piernas diminutas, como un ciempiés. Algunos empuñaban las armas con sus garras metálicas, mientras que otros tenían espadas y lanzas incrustadas en sus torsos de hojalata.

El cuerpo de Nox no dejaba de parpadear; estaba teletransportándose para avanzar entre la masa de soldados y así poder atravesarlos con su espada sin que se lo esperaran. De pronto, un aullido aterrador partió el aire por la mitad. Entonces vi una hilera de diminutos *Totos* mecánicos saliendo de las puertas del palacio. Tenían tres cabezas y venían directamente hacia nosotros. Sus ojos brillaban con una luz roja que me recordó los zapatos de Dorothy. Cada una de las cabezas tenía varias filas de dientes afilados como cuchillos; eran tan largos como mi antebrazo. Agitaban una cola mecánica forrada de láminas de acero puntiagudas. Me preparé para la batalla.

Una bola de fuego pasó volando por encima de mi cabeza y aterrizó entre los soldados de hojalata; varios salieron volando por los aires. Glamora apareció a mi lado de repente.

—¡Los contendremos! —gritó, y lanzó otra llamarada al ejército—. ¡Nox y tú os encargaréis de encontrar a Dorothy!

Me agaché, di una voltereta en el suelo y, al levantarme, maté a un soldado, rajándole por la mitad.

—¿Y cómo vamos a llegar hasta el palacio?

—Nox te llevará hasta allí. Los contendremos, pero no por mucho tiempo... tendréis que actuar muy rápido.

Detrás de ella, Mombi no dejaba de arrojar bolas de fuego al ejército mecánico de Dorothy; aunque derribaba a varios soldados con cada uno de sus ataques, siempre aparecían más soldados que rellenaban el hueco que habían dejado sus compañeros. Nox se movía con tal rapidez que era imposible distinguirlo; parecía una sombra borrosa que se deslizaba por el campo de batalla. Gert había empalidecido en cuestión de segundos; se cernía sobre el ejército y les azotaba con un látigo azul que había ideado con su magia. No podía abandonarlas allí porque presentía que, sin mi ayuda, morirían.

—¡No hay tiempo! —chilló Glamora—. ¡Tenéis que iros ya!

Sabía que tenía razón. Tal vez aquella fuera nuestra última oportunidad. O mataba a Dorothy, o todo se habría acabado. Las brujas no durarían mucho allí fuera.

Así que agarré a Nox de la mano y, de inmediato, las botas de Dorothy cobraron vida. Sentí el hormigueo de la magia de Oz en mis pies. «Todavía no», les dije. Y cerré los ojos.

Cuando volví a abrirlos, Nox y yo aparecimos en el salón de banquetes de Dorothy; me costó reconocerlo, ya que estaba en ruinas. Los pocos muebles que quedaban parecían montañas de astillas. Los cristales de las ventanas estaban hechos añicos y, por los agujeros, se colaban las enredaderas de los torreones. Las paredes, antaño recubiertas de un papel pintado precioso, estaban tapadas por una capa de musgo verdoso. La moqueta estaba empapada, pero no quise saber de qué. Dentro del palacio, el tictac era tan fuerte que las paredes temblaban. Era como estar al lado de un potente altavoz en un concierto. El ruido que emitía aquel reloj parecía tener tal fuerza física que retumbaba en mi interior.

Nox me apretó la mano y los dos salimos disparados de allí, guiándonos por el sonido del reloj. Aunque el tictac era ensordecedor, en ciertos rincones se oía más que en otros. Pero cada vez que creíamos acercarnos a ese sonido, el palacio se reconstruía, creando, por ejemplo, pasillos infinitos donde antes había un muro. Y, cuando corríamos por un pasillo y doblábamos la esquina, nos topábamos con una pared infranqueable. Había pasado mucho tiempo en Palacio Esmeralda y conocía su estructura como la palma de mi mano, pero era incapaz de orientarme en aquella visión de «la casa de los espejos», llena de pasillos escalofriantes y muros inesperados. A veces, llegábamos a un pasillo que me resultaba familiar, y entonces caíamos en la cuenta de que ya habíamos pasado por allí.

—¡Estamos corriendo en círculo! —dijo Nox—. Tenemos que pensar otro plan.

—¡Sigue corriendo! ¡No pares! —contesté, y le arrastré hacia un vestíbulo desconocido.

Cruzamos el vestíbulo y atravesamos una puerta que nos llevó a un salón que, a simple vista, no reconocí. De pronto, un portón de madera se cerró a nuestras espaldas. La habitación era circular y tenía varias puertas idénticas. El tictac del Gran Reloj retumbaba en aquella sala. Nox intentó abrir todas las puertas, pero estaban cerradas con llave. El Palacio Esmeralda nos había encerrado allí.

—Tienes razón —dije—. El palacio está moviéndose para impedirnos encontrar a Dorothy. —Había llegado el momento de recurrir a la magia—. No te sueltes —le susurré. Él asintió con la cabeza y me cogió de la mano con fuerza.

Cerré los ojos y envié unas antenas mágicas para que rastrearan el palacio. Si agudizaba todos mis sentidos mágicos, podía ver con perfecta claridad, y eso fue lo que ocurrió. Vi ratas correteando por los sótanos de palacio. Oí el zumbido y los chasquidos de los soldados que se estaban enfrentando con las brujas en los jardines.

También contemplé a los pocos habitantes que quedaban en el palacio; se escabullían aterrorizados por los pasillos y se escondían en habitaciones olvidadas. La maldad que se había instalado en aquel palacio era tan intensa que me picaba toda la piel, como si un millón de hormigas estuviera trepando por mi cuerpo. Me armé de valor y seguí observando.

Y entonces la noté. Una masa maligna en el corazón del palacio, como si fuera una araña en mitad de su enorme telaraña. Me estremecí. Sentí que Nox me apretaba la mano.

—¿Dónde está? —me susurró al oído. Yo sabía muy bien lo que teníamos que hacer.

—Por aquí —respondí.

Y, en lugar de intentar abrir una de las puertas, di media vuelta y me dirigí directamente hacia la pared. No chocamos contra un muro sólido, sino contra algo firme pero flexible. Al principio, se resistió un poco; en cierto modo, era como tratar de atravesar una pared de mantequilla, pero, unos segundos después, se disolvió. Se oyó un ruido y, de repente, todo a nuestro alrededor se volvió oscuro. Y muy, muy frío. Nox me sujetaba la mano con tal fuerza que pensé que me había cortado la circulación de los dedos. Pero a decir verdad, yo también estaba apretando la suya con la misma fuerza.

—Amy Gumm —dijo una voz ya familiar—. Me has encontrado. Tenía el presentimiento de que lo harías.

TREINTA Y UNO

Una chispa roja iluminó aquella penumbra y, poco a poco, todo a nuestro alrededor se fue aclarando. Nox y yo estábamos en una cueva. El suelo era de piedra rugosa pero, cuando miré hacia arriba para echar un vistazo al techo, no logré distinguirlo. La caverna era tan grandiosa que era imposible verlo desde allí. Justo delante de nosotros había un charco de agua negra sobre el que se reflejaba la luz roja. Y, a lo lejos, advertí una figura ya familiar apoyada sobre un reloj antiguo muy ornamentado. Esperaba encontrarme un reloj gigante, incluso monstruoso, pero en realidad parecía una antigüedad del montón, de aquellas cosas que uno puede encontrar en la casa de sus abuelos, con la pequeña diferencia de que estaba hecho de oro macizo y adornado con decenas de esmeraldas. Bajo aquel resplandor rojo, el rostro de Dorothy parecía espantoso, como el de un monstruo. El reloj se sacudió y se oyó un estruendo que resonó en aquella cueva oscura.

—Sabía que volveríamos a encontrarnos, Amy. Era solo cuestión de tiempo —dijo Dorothy. Su voz sonó áspera y grave; de no conocerla, habría pensado que le daba al vino, sin duda. Tosió, y el reloj volvió a retumbar. Entonces me di cuenta de que el sonido era el mismo tictac de antes, pero daba la sensación de que iba muy, muy lento. Dorothy esbozó una sonrisa—. No es un juego de palabras —continuó—. El tiempo es lo importante; el problema es que no todo el mundo se da cuenta. Aprendí unas cuantas cosas en el Otro Sitio, Amy. Aprendí que las cosas allí no son muy divertidas para chicas tan especiales como yo. Aprendí que la magia es la mejor manera para hacer las cosas. ¿Y qué mejor fuente de magia que el mismísimo corazón de Oz?

—La charca de Lurline —murmuró Nox. Aunque seguía apretándome la mano con todas sus fuerzas, su voz no sonó nerviosa, ni miedosa.

—Eres más listo de lo que pareces —dijo Dorothy con cierta coquetería—. Entre el Gran Reloj y el charquito de Lurline —añadió, y señaló la balsa oscura—, tengo magia suficiente como para mantenerme así todo el tiempo que quiera. Es decir, hasta el fin de los tiempos. Pensé que el Mago estaba de mi lado, que me apoyaba. También creí que Glinda era mi amiga. Pero ya veis, la única persona en la que una puede confiar es en sí misma.

—No puedes hacer esto —repliqué, y traté de sonar segura y tranquila—. Si utilizas el Gran Reloj, liberarás toda la magia de Oz. Y Oz y Kansas son las dos caras de la misma moneda. Tú lo sabes tan bien como yo. Destruirás los dos mundos, Dorothy.

—Kansas me importa un pimiento —espetó Dorothy, pero por primera vez, sonó indecisa, como si no lo tuviera todo controlado.

—Toda esa magia acabará destrozándote —dijo Nox—. No podrás sobrevivir a ella.

Durante unos segundos, pensé que Dorothy iba a cambiar de opinión. Aunque pareciera imposible, llegué a creer que había conseguido convencerla de que abandonara aquella locura de plan. Pero entonces frunció el ceño.

—Me has arrebatado todo lo que me importaba, Amy Gumm —ladró Dorothy—. Has matado a mis amigos. Has arrasado mi ciudad y, gracias a ti, ya no puedo gobernar Oz. Incluso has asesinado a mi perro. No pienso escuchar tus consejos de pacotilla. Y no voy a dejar que también me arrebates este reino.

Y, con un movimiento rápido y ágil, cogió el reloj y lo lanzó hacia la balsa.

—¡No! —gritó Nox. El reloj se sumergió en el agua negra de la balsa. El tictac dejó de sonar y el reloj desapareció. Ni siquiera salpicó una gota de agua.

No percibí ningún movimiento, lo cual me extrañó.

Y un instante después, el agua de la balsa comenzó a burbujear. Una nube negra se formó justo encima del charco y, bajo el resplandor rojo de los zapatos de Dorothy, empezó a arremolinarse y a ascender hacia el techo. Dorothy levantó los brazos, y la nube se partió por la mitad. Y entonces vi una imagen, la imagen de Dusty Acres; seguía tan abandonado y desolado como el último día que había estado allí, cuando el Mago nos había enviado al Otro Sitio. Unas chispas rojas salían disparadas de los dedos de Dorothy y, formando un arco carmesí en el aire, se sumergían en aquella masa oscura. Pero tras cruzar el nubarrón, aterrizaban en Kansas, convirtiéndose en llamaradas que enseguida incendiaron la vegetación muerta del paisaje. Unas grietas enormes se abrieron en aquel suelo reseco y desierto. Tenía que hacer algo. Tenía que detener a Dorothy antes de que destrozara Oz y Kansas. Pero ¿cómo?

Los zapatos. Los zapatos de Dorothy. Los mismos zapatos que habían llevado a Dorothy de vuelta a Kansas. Tal vez también tuvieran el poder de salvar la ciudad que me había visto crecer. Era una suposición muy hipotética, desde luego, pero era evidente que había una conexión y, en aquel momento, aquella era la única idea que se me había ocurrido. Tenía que salvar a mi madre. Y no solo a ella, también a Nox. No podía dejar que Dorothy me los arrebatara.

—¡Te quiero! —le grité a Nox, y me solté de su mano.

—¡Amy, para! ¿Qué estás haciendo?

Él se lanzó sobre mí, pero logré esquivarle. Quizá podía recuperar el reloj. Quizá los zapatos me ayudarían. Quizás estaba jugándome la vida. Solo había un modo de averiguarlo. Respiré hondo, cogí carrerilla y salté.

—¡No! —chillaron Dorothy y Nox al mismo tiempo; un segundo más tarde, me zambullí en una oscuridad absoluta.

TREINTA Y DOS

Cuando abrí los ojos, estaba sobre un camino dorado, en mitad de una jungla. Dorothy y Nox se habían esfumado. Los rayos de sol se colaban entre el frondoso follaje que se extendía sobre mí. Los pájaros cantaban desde las ramas y el suelo estaba cubierto de manchas de musgo verde y espeso. El aire que se respiraba allí era denso, húmedo y cálido, como el de un cuarto de baño después de que alguien se haya dado una ducha larga bien caliente. El sendero sobre el que estaba parecía la versión mejorada del Camino de Baldosas Amarillas; parecía estar pulido a máquina, porque no se apreciaba ninguna irregularidad. Estaba hecho de un material translúcido que captaba la luz del sol que se filtraba entre las hojas.

—Bienvenida, Amy —dijo alguien detrás de mí. Contuve el aliento, y me giré.

—¿Ozma? —pregunté, sorprendida. Pero enseguida me di cuenta de que la criatura que tenía frente a mí no era la reina hada, sino una copia casi perfecta. Tenía la misma cara que Ozma, una cara juvenil y bonita. Su porte también parecía el de Ozma, en sus momentos de lucidez, claro: regio, sereno y confiado. Y también batía unas alas doradas. Pero sus ojos eran los de alguien desconocido. A diferencia de la mirada esmeralda de Ozma, la suya era del mismo dorado pálido que el camino y, sin lugar a dudas, mucho más ancestral que su rostro. La sabiduría y compasión que transmitían esos ojos dorados fue lo que llamó mi atención. Aquella criatura prácticamente irradiaba paz. Durante unos meses, mi madre había acudido a la consulta de Amma, un gurú hindú que, según él, podía transformar la vida de la gente con tan solo abrazarla. El hada que tenía delante de mí transmitía exactamente eso.

—Ozma es mi tataranieta —dijo, y extendió una mano—. Soy Lurline, la creadora de Oz. Ven, Amy. Quiero hablar contigo.

Estaba un poco desconcertada, pero aun así, acepté su mano. Ella me guio por el camino dorado.

—Pero Dorothy… —empecé.

Lurline sonrió.

—Dorothy seguirá ahí cuando vuelvas, cielo. Ahora, estamos en un mundo donde el tiempo no existe. Aquí, ella no puede tocarte.

Tras los árboles que se alzaban frente a nosotras, advertí el destello de un riachuelo. Nos acercamos y descubrí que no se trataba de un riachuelo, sino de una pequeña balsa. Al igual que el sendero, era una versión mejorada, y mucho más hermosa, del charco negro sobre el que había saltado. El agua era cristalina, pura. Al otro lado de la balsa, dos árboles se habían entrelazado para formar una especie de banco recubierto de una capa de musgo suave. Lurline me indicó que me sentara; luego, ella plegó sus alas doradas y se sentó a mi lado.

Me recosté sobre aquellas ramas, que parecían recibirme con los brazos abiertos. El musgo desprendía un olor delicioso, como a tierra húmeda. El banco no podía ser más cómodo. Podría haberme quedado dormida allí mismo, con el calor de la luz del sol acariciándome la cara.

Lurline cogió un vaso de madera que había sobre el suelo, junto al banco, y lo llenó hasta el borde con el agua de la charca. Luego me ofreció el vaso.

—Bebe —dijo.

No me había dado cuenta de la sed que tenía hasta ese momento. Tomé un sorbo. Aquel agua era deliciosa: fría y revitalizante, pero, sobre todo, refrescante. Vacié el vaso y, de inmediato, me sentí más tranquila, más serena. Todos los dolores desaparecieron y, poco a poco, la cabeza se me fue despejando. Ahora podía pensar con más claridad. De hecho, me daba la sensación de haber dormido durante una semana. Hacía muchísimo tiempo que no me sentía tan relajada y descansada.

—¿Estamos en el paraíso? —pregunté.

Lurline no pudo contenerse y se echó a reír. Su risa era como el sonido del viento entre los árboles, hermoso y salvaje al mismo tiempo.

—No, cielo. Estás entre Oz y tu mundo. Después de traer mi magia al Desierto de la Muerte y crear el reino de Oz, viajé a este lugar. Todas las hadas vienen aquí cuando creen estar preparadas para abandonar el mundo mortal. Pero reconozco que, de vez en cuando, me gusta contemplar Oz. —Señaló ese charco de aguas cristalinas y añadió—: Mi balsa es como una ventana entre los dos mundos.

Arrugué la frente y eché un vistazo a mis pies; todavía llevaba las botas mágicas puestas, pero estaban llenas de barro y sangre.

—¿Los zapatos de Dorothy me han traído hasta aquí?

Ella arqueó las cejas, como si mi comentario le hubiera parecido una tontería.

—Has venido aquí tú solita.

—Sí, pero...

Entonces levantó un dedo fino y delicado. Cuando se lo llevó a sus labios carmesí, descubrí que me había silenciado. Literalmente hablando. Intenté hablar, pero no pude.

—La balsa te ha juzgado —dijo Lurline—. Y considera que mereces estar aquí, ante mí. No tengo el poder de interferir en tus asuntos de una manera directa. Lo que no quiere decir que no vea ciertos defectos en ti —añadió con una sonrisa, como si pudiera leerme la mente.

El hada parecía preocupada.

—Me temo que no podrás quedarte mucho tiempo aquí, Amy. Así que quiero que me escuches con atención.

Asentí con la cabeza.

—La magia de Oz es muy peligrosa para la gente de tu mundo. Como bien sabrás, ha enloquecido a Dorothy.

No pude articular la pregunta, pero ella asintió como respuesta.

—Sí, podría pasarte lo mismo. Si dejas que se apodere de ti, enloquecerás —dijo, y soltó un suspiro—. Las cosas seguirán su camino, pero si Dorothy se sale con la suya y destruye todo lo que encuentra a su paso, las criaturas de Oz y del Otro Sitio perecerán. No me gustaría que ocurriera eso. Dorothy no debe ser la única de tus preocupaciones. —Su voz parecía amable, pero admito que también resultaba aterradora. Tenía la impresión de que cualquiera que intentara entrometerse en los planos de Lurline, acabaría condenado, o muerto.

El hada soltó otra risa musical y entonces caí en la cuenta de que podía leerme los pensamientos.

—Te refieres al rey Nome —dije; de repente, podía hablar de nuevo.

—Sí. Aunque aún no he logrado averiguar qué se trae entre manos, sé que pretende utilizaros a Dorothy y a ti como a dos marionetas. Y muy probablemente a Ozma también. Me temo que tu trabajo en este reino aún no ha terminado. En tu corazón veo mucho dolor, cielo, y por eso siento tanto pedirte lo que te estoy pidiendo. Cargas con un peso enorme sobre tus hombros. Y, por si fuera poco, no todos tus amigos desean que Oz vuelva a ser el reino que una vez fue.

—¿A qué te refieres?

Ella negó con la cabeza.

—No puedo verlo, cielo; pero debes tener mucho cuidado. Confía en ti misma, pero no confíes ciegamente en todos los demás. Eres muy fuerte, Amy…, lo bastante fuerte como para vencer a Dorothy e incluso derrotar al rey Nome. Pero no conseguirás ganarles de la manera que tienes en mente. El camino más evidente no siempre es el correcto.

Sus palabras eran tan claras y lógicas como las de Ozma. Me pregunté si algún día alguien sería capaz de responderme de una forma directa y concisa. De pronto, apoyó una mano sobre mi hombro.

—Sé que esto es muy difícil para ti —dijo—. Has sufrido muchísimo, pero aún no has aprendido a dominar tu poder; aún no te conoces. A Dorothy la ha cegado su dolor, su rabia. Ten cuidado, no vayas a seguir sus pasos. No puedo prometerte un futuro sin dolor, pero recuerda que te estaré cuidando desde aquí. Has bebido de mi balsa, lo cual no es algo para tomarse a la ligera. No todo el mundo puede decir lo mismo. Y tienes mis zapatos —dijo, y señaló mis botas recubiertas de diamantes.

—¿Tus zapatos? —pregunté, atónita—. Pensaba que eran de Dorothy.

El hada dibujó una sonrisa.

—Sí, Dorothy los llevó durante un tiempo. Pero son de las hadas. Contienen nuestra magia y, si confías en su poder, te ayudarán.

Tenía una lista infinita de preguntas. Pero ella sacudió la cabeza y se llevó, por segunda vez, un dedo a los labios.

—Todo a su debido tiempo —dijo—. Ahora, el camino es confuso e impreciso, pero creo que muy pronto podremos volver a verlo con perfecta claridad.

Entonces se desató una cadena plateada muy fina que llevaba alrededor del cuello, después arrancó una piedra preciosa de su vestido y me entregó ambas cosas.

—Esto también te ayudará —dijo.

Eché un vistazo al collar. El colgante era una gema de color dorado que, a simple vista, parecía del mismo material que el sendero que me había llevado hasta allí. La observé durante unos segundos y me pareció ver un movimiento tras aquella profundidad translúcida, como si estuviera llenándose de humo. De pronto, tuve una sensación muy extraña, como si estuviera cayéndome por un túnel dorado infinito.

—Ten cuidado —me susurró Lurline y, de inmediato, volví a la realidad—. Esto no es para ti, sino para otra persona. Cuando llegue el momento apropiado, sabrás a quién dárselo.

Guardé el collar en el bolsillo. El hada se levantó y extendió las manos.

—Y ahora debo llevarte de nuevo a casa, cielo.

—A Dorothy —apunté, y me puse en pie.

—A Dorothy —repitió ella—, pero también a cosas más brillantes y más maravillosas que ella. Al mundo de los vivos. A un chico que te quiere, si no me equivoco.

Me sonrojé y ella se rio entre dientes. Pero entonces advertí una expresión melancólica en su rostro.

—Una parte de mí te envidia. Yo también desearía regresar al mundo de los vivos. Cuando vayas a la montaña, por favor, piensa en mí —murmuró, y luego apartó la mirada—. Cuando contemples los valles azules en el horizonte, di mi nombre porque así, a través de tus ojos, yo también podré verlos. Y recuerda que, al igual que nos ocurre a todos, tu generosidad y abnegación dependen de tu astucia, de tu picardía.

—Pero aún no me has dicho cómo puedo vencer a Dorothy.

—Dorothy está conectada contigo, Amy. Para averiguar la respuesta, tendrás que buscar en tu interior.

Estuve a punto de poner los ojos en blanco, pero luego recordé que Lurline podía leerme la mente.

Ella sonrió de nuevo.

—Tengo fe en ti, Amy. Hasta ahora has actuado bien. Te ayudaré en todo lo que pueda. Te escucharé cuando me llames. Sé fuerte. No imaginas el poder que tienes.

Y, tras pronunciar esas últimas palabras, me soltó la mano y el mundo a mi alrededor empezó a desdibujarse. Fue como cambiar de canal de televisión; el mundo de Lurline empezó a parpadear, igual que Oz. Lo primero que distinguí fue la silueta de Nox. Oí un zumbido y enseguida me di cuenta de que salía de la tormenta de Dorothy. Estaba empapada de pies a cabeza. Y Dorothy, que seguía brillando con aquella luz roja tan aterradora y se cernía sobre el suelo con los brazos extendidos, estaba gritando a pleno pulmón.

TREINTA Y TRES

Todavía podía ver Dusty Acres a través de las nubes de tormenta; la magia de Dorothy estaba rompiendo la tierra en mil pedazos; el paisaje mostraba unas grietas gigantescas. De pronto, el suelo bajo mis pies se partió y, un segundo más tarde, la vorágine me tragó.

Nox estaba intentando distraer a Dorothy lanzándole un sinfín de bolas de fuego, aunque en vano porque no estaban sirviendo para nada.

—Bienvenida —farfulló, y dejó caer las manos, exhausto. Otro pedazo de tierra salió volando por los aires y, al golpearse contra el suelo de la cueva, nos roció con una lluvia de barro y piedras. Dorothy dejó escapar una carcajada maléfica. Estaba disfrutando de lo lindo. Cogí a Nox de la mano e invoqué el poder de mis botas plateadas. Nox lo comprendió enseguida y, poco a poco, fue transmitiéndome toda su magia. Absorbí toda nuestra magia y luego me entregué a la magia de los zapatos, dejando así que fluyera libremente por mi cuerpo.

Además, también podía ver a través del agua negra; al otro lado estaba Lurline, esperando. También advertí el reloj, suspendido entre Oz y el mundo del hada. La función del reloj era evidente: estaba absorbiendo la magia de Lurline para entregársela a Dorothy. Vi con mis propios ojos cómo Dorothy destruía Kansas. Vi a Lulu, que seguía en el palacio del Hombre de Hojalata, paseando tranquilamente por los jardines en ruinas, con Ozma cogida de su mano. Y vi a Melindra cavando una tumba para Annabel, mientras lloraba desconsolada. Vi a mi madre, que lloraba entre los brazos de Jake. Vi a Mombi, a Gert y a Glamora, luchando a capa y espada en los alrededores del Palacio Esmeralda. Mombi estaba malherida y a Gert apenas le quedaban fuerzas para continuar. Mi instinto me decía que no aguantarían mucho más. Estaba viendo el final de todo lo que me importaba, de las personas que más quería.

Y también vi a Dorothy, conectada al reloj a través de un hilo de magia. Se estaba alimentando del poder del hada y cada vez era más fuerte, más poderosa. Estaba absorbiendo cada gota de magia de Oz. Pero era demasiado para ella. Estaba suspendida en el aire y su piel empezaba a oscurecerse y a emitir un humo pestilente de color negro. Tenía los ojos tan abiertos que se le iban a salir de las órbitas. Transmitían dolor y miedo. Sus tacones rojos habían empezado a emitir una luz de color rubí. De su boca, que estaba abierta en un grito silencioso, salían chorros de chispas rojas. En cualquier momento el poder de Oz iba a destruirla. A ella, y a nosotros. «Sabes qué es lo que debes hacer». Esta vez, la voz que oí en mi cabeza fue la de Lurline, y no la del rey Nome. Y tenía razón. Lo sabía. Sabía qué debía hacer.

Nox y yo salimos disparados a la vez; nos movíamos como si nuestros cuerpos fueran uno solo. La magia de Lurline corría libremente por nuestras venas, dándonos la fuerza y el coraje que tanto necesitábamos. Traté de agarrar el hilo que unía a Dorothy con el Gran Reloj, pero en cuanto lo toqué, sentí una terrible descarga eléctrica. No, eléctrica no, mágica. Fue como intentar agarrarse a un relámpago. Los diamantes de las botas se iluminaron y me anclaron al suelo de piedra de la cueva.

«AHORA», gritó Lurline. Su voz retumbó en mi cabeza, y en toda la caverna. Nox y yo tiramos de aquel hilo con todas nuestras fuerzas. La cuerda mágica por fin soltó a Dorothy y, como si fuera la cola de una lagartija, empezó a dar coletazos por toda la cueva. El reloj empezó a palpitar con una luz esmeralda. Y después, como si ya no pudiera contener todo su poder, explotó en una lluvia de purpurina.

La onda sísmica de la explosión sacudió la cueva y Nox y yo acabamos en el suelo. La ventana que mostraba Kansas se cerró de golpe; el ruido fue como el de cien portazos sonando a la vez. Dorothy se desplomó sobre el suelo. Se quedó muy quieta, inmóvil.

—¡Ahora! —me ordenó Nox, que en ese momento estaba doblegado, tratando de soportar el dolor—. ¡Hazlo ahora!

Sin tan siquiera pensarlo, invoqué mi puñal y, acto seguido, apareció en mi mano. No había tiempo. Pasé junto a la balsa negra y corrí hacia Dorothy. Al verla, me quedé de piedra. Daba la sensación de que la hubieran enterrado viva. Tenía la piel carbonizada y, en algunas zonas, aún salía humo. También se le había quemado una parte del pelo. Pero lo que más me impresionó fue el ojo; se le había derretido en la cuenca y tenía la mejilla en carne viva. Aquella imagen me revolvió el estómago.

Y entonces se revolvió. Me parecía estar viviendo una película de terror. Dorothy seguía viva. Gruñó y movió los dedos.

Había llegado el momento. Dorothy debía morir. Alcé el puñal.

TREINTA Y CUATRO

«*T*en cuidado, no vayas a seguir sus pasos». Las palabras de Lurline aparecieron de repente, como si fueran los subtítulos de una película de habla extranjera. De repente, recordé el primer amigo que había hecho en Oz, Índigo, el munchkin gótico que el Hombre de Hojalata había torturado hasta la muerte delante de mí. Aquella escena había sido mi comité de bienvenida particular. Podía resumirse en dos palabras: pérdida y asesinato. Y había aprendido la lección, vaya que sí. Había aprendido a matar sin remordimientos para proteger a la gente que quería y, sobre todo, para protegerme a mí.

¿Pero dónde me había llevado todo eso? ¿De qué me había servido? Recordé lo que había sentido al matar al León, al verme con las manos manchadas de sangre. Y también recordé el modo en que me habían mirado los monos, aterrorizados. Y las soldados de Glinda, con aquellos ojos opacos, sin vida. Quería salvar el reino de Oz, pero no estaba dispuesta a hacerlo dejando una ristra de cadáveres a mi paso. Asesinar a criaturas vulnerables era el estilo de Dorothy.

Pero no tenía por qué ser el mío. Estaba harta de ver tantos muertos. No quería convertirme en Dorothy, así que no pensaba dejar que el poder de Oz me transformara en un monstruo. Yo era más fuerte que eso.

Arrojé el puñal al suelo y se desvaneció en una nube de humo oscuro.

—¿Amy? —llamó Nox, que se acercó corriendo. Miraba a Dorothy horrorizado.

—Dorothy solía ser una chica normal y corriente, como yo —dije, y empecé a alejarme. Nox me siguió hacia el otro lado de la cueva. Pensé en la tía Em, y en el tío Henry. Estaban muertos, como muchos otros—. Ella también fue la sobrina de alguien, la amiga de alguien. No era más que una chica que vivía en una granja perdida de la mano de Dios en Kansas. Pero luego Glinda la cameló, y la corrompió. —Lo miré a los ojos—. No quiero que me pase lo mismo, Nox. No puedo matarla.

Decirlo en voz alta casi me deja sin respiración pero, de repente, me embargó una increíble sensación de alivio. Lo había admitido. No quería matarla. De hecho, no quería matar a nadie más. Estaba harta, y no pensaba volver a hacerlo. Nox me miraba con los ojos como platos, pero luego suavizó la expresión y me cogió de la mano.

—Mírala —susurró—. No tienes que matarla, Amy. La magia de Oz ya se ha encargado de eso. Está sola, indefensa, desamparada. Ya no puede hacer daño a nadie. Se ha acabado.

Sí, lo habíamos conseguido. Habíamos vencido a Dorothy. Me dejé caer en el suelo, agotada. Y entonces, se oyó un ruido profundo y las paredes de la cueva empezaron a temblar.

Nox reaccionó de inmediato.

—¡El palacio se va a venir abajo! —gritó, y me tiró al suelo. Eché un vistazo a Dorothy. Parecía el cuerpo de una muñeca de trapo. Ahora que había tomado la decisión de no matarla, no sabía qué hacer con ella.

—¿Y qué hacemos con Dorothy? ¡No podemos dejarla aquí! —chillé.

De pronto, se desprendió un pedazo del techo y aterrizó justo delante de nosotros, rociándonos con una lluvia de polvo y piedras. Los dos nos pusimos a toser hasta el punto de ahogarnos. Miré al otro lado de la caverna, justo donde Dorothy estaba, pero el suelo estaba cubierto de pilas de rocas.

—¡No podemos salvarla! —dijo Nox, y me agarró del brazo—. Es imposible que haya sobrevivido a eso. No podemos hacer nada.

Nox me sacó de allí a rastras; un segundo después, otro pedazo de techo cayó justo donde habíamos estado. Nos había ido de un pelo. Tropecé en el pasillo y a punto estuve de caerme de bruces.

—¡Vamos, vamos! ¡Sigue corriendo! —instó Nox, y tiró de mí con todas sus fuerzas—. Si nos quedamos aquí, moriremos.

—No puedo —farfullé, y volví a tropezar.

—Claro que sí —replicó Nox, que se negaba a soltarme.

Estábamos recorriendo un laberinto de pasadizos interminables mientras las paredes se desmoronaban a nuestro alrededor. Las bombillas que iluminaban los pasadizos explotaban instantes después de que hubiéramos pasado. El Palacio Esmeralda era mucho más grande de lo que recordaba. Nox estaba empeñado en que siguiera corriendo, en que no tirara lo toalla. Sabía que no me dejaría atrás. Pero lo último que quería era ser la responsable de su muerte.

Al final, doblamos una esquina y, al fondo del pasillo, avisté una luz. Llegamos al vestíbulo principal del palacio. A través de los ventanales, pudimos ver el cielo de Oz. Parecía haber enloquecido. Todo el reino parecía haber enloquecido.

Jamás había visto una tormenta tan embravecida como aquella. Unos relámpagos carmesí perforaban el suelo, abriendo grietas gigantescas. Los truenos eran ensordecedores y, de aquel cielo violeta, verde y amarillo, caía una lluvia de chispas de color naranja. Estábamos desesperados, así que hicimos un último esfuerzo. Nox y yo corrimos hacia la puerta principal del palacio. Teníamos que ponernos a salvo. Un instante después, el techo del vestíbulo se derrumbó. Pero aun así, Nox no se detuvo.

—¡Sigue corriendo! —gritó—. ¡Todo se está viniendo abajo! ¡Tenemos que ponernos a cubierto!

El propio suelo estaba temblando bajo nuestros pies. Nox se negaba a soltarme. Apenas podía seguirle el ritmo y, aunque traté de seguir corriendo, sentí que ya no tenía fuerzas para continuar. Y entonces cometí el error de mirar atrás.

Las torres del palacio estaban balanceándose, dibujando eses en el suelo. Un segundo después, el Palacio Esmeralda se derrumbó. A su alrededor empezaron a formarse grietas profundas y el suelo se partió en mil pedazos. Habíamos llegado a los frondosos jardines de Dorothy; de pronto, toda la vegetación comenzó a marchitarse. Después, se tiñó de color gris. Y, al final, se disolvió en infinitas motas de polvo. Mientras observaba el espectáculo aterrorizada, se abrió una grieta gigantesca, un abismo profundo y tenebroso.

—¡Nox! —grité.

—¡Ya lo veo!

Nox me rodeó con sus brazos para protegerme y, en ese preciso instante, el Palacio Esmeralda se escurrió por aquella grieta sobrenatural. El suelo volvió a temblar y selló el inmenso agujero, tragándose así el palacio, y todo lo que contenía en su interior. La lluvia de fuego se disipó y los relámpagos dejaron de caer. Empezó a soplar una brisa suave y agradable que alejó los nubarrones y despejó el cielo. Se oyó un trueno lejano y, acto seguido, la tormenta desapareció, dejando un cielo azul precioso en el que brillaba el sol. A nuestra espalda, un pájaro gorjeó un tanto indeciso y, después, empezó a canturrear una melodía muy alegre. No podía aguantar más; las rodillas me temblaron y, al final, me caí al suelo. Nox se desplomó a mi lado, sin soltarme la mano.

Se incorporó y, tras soltar un gruñido, se apoyó sobre un codo y me miró. Le observé con detenimiento. Tenía tanto polvo en el pelo que parecía un anciano. No quedaba ni rastro de su melena azabache. Su cara estaba manchada de sangre y barro. Su ropa estaba sucia y apestaba a mil demonios. Pero jamás me había parecido más guapo y atractivo.

—¿Sabes una cosa? —susurró—. Olvidémonos de la Orden. Estoy enamorado de ti. —Y entonces se inclinó para besarme.

Y en ese mismo momento, cómo no, apareció Lulu.

—Bueno, esto se nos ha ido de las manos —dijo con su voz ya familiar—. Siempre dije que el Palacio Esmeralda necesitaba una redecoración urgente, pero de ahí a demolerlo hay un gran salto.

Nox soltó un gruñido y se dio media vuelta.

—Hola, Lulu —dije con voz cansada, y me incorporé.

—¿Pero se puede saber qué habéis hecho? Estáis más guarros que la cola de un mono —contestó, y luego se acercó. Ozma estaba detrás de ella, mordisqueándose los dedos con aire pensativo. Lulu se había vestido de punta en blanco para la ocasión. Llevaba las gafas de ojo de gato con diamantes falsos incrustados, una chaqueta motera de lentejuelas y una minifalda de cuero con frutas tropicales bordadas.

—¿Qué estás haciendo aquí, Lulu? —pregunté.

—Pues ayudar, obviamente. Y dejadme que os diga que lo necesitáis. Reconozco que en el palacio del Hombre de Hojalata me estaba aburriendo como una ostra. Me he dedicado a jugar a las damas con Ozma mientras Melindra merodeaba por los pasillos como alma en pena. Así que para subir el ánimo, nada mejor que un poco de acción. He reunido a unos cuantos monos y hemos volado hasta aquí para echaros una mano. Pero, por lo que veo, no habéis movido el culo. ¿O es que habéis hecho algo más aparte de destruir el corazón de Oz?

—Pues no mucho, la verdad —dijo Nox, que seguía tumbado en el jardín—. Solo hemos vencido a Dorothy, restaurado el orden del reino de Oz y sobrevivido al colapso del Palacio Esmeralda. Poca cosa, ya lo ves. Por cierto, ¿qué aspecto tiene la ciudad?

—¿Pues tú qué crees? Tiene un aspecto penoso —espetó Lulu—. Lleva semanas en ruinas. Hay cadáveres por todas partes. —Y, de pronto, se quedó callada—. Rebobina, muchacho. ¿Has dicho que habéis vencido a Dorothy?

—Sí, a la única e inimitable Dorothy —confirmé.

—¿Esa zorra está muerta? —insistió Lulu, aún boquiabierta—. ¿Oz ya es un reino libre? ¿Lo habéis conseguido? ¿En serio? ¿La habéis matado? —preguntó mientras brincaba como una histérica—. ¡Madre mía, vamos a celebrarlo con un fiestón memorable! ¡Será la fiesta del siglo! ¡El mejor banquete de toda la historia!

—¡Fiesta! —exclamó Ozma, emocionada—. ¡Fiesta de monos!

—No la he matado —admití—, pero es imposible que haya sobrevivido al derrumbe del palacio.

Lulu dejó de saltar en seco.

—Perdona, ¿qué has dicho? ¿No la has matado? A ver, aclárame una cosa: ¿has vencido a Dorothy sí o no?

—La he vencido —confirmé—. La hemos vencido. Trató de desatar la magia del Gran Reloj, pero casi la destruye. Era absurdo intentar matarla. Ahora está enterrada debajo del Palacio Esmeralda.

—¿Todos los humanoides son tan lelos como vosotros? ¿No habéis comprobado si estaba kaput? ¿Sabéis cuántos monos han muerto a manos de esa princesita? ¿Os hacéis una idea de todo el daño que ha causado? Habéis tenido la oportunidad de erradicar el mal de este reino para siempre, ¿y la habéis dejado escapar?

—Lulu, el palacio se ha derrumbado encima de ella.

Lulu negó con la cabeza.

—¿En serio creéis que eso va a detener a una zorra como Dorothy? Estoy segura de que no volveremos a tener una oportunidad como esa. Y la habéis desaprovechado. —Resopló, enfadada—. No sé por qué confiamos este trabajo a unos humanoides. Los monos deberíamos habernos encargado de este asunto. Yo siempre acabo lo que empiezo, pero, por lo visto, vosotros no.

—Lulu, es imposible que… —empecé, pero la cara de Lulu me acalló. No era un buen momento para discutir con ella. Estaba demasiado enfadada y, en el fondo, no podía culparla. Sin embargo, estaba convencida de haber hecho lo correcto.

—Menuda pérdida de tiempo —murmuró Lulu con cara de asco. Me levanté para ir tras ella, pero al ver el paisaje que se extendía frente a mí, me quedé paralizada. Allí donde antes se alzaba el Palacio Esmeralda ahora solo quedaba una inmensa cicatriz. A su alrededor, un páramo infinito. Los jardines habían desaparecido. Había escombros desparramados por todas partes.

Del palacio no quedaba nada. Era como si nunca hubiera existido.

Gert, Glamora y Mombi estaban acercándose a nosotros; las tres brujas parecían muertas venidas del inframundo. Al igual que Nox y yo, estaban cubiertas de barro y sangre, pero en su rostro se distinguía el brillo del triunfo.

—¡Gert! —exclamé. No podía estar más feliz. Ella me envolvió en un tierno abrazo.

—Cariño —dijo—. Estaba preocupada. Pensaba que no volvería a verte. Pero lo has conseguido. La has matado.

—No la he matado —corregí, y expliqué, por segunda vez, todo lo que había ocurrido. Mombi arqueó una ceja. Gert se quedó en silencio. Y Glamora nos miraba con una expresión extraña que no logré descifrar—. La hemos vencido —recalqué. Empezaba a sonar como un disco rayado. ¿Por qué nadie creía que había hecho lo correcto? ¿Nox también estaría dudando de mí?

—Por ahora —puntualizó Mombi.

—Tiene que estar muerta —protesté.

—O no. Si no la mataste, quién sabe lo que puede haber pasado —respondió Mombi. Pero luego suavizó el tono—. Aunque admito que tienes razón. No va a ir a ningún sitio, al menos de momento.

—Supusimos que la habías derrotado porque, de repente, todos los soldados de hojalata abandonaron la batalla —añadió Glamora—. El poder de Dorothy era lo que les mantenía vivos.

—Lo cual ha sido una suerte —añadió Mombi—. Ya no nos quedaban fuerzas. Un minuto más, y habríamos perdido la batalla. Ni siquiera nosotras, las brujas más poderosas del reino, habríamos podido contener ese ejército mecánico para siempre.

—Y echad un vistazo a la ciudad —apuntó Lulu—. Todos los edificios se han venido abajo. ¿Ha sido obra vuestra?

—Supongo que ha sido Dorothy —respondió Nox—. O, mejor dicho, la magia del Gran Reloj. Ella liberó su poder, aunque no fue capaz de controlarlo.

—Y yo lo destruí —murmuré.

Pero Nox negó con la cabeza.

—El Gran Reloj está en el corazón de Oz. No puede destruirse, al igual que la balsa de Lurline. Tarde o temprano, volverá a aparecer.

—¡Lurline! —resopló Lulu—. ¡Anda ya! No es más que un personaje de cuento. Ya nadie cree en ese disparate.

Ozma pareció sorprenderse y me pregunté si habría entendido que Lulu acababa de negar la existencia de su antepasado.

—Me temo que te equivocas —dije—. La he conocido. De hecho, me dio algo.

Saqué del bolsillo el amuleto que me había regalado. A Glamora se le iluminó la mirada al verlo. En sus ojos percibí codicia y, de forma instintiva, aparté la mano para evitar que lo cogiera.

—No es mío. Me aseguró que, cuando llegara el momento, sabría a quién dárselo —dije, un poco a la defensiva, y después miré a Ozma.

Estaba contemplando el amuleto con la cabeza ladeada, como un gato esperando que el ratón saliera de su agujero.

—Balsa —dijo. Y, de repente, la gema empezó a brillar. «Por supuesto», pensé. El regalo de Lurline no era para mí. Era para su tataranieta. Sin decir nada, le di el amuleto. Ella se puso el collar alrededor del cuello. El amuleto quedó apoyado sobre su pecho.

—Deberíamos esperar… —empezó Glamora, pero

ya era demasiado tarde. Se produjo un destello y, acto seguido, la mirada esmeralda de Ozma se iluminó con la misma luz. Su cabellera negra empezó a agitarse a su alrededor, como si estuviera soplando una brisa invisible, y sus alas doradas se desplegaron en su espalda. Se oyó el inconfundible crujido de la magia. Ella extendió los brazos, como si estuviera realizando una postura de yoga, y dejó escapar un suspiro de satisfacción. Sus ojos volvieron a la normalidad.

—¡Oh! —exclamó, aliviada—. Por fin.

TREINTA Y CINCO

—*P*rincesa —murmuró Lulu—. Has vuelto.

Entonces se arrodilló en una pomposa reverencia. Un segundo después, Mombi también se arrodilló. Y después Gert, y después Nox, que me dio un codazo en las costillas para que hiciera lo mismo. Solté un gemido; pillé la indirecta a la primera y, sin rechistar, hice una reverencia. Ozma, al vernos a todos arrodillados ante ella, asintió con la cabeza. La única que no se inclinó ante ella fue Glamora. Ozma le dedicó una mirada fulminante y, al final, se arrodilló. Pero eso sí, sin apartar la mirada de la princesa.

—Todavía no te crees que sea yo, ¿verdad? —preguntó Ozma.

Glamora no pudo contener el contacto visual un segundo más y, al final, apartó la mirada.

—Creo que no deberíamos apresurarnos, eso es todo —dijo Glamora con cierto retintín, como una adolescente a quien la regañan por no haber ordenado la habitación.

—Por supuesto que es ella —ladró Lulu, que se puso de pie de un salto. Tenía una pistola pequeña en la mano; no sabía de dónde la había sacado.

Ozma soltó una risa alegre.

—¡Mi querida campeona! Lulu, ¿qué habríamos hecho sin ti? No culpo a Glamora por dudar de mí —dijo, y su expresión se tornó más seria—. He estado ausente mucho tiempo. Pero te prometo que soy yo, Glamora. Y ahora que Dorothy ha desaparecido, por fin puedo recuperar el lugar que me corresponde.

Lulu celebró aquel comentario y empezó a bailar alrededor de la princesa. Sus movimientos eran torpes y desacompasados. Contuve la risa. A Nox se le escapó una sonrisa. Luego se levantó y me ayudó a ponerme en pie. Gert y Mombi hicieron lo mismo. Glamora, en cambio, se quedó arrodillada en el suelo.

—Perdóname, princesa, por haber dudado de ti —murmuró con los ojos clavados en el suelo—. Como bien has dicho, ha pasado mucho tiempo.

—No hay nada que perdonar —dijo Ozma.

Luego echó un vistazo a las ruinas de Ciudad Esmeralda y suspiró.

—Espero que no esté todo perdido. Confío en que el reino de Oz pueda restaurarse —dijo con aire triste.

Mombi se aclaró la garganta.

—Princesa, no puedes perder la fe en Oz —dijo entre dientes. Y, de repente, vi que los ojos se le llenaban de lágrimas, lo cual me sorprendió—. Oh, no hagas caso a este vejestorio —refunfuñó, avergonzada, y luego se secó las lágrimas con la manga de la capa—. Nunca pensé que llegaría este día.

Y entonces recordé algo que me había dicho Lurline.

—Todavía no hemos acabado —dije—. Aún nos queda un frente abierto: el rey Nome.

—Ahora que hemos vencido a Dorothy, seguro que ya estará planeando su próximo movimiento. Pero, de momento, estamos a salvo —dijo Glamora.

—Pero está con mi madre. Tengo que volver a Kansas. Creo que puedo utilizar los zapatos para…

—Tú no vas a ir a ningún sitio con esos zapatos —espetó Mombi—. Pertenecen a Oz. Y su magia debe quedarse aquí.

—Pero...

—Todos hacemos sacrificios, Amy —dijo Glamora con voz cariñosa. Mombi asintió con la cabeza.

Nox dio un paso al frente y me cogió de la mano.

—Escúchalas, Amy —murmuró—. Ellas saben lo que es mejor para ti.

¿Había perdido la chaveta? Abrí la boca para protestar, pero entonces Nox me guiñó el ojo. Las brujas no se dieron cuenta del gesto. No bastó nada más para entenderlo. Era absurdo discutir con ellas tres ahora. Nox tenía razón. Ya pensaríamos en algo más tarde. Estaba de mi lado, y eso hacía que la situación pareciera más soportable.

—¡Una coronación! —exclamó Gert de repente; hacía un segundo habíamos estado debatiendo sobre el destino de Oz, pero, al parecer, a la bruja no le pareció tan importante—. Es justo lo que necesitamos. Unir el país, dar esperanzas a la gente. A Oz le encantará saber que vuelve a tener una monarca.

Ozma se rio.

—Pero yo ya tuve mi coronación, Gert —dijo, pero la bruja hizo un gesto con la mano, ignorando así el comentario.

—Eso fue hace siglos —replicó la bruja—. Además, no olvidemos que sufrimos ese desafortunado interludio con Dorothy, *la Usurpadora*. Queremos convencer a todo el país de que la legítima heredera del trono ha vuelto para quedarse. La gente querrá volver a celebrar tu coronación.

—Lástima que no tengamos un palacio —comentó Mombi.

—Podríamos celebrarlo en el reino de los monos

—ofreció Lulu, entusiasmada—. Muchachos, los monos somos expertos en fiestas. De hecho, la última vez que...

—No, no, no —interrumpió Ozma—. Agradezco la oferta, querida Lulu, pero en Oz las coronaciones siempre se han celebrado en el Palacio Esmeralda. Si no hay palacio, tendremos que construir algo. El corazón de Oz está aquí, con palacio o sin palacio.

Estaba agotada y, en cualquier momento, me iba a desmayar ahí mismo. No podía con mi alma, literalmente. No me di cuenta de que lo había dicho en voz alta hasta que Nox me lanzó una mirada curiosa. Ozma soltó una carcajada y se puso a aplaudir.

—¿Pero en qué estoy pensando? —exclamó—. Antes de nada, mis valientes Malvados deben descansar. Ha sido un día muy largo. Estamos todos hechos polvo. No podremos organizar una fiesta si estáis todos muertos de hambre y agotados.

Y en ese preciso instante me rugió el estómago. No me había dado cuenta de que tenía tanta hambre. Tal vez estaba más hambrienta que cansada. Así que, sin tan siquiera esperar una respuesta, Ozma dio una palmada y sus manos se iluminaron. La magia del hada tenía algo raro, algo casi ajeno; la luz que emitía tenía un brillo aceitoso. Distinguí todos los colores del arcoíris. En cierto modo, era como un charco de gasolina. Su magia salió disparada hacia el cielo y, al bajar, dibujó la silueta de una estructura que, poco a poco, fue tomando forma.

En cuestión de minutos, Ozma creó un pabellón con paredes de seda y ribetes dorados. Aquel armazón improvisado también tenía varias piedras preciosas encastadas y, sobre la pértiga más alta del pabellón, ondeaba una bandera preciosa.

En el interior había una mesa repleta de comida; jamás había visto tanta variedad de platos, ni siquiera en los banquetes de Dorothy. Un cerdo entero asado con una manzana en la boca. Bandejas a rebosar de frutas que no reconocí; algunas estaban charlando animadamente, por cierto. Cestas de rollitos de primavera calientes. Soperas bajo las que ardía un fuego diminuto, atizado por minúsculas personitas que cargaban con troncos en miniatura. Un carrito lleno de postres. *Cupcakes* con glaseado de arcoíris y espolvoreados con purpurina que me hicieron pensar en Policroma. Una Ciudad Esmeralda enana, reproducida en chocolate y repleta de esmeraldas hechas de azúcar. Un pastel en forma de dragón que escupía fuego. El banquete que Ozma había preparado para celebrar la posible victoria sobre Dorothy podría alimentar a un ejército entero.

Lo cual resultó ser todo un acierto, porque en cuanto vio aquel espectáculo, Lulu se llevó dos dedos a la boca y emitió un silbido agudo que casi nos deja sordos a todos. Los monos empezaron a aparecer por todas partes. Lulu no había venido sola, sino acompañada de su séquito. Los monos se abalanzaron sobre la comida como sabuesos, lo cual divirtió a Ozma. Hasta Nox y Mombi se echaron a reír.

—Madre mía —dijo Ozma; chasqueó los dedos y, de repente, aparecieron varios racimos de plátanos en el extremo de la mesa—. Os aconsejo que comáis algo. Me temo que no va a sobrar nada.

No tuvo que decirlo dos veces. Nox y yo rodeamos a los monos. Estaban devorando todos los platos como si no hubiera un mañana. Encontré un plato y empecé a servirme. Ni siquiera me fijé en lo que estaba cogiendo. En aquel momento, habría comido cualquier cosa.

Nox y yo nos dirigimos hacia un rincón del pabellón; echamos un vistazo y buscamos algo donde poder sentarnos y, de pronto, apareció una mesita con dos sillas. Después se materializó una servilleta que, con suma discreción, se deslizó alrededor de mi cuello.

—Por lo visto, no confía mucho en tus modales en la mesa —se burló Nox.

Estaba demasiado cansada como para pensar en eso.

—No la culpo —dije—. Ahora mismo creo que no soy capaz ni de llevarme la comida a la boca.

Nox no esperó ni un segundo más y empezó a devorar lo que tenía en el plato. Yo hice lo mismo. Todo estaba delicioso. Había platos cuyo sabor podía intuirse por su aspecto, pero descubrí alimentos que, al llevármelos a la boca, cambiaban de sabor. Todos los sabores eran distintos, pero combinaban a la perfección. Estaban en consonancia. Me daba la sensación de estar comiendo una sinfonía. Ozma no probó bocado; me pregunté si las hadas sufrían algún tipo de trastorno alimenticio o si, simplemente, no necesitaban comer. Traté de recordar si habíamos comido juntas durante su época como hada chalada, pero nada. Después del banquete, Ozma chasqueó los dedos. La mesa y los platos se desvanecieron y el pabellón empezó a reconfigurarse en un pasillo larguísimo con docenas de habitaciones a ambos lados. Estaban separadas por paredes de seda.

—Y ahora, mis queridos soldados, ha llegado el momento de descansar —dijo con voz cariñosa—. Mañana nos pondremos manos a la obra, pero esta noche toca dormir largo y tendido.

Esperé a que Ozma se marchara para charlar con Nox.

—Tenemos que encontrar el modo de que pueda volver a Kansas y detener al rey Nome —murmuré.

Él negó con la cabeza.

—Aquí no —susurró—. No podemos subestimarlas, Amy. No es seguro hablar de eso aquí, a apenas unos metros de ellas. —Asentí con la cabeza—. En cualquier caso, necesitas descansar —dijo con un tono de voz normal—. Todos lo necesitamos.

Me cogió de la mano y apoyé la frente sobre su hombro. Al otro lado de la tienda, Mombi se aclaró la garganta. Me aparté de Nox *ipso facto* y él me soltó la mano como si fuera un trozo de carbón ardiendo.

—Nos están vigilando —dijo con un hilo de voz. Suspiré. En el reino de Oz, nada era fácil.

—Buenas noches —dije, y me di media vuelta. En aquel momento, solo deseaba una cosa en el mundo, que Nox me siguiera. Anhelaba poder bajar la guardia, aunque solo fuera durante una noche. Quería dormirme entre los brazos de alguien. Deseché todas esas ideas. No podía permitir que las brujas sospecharan que tenía la intención de regresar a Kansas por mi cuenta; ni tampoco que Nox y yo nos queríamos, ya que eso iba en contra de las exigencias del Cuadrante. Estaba convencida de que Gert no podía leerme la mente a menos que estuviera a su lado, pero no quería proclamar mis sentimientos a los cuatro vientos. Y Nox tenía razón. Necesitaba dormir y descansar.

Aparté una cortina y entré en una de las habitaciones; vi un colchón suave y esponjoso repleto de almohadas y cojines. Llevaba las botas mágicas puestas, pero no tenía más remedio que dormir con ellas. Además, estaba tan cansada que ni siquiera me importó. Me dejé caer encima de la cama y me dormí incluso antes de que mi mejilla tocara la almohada. Por suerte, esa noche no soñé.

TREINTA Y SEIS

*L*a luz del mediodía se filtraba por las paredes de seda de la tienda. Me desperecé y sentí una punzada en cada uno de los músculos de mi cuerpo. Me dolían los pies y, además, los tenía hinchados. Había dormido largo y tendido, pero seguía cansada. Las botas me presionaban los pies; en cierto modo, eran como un gato que aprieta la cabeza contra la palma de tu mano para que lo acaricies.

Nox asomó la cabeza por la cortina de mi habitación.

—Hola —dijo en voz baja—. El Cuadrante quiere verte.

Luego entró en la habitación y se sentó en la cama, a mi lado. Debía de haberse levantado hacía un buen rato, porque se había duchado y aseado. Reconocí el rico aroma a sándalo de su piel. Y entonces caí en la cuenta del aspecto que debía de tener yo, con el pelo enmarañado y sin tan siquiera haberme lavado la cara o cepillado los dientes. Sin embargo, Nox me miraba como… bueno, como si fuera hermosa. Me puse roja como un tomate.

—Hola —respondí con voz de tonta.

—Hola —repitió él con una sonrisa—. ¿Estás preparada? Te acompañaré.

Le miré, pero aún estaba un poco aletargada y aturdida. No podía dejar que Gert descubriera que me moría por los huesos de Nox, lo cual iba a ser todo un desafío.

—Yo... ¿podrías...? No quiero arriesgarme a utilizar los zapatos... —murmuré. Me sonrojé por segunda vez en cinco minutos y señalé mi pelo grasiento. Él pilló la indirecta enseguida. Me acarició la mejilla y, de inmediato, se me deshicieron todos los nudos del pelo. Las arrugas de la ropa con la que había dormido desaparecieron de inmediato, junto con todas las manchas de sangre. De pronto, noté un aroma a menta fresca en la boca—. Gracias —dije, y seguí a Nox. El Cuadrante me estaba esperando fuera del palacio que Ozma había improvisado.

—Tenemos que hablar de esos zapatos —anunció Gert sin andarse por las ramas—. Mientras los lleves puestos, estarás en peligro.

—Todos estaremos en peligro —puntualizó Glamora.

—Su magia pertenece a Oz —añadió Mombi.

Gert asintió con la cabeza; en su rostro aprecié una expresión de preocupación.

—Los has llevado demasiado tiempo, Amy. Los zapatos son demasiado poderosos, y no podrás quitártelos tú solita. Pero, si no me equivoco, nosotras deberíamos poder ayudarte a quitártelos.

No me gustó cómo había sonado ese «deberíamos». Además, hubo algo en sus rostros que me hizo sospechar de ellas. Confiaba en las brujas, más o menos, pero eso no significaba que no tuvieran un plan. Siempre había sabido que me contaban las cosas a medias. Gert podía oír mis dudas, desde luego, así que traté de pensar en otra cosa. Flores. Gatitos. Café con chocolate.

—Lurline me aseguró que, si confiaba en el poder de

los zapatos, me ayudarían —repliqué—. Sin ellos, no creo que pueda usar la magia.

—Amy, no podemos fiarnos de nada que provenga del rey Nome —sentenció Glamora—. Es demasiado arriesgado.

—Tal vez Amy tenga razón —dijo Nox. Intuía que no tenía la menor idea de lo que se llevaban las brujas entre manos; de lo contrario, me habría avisado en la habitación.

—No estarás oponiéndote a una decisión del Cuadrante, ¿verdad? —espetó Glamora.

Silencio. Durante unos segundos, ninguno musitamos palabra. El aire estaba cargado de tensión. Deseaba enfrentarme a ellas, pero con botas o sin ellas, no era lo bastante fuerte. Quizá podría robarles las botas. Quizá podría encontrar otro modo de volver a casa. La idea no me gustaba, desde luego, pero sabía que no podría detener a las brujas. Si querían desarmarme, lo harían sin despeinarse.

—¿Me dolerá? —pregunté—. Me refiero a quitarme las botas.

—Es posible —dijo Mombi. Glamora le lanzó una mirada fulminante—. ¿Qué? —gruñó la bruja—. Deberíamos advertirla de todo lo que puede pasar. —Y entonces me miró con compasión, lo cual me pilló totalmente por sorpresa—. Somos conscientes de que has sufrido mucho, Amy. Y no sabes cuánto siento tener que pedirte otro favor. Te prometo que si no creyéramos que los zapatos acabarán destruyéndote, no haríamos esto.

—¿Preparada para que lo intentemos? —preguntó Gert. Asentí con la cabeza. Nox me miró preocupado y, con resignación, se unió al resto del Cuadrante. Las brujas cerraron los ojos y empezaron a entonar un cántico. Al principio, no noté nada distinto. Y entonces sentí calor en los pies. Las botas empezaron a irradiar una luz blanca cegadora. El calor se volvió más intenso, casi abrasador. Cerré los ojos e intenté no llorar. De pronto, caí en la cuenta de que estaba flotando en el aire, a unos centímetros por encima del suelo.

El cántico cada vez sonaba más fuerte y, de repente, paró. La magia de las brujas me tenía rodeada; sentí que me envolvía las piernas y luego los pies. Me daba la sensación de que decenas de brazos me sujetaban todas las partes del cuerpo. Mombi había dicho que me dolería, y no había exagerado en absoluto. De niña, había tenido que ir un día al dentista a que me empastaran tres muelas a la vez; tuve la misma sensación de desamparo e indefensión. Saber que lo que estaba ocurriendo era, en teoría, bueno para mí no sirvió para nada. Me puse furiosa. Traté de calmarme, de racionalizar el asunto, pero no pude evitarlo. Estaba cansada. Cansada de luchar, cansada de sufrir, cansada de tanta muerte y tanta destrucción y cansada de hacer lo correcto por gente que no lo merecía. Quería que me dejaran en paz. Lo que más me apetecía era volver a meterme en la maldita cama. Podía sentir el maremoto de ira arremolinándose en mi interior; era la misma rabia que, unos días antes, me había convertido en un monstruo horrendo. Y tenía los pies en llamas.

—¡Parad! ¡Quiero que paréis! —grité y, de repente, creé una ola de poder. Mombi, Gert, Glamora y Nox salieron propulsados por la ola y aterrizaron en el claro. Mis uñas empezaron a crecer y, unos segundos después, se transformaron en garras y mis brazos se tornaron fuertes y muy musculosos—. ¡Dejadme en PAZ! —rugí. Me lamí los dientes y me di cuenta de que ya no eran dientes, sino una fila de colmillos afilados. Y entonces noté una sensación fresca y agradable en los pies. Era la magia de las botas. Me estaba recordando quién era. No era un monstruo. Y no estaba sometida al control de Oz. Tan solo era Amy Gumm, una chica que intentaba salvar a su familia.

En ese instante, las garras desaparecieron y recuperé mi forma humana habitual. Me levanté del suelo, ya que durante aquella mutación me había puesto a gatas, como un animal salvaje. Las brujas también se pusieron en pie y se sacudieron el polvo de la capa. Nox parecía atónito. Y Glamora estaba pensativa.

—En fin —dijo—, supongo que tendremos que encontrar otro modo de quitarte esos zapatos.

Mombi me observaba con profunda preocupación. Todos me veían como alguien peligroso. Y no les culpaba. Pero también sabía que no harían nada para hacerme daño. O, al menos, de momento. Ojalá hubiera podido hablar con Nox, pero no era seguro hacerlo allí.

—De acuerdo —murmuré. Decidí no llevarles la contraria. Preferí hacerles creer que cedería, que estaría dispuesta a renunciar a la magia de los zapatos en cuanto encontraran el modo de quitármelos. Ya se me ocurriría algo, como siempre—. Vuelvo a la cama —dije, y me marché.

Ni siquiera miré de reojo a las brujas cuando me marché.

Los días que siguieron fueron muy ajetreados. Cuando Ozma insistió tanto en que la coronación se celebrara en el corazón de Oz, es decir, donde antes se erigía el Palacio Esmeralda, la verdad es que me pareció un pelín estrambótico. ¿Por qué no empezar de cero en un sitio que no hubiera sido un campo de batalla? Aquel páramo lleno de cicatrices era aún más desolador que Dusty Acres después del tornado y la ciudad que lo rodeaba estaba literalmente en ruinas. Pero aquel emplazamiento tenía un significado especial para Ozma. Y para Oz. Y Ozma, con la inestimable ayuda de los Malvados, se puso manos a la obra de inmediato. Primero, nombró a un puñado de monos mensajeros reales y los envió a todos los rincones de Oz para poner al día a todos los habitantes de los últimos acontecimientos. Tenían que escampar la noticia de que Dorothy había sido derrotada y que pronto se celebraría una coronación. Poco a poco, los ciudadanos de Oz fueron apareciendo por la ciudad, dispuestos a echar una mano para reconstruirla. Durante todo el día, y toda la noche, las calles de la ciudad estaban llenas de munchkins, winkies, duendes y animales parlantes que arrastraban carretillas llenas de escombros de un lado al otro, o restauraban el pavimento de las calles con piedras preciosas que habían rescatado de entre las ruinas, o apuntalaban los edificios que todavía seguían en pie. Ozma y los Malvados, incluido Nox, dedicaron toda su energía a construir una serie de majestuosas carpas justo donde solía estar el palacio y a repoblar los jardines. Los monos se pasaban el día en los árboles, colgando banderines y lucecitas. Habían fabricado una especie de red de puentes y plataformas colgantes. Lulu ladraba órdenes desde el suelo como un sargento.

Yo ayudaba siempre que podía, pero tenía la corazonada de que algo no encajaba. Todo había sucedido muy rápido y todavía no había asumido que, por fin, habíamos derrotado a Dorothy. Pero, por lo visto, al resto de Oz le parecía de lo más normal que hubiéramos vencido a una tirana, que la antigua reina hubiera recuperado su trono y que el Palacio Esmeralda se lo hubiera tragado la tierra.

Llegó el día de la coronación. Hacía un día precioso; el sol brillaba con toda su fuerza y no había ni una sola nube. A decir verdad, desde que Dorothy había sido derrotada, todos los días habían sido así. Ozma quiso encargarse personalmente de los últimos detalles. Un pequeño ejército de munchkins se encerró en las cocinas para preparar un banquete sin igual. Los duendes pululaban por las ramas de los árboles, decorándolas con guirnaldas y cintas larguísimas de las que colgaban bolas de cristal. Supuse que formaban parte de la decoración. Mombi, Gert, Glamora y Nox estaban atareados ultimando los detalles de los jardines, que ahora parecían encantados, propios de un cuento de hadas. Aún estaban lejos del esplendor que no hacía tanto había rodeado el Palacio Esmeralda, pero sin lugar a dudas eran mucho más bonitos que el páramo anterior.

Los soldados de Dorothy que habían sobrevivido a la batalla también se presentaron a la fiesta. Al principio, me sorprendió ver aquellas figuras deformes y metálicas merodeando por allí. Los demás habitantes de Oz también parecían un poco desconcertados, pero aquellos robots enseguida empezaron a colaborar; se encargaron de las tareas más arduas y menos glamurosas, como levantar cosas muy pesadas, fregar los platos o limpiar. Aquellas criaturas habían sufrido más que yo. Recordé el laboratorio del Espantapájaros y sentí un escalofrío por todo el cuerpo.

Había llegado el momento de prepararse. Ozma había instalado una carpa que hacía las veces de cuarto de baño, pero era más lujoso que un spa de cinco estrellas. Había varias bañeras antiguas, con patas que imitaban las garras de diferentes animales, separadas por unas cortinas de seda. En cuanto entré a uno de los baños, unas manos invisibles abrieron los grifos y, de inmediato, la bañera se llenó de un agua cálida y aromática. A mi lado, apareció una pila de toallas suaves y esponjosas. En cuanto me quité la ropa y me metí en la bañera, aquella presencia invisible empezó a masajearme la cabeza con un champú que olía a flores silvestres.

—No, gracias —dije—. Creo que prefiero lavarme el pelo yo sola.

Me pareció oír un suspiro malhumorado, pero un segundo después, la presencia retiró las manos. Por fin estaba a solas. Me quedé en la bañera un buen rato. Me había metido con las botas puestas, por supuesto (aunque, al parecer, eran impermeables). Pensé en la velada que se celebraría esa noche. Nunca me habían gustado las fiestas, y los banquetes por todo lo alto aún me recordaban a aquella fatídica época en la que fingía ser una de las criadas de Dorothy. Pensé en Jellia, en lo que Dorothy le había hecho, y sentí un escalofrío en la espalda. Iba a tener que calmarme un poco si quería sobrevivir a la noche que me esperaba, pero me costaba olvidar todo el dolor y sufrimiento que había visto y vivido en mis propias carnes. Tal vez la gente de Oz estaba más acostumbrada al dolor y, por eso, era capaz de pasar página tan rápido. Antes de llegar a Oz, mi peor experiencia había sido Madison Pendleton. Bueno, ella y las adicciones de mi madre. Me salpiqué la cara con un poco de agua y, al ponerme en pie, el agua rebosó por los cuatro lados de la bañera. Una toalla se desplegó en el aire y me envolvió.

—Oh, genial —suspiré, y salí de la bañera. Ya sé que suena descabellado, pero juraría que aquella doncella invisible me secó el cuerpo con engreimiento y altanería.

Mientras me relajaba en la bañera, alguien había dejado un vestido sobre un sillón, junto a la pila de toallas. Era un vestido bordado precioso. Lo contemplé consternada; sabía que, aunque fuera la coronación de Ozma, me sentiría como una idiota disfrazada con un vestido de gala. Hacía meses que no me ponía un vestido.

—¿Podría ponerme otra cosa, por favor? —pregunté

a nadie en particular. Se hizo un silencio un poco tenso pero, unos segundos después, aquel vestido con diamantes encastados desapareció y, en su lugar, apareció un uniforme de doncella. Me reí—. Anda ya —dije. El uniforme se desvaneció y, por fin, apareció un vestido muy sencillo, pero bonito y elegante. Lo cogí. Estaba hecho de una tela muy suave de color gris y el corte era muy simple, sin florituras ni adornos—. Es perfecto —murmuré—. Gracias.

Me pareció oír un resoplido de desagrado y contuve la risa.

Salí del cuarto de baño y ahogué un grito al ver el lugar donde Ozma sería coronada, justo en el centro de la carpa central. Las esferas de cristal que los duendes habían colgado por los árboles estaban cubiertas de insectos brillantes que bañaban los jardines con un resplandor ámbar precioso. Unas enredaderas, cargadas de flores blancas que desprendían un olor muy dulce, habían trepado por los árboles y se habían entretejido con el baldaquín que los monos habían levantado, creando así un inmenso pabellón de flores de todos los colores.

Los ciudadanos de Oz ya habían empezado a ocupar el lugar que les correspondía; todos tenían una expresión solemne pero feliz. El traje que había elegido Lulu para la ocasión estaba tan cargado de piedras preciosas que más bien parecía una bola de discoteca. Brillaba tanto que se la veía incluso a varios metros de distancia. Los demás monos iban vestidos con trajes hechos a medida. Incluso los antiguos soldados de Dorothy habían intentado lucir elegantes esa noche. Habían pulido todas las partes metálicas de su cuerpo. De hecho, brillaban tanto que, cuando la luz se reflejaba en ellas, resultaban cegadoras.

—Estás guapísima, Amy —murmuró Nox al verme.

Él no podía estar más guapo; había dejado que las

doncellas invisibles de Ozma le arreglaran el pelo y la barba. Además, no habían podido elegir mejor el traje. Le quedaba como un guante. Parecía una mezcla entre James Bond y un millonario; daba la sensación de que iba a asistir a una cena superelegante, pero no se había puesto un esmoquin por si se topaba con un par de villanos por el camino, lo cual no era tan descabellado después de todo. También llevaba su capa púrpura, pero no le quedaba mal, sino todo lo contrario. Le hacía parecer un príncipe. Se había engominado el pelo hacia atrás, lo cual resaltaba aún más sus pómulos. Hasta le habían calzado unos zapatos de piel muy elegantes.

—Gracias —susurré, y eché un vistazo a las botas. Desentonaban un poco, pero a mí me daba lo mismo. Además, con aquel vestido sobrio de color gris, daban ese toque roquero de los noventa. Solo me faltaba una gargantilla de terciopelo.

Y entonces me di cuenta de que esa era nuestra oportunidad. Por fin estábamos solos. Pero en cuanto abrí la boca, vi a Glamora abriéndose paso entre la muchedumbre, dirigiéndose a nosotros. Sonreía como si llevara una permasonrisa.

—¡Nox! ¡Amy! ¿Estáis preparados? —preguntó con voz melosa.

Detrás de ella reconocí una voz que hacía siglos que no oía.

—Veo que el baño te ha sentado bien, Amy.

¡Era Ollie! Y su hermana, Maude, estaba a su lado. Me abalancé sobre ellos y les estreché entre mis brazos. No les había visto desde que Mombi me obligó a irme del Reino de los Sin Alas.

Pero no tuvimos tiempo de ponernos al día. De pronto se oyó el sonido de varias trompetas. Nox me miró por el rabillo del ojo. Seguimos a Glamora por los jardines renovados.

Ozma estaba en un extremo de la carpa, bajo el toldo de flores; para la ocasión, había elegido un vestido blanco muy sencillo. Era de seda, pero la falda caía en cascada sobre sus pies. Se había colocado varias flores blancas por todo el pelo y sus alas, con aquel ribete dorado tan bonito, batían a su espalda. Estaba hermosa y radiante. Parecía una reina de los pies a la cabeza. Unos duendecillos diminutos revoloteaban por el aire, decorando la sala con más esferas luminosas. A ambos lados de la alfombra roja que se extendía a los pies de Ozma había una fila de monos sujetando lámparas de fruta del sol. Lulu estaba en el otro extremo, ataviada con su vestido-joya, sosteniendo una corona dorada con la palabra OZ tallada en una tipografía muy elaborada. Vi un sitio vacío al lado de Nox, y me acomodé. Las trompetas tocaron las últimas notas y todo el público se quedó en silencio, expectante.

—Queridos y valientes ciudadanos de Oz —empezó Ozma; su voz sonó clara y tranquila, por lo que supuse que se había preparado el discurso—. Sé que lleváis mucho tiempo esperando este momento. Y también sé lo mucho que habéis sufrido.

Todavía no me había acostumbrado a oírla hablar con tal solemnidad, ni tampoco a la infinita sabiduría que advertía en su mirada esmeralda.

—Me llena de felicidad estar de nuevo junto a todos vosotros y os prometo que Oz vuelve a ser nuestro. Oz vuelve a ser un reino libre y todos sus habitantes deben gozar de todas sus libertades y derechos.

El público estalló en un aplauso espontáneo al oír las palabras de la reina; en ese momento, comprendí lo que estaba atestiguando. Oz era un reino libre; o, al menos, por ahora. Dorothy había desaparecido. Lo habíamos conseguido. Después de tantas batallas, de tantas pérdidas y de tanto sacrificio… jamás creí que ganaríamos. Y, sin pensármelo dos veces, acaricié la mano de Nox. Él me miró sorprendido, y después me devolvió el gesto. Apoyé la cabeza sobre su hombro. Tenía la altura perfecta para mí; nuestros cuerpos encajaban a la perfección. Un minuto después, me rodeó con el brazo y, por fin, me relajé envuelta en el calor de su cuerpo. Cerré los ojos y seguí escuchando el discurso de Ozma.

—Como mucho de vosotros sabéis —continuó—, debemos esta gran victoria a una guerrera muy especial, a una guerrera que ha arriesgado su vida para ayudarnos, aunque, cuando empezó esta guerra, ni siquiera era una de nosotros. Ella creyó en la libertad de Oz, a pesar de que no era el mundo que la había visto crecer. Ha demostrado una valentía extraordinaria y se ha enfrentado a grandes peligros. Además, ella fue la que me liberó de mi cárcel mental. —Nox me asestó un codazo en las costillas y abrí los ojos. Todo el público me estaba observando fijamente—. Amy Gumm —prosiguió Ozma con aquella voz de terciopelo—, te debemos la vida, y nuestra libertad. Jamás podremos saldar la deuda que tenemos contigo, pero recuerda que aquí, en Oz, siempre tendrás un hogar.

Y entonces, para mi sorpresa, se abrió paso entre la multitud, atravesó el salón y se colocó frente a mí. Y se arrodilló. Un segundo después, el resto de invitados también se arrodillaron. Ante mí. Como si fuera una reina. Y, para colmo, Nox también se arrodilló. No tenía ni idea de qué hacer o decir. Yo no tenía madera de líder. Tan solo era una chica de Kansas que había pasado los últimos años de su vida metida en una caravana.

—Yo... yo no puedo... —tartamudeé; estaba muy nerviosa—. Bueno, yo no... no hice nada especial. Cualquiera en mi lugar habría hecho lo mismo.

Ozma se quedó arrodillada unos segundos, pero a mí se me hicieron eternos. Después, con la misma elegancia y agilidad, se levantó y me extendió una mano.

—Acompáñame, Amy —dijo—. Será un gran honor ser coronada a tu lado. Todo esto te lo debo a ti.

La multitud que había acudido al evento se levantó y, sin articular palabra, se dividió por la mitad. Estaba paralizada y aterrorizada. De pronto, Nox me dio un empujoncito.

—Dorothy daba más miedo que esto —me susurró al oído—. Todo va a ir bien.

—Qué fácil es decirlo —farfullé, pero luego di un paso al frente. Me alegré de haber elegido un vestido, y no un conjunto más informal, porque todos los ojos de Oz estaban puestos en mí. El corazón me latía a mil por hora. Hacía tiempo que no me ponía tan nerviosa, pero Nox llevaba razón; después de enfrentarme a Dorothy, ¿en serio no iba a poder con un público expectante?

Ozma dibujó una sonrisa de oreja a oreja cuando me puse a su lado. Después me cogió de la mano y, con la otra, hizo señas a Lulu para que se acercara. Aunque cualquiera habría pensado que estaría ridícula con aquel vestido tan brillante, ya que era exagerado incluso para ella, la verdad es que estaba perfecta. Parecía una lámpara de araña, pero en el buen sentido. Caminó hacia nosotras con la corona en la mano y los ojos llenos de lágrimas.

Cuando por fin atravesó el salón, Ozma se agachó e inclinó la cabeza para que Lulu le colocara la corona. Todos a nuestro alrededor contuvieron el aliento durante un par de segundos y después soltaron un suspiro de alivio, y de asombro.

—Por fin, nuestra reina ha vuelto —proclamó Lulu; después levantó la mano de Ozma y se volvió para mirar a la multitud. Hubo un segundo de silencio absoluto, y luego el público estalló en una serie de vítores y aplausos. Todos se abrazaban, se felicitaban, se daban palmaditas en la espalda y celebraban la noticia. Los munchkins brincaban de un lado a otro, moviendo los brazos como histéricos. Los duendes se chocaban la mano. Hasta Gert y Mombi estaban bailando como niñas pequeñas. Nox vino corriendo hacia mí, me levantó en volandas y me dio varias vueltas en el aire mientras yo me reía como una tonta. Lulu se había aferrado a la cintura de Ozma y no la soltaba. Estaba lloriqueando como un bebé. Tan solo Ozma mantuvo la compostura. Sonrió a Lulu y a todos los ciudadanos de Oz que intentaban tocarle el vestido o abrazarla.

Unos instantes más tarde, el alboroto se fue calmando y Ozma por fin pudo anunciar:

—Y ahora, ¡el banquete!

Se oyeron varios hurras entre los invitados y todo el mundo salió disparado de la carpa hacia el banquete.

TREINTA Y SIETE

La marea de gente nos arrastró hasta las mesas donde se había servido el festín. Del techo colgaban varias frutas del sol, iluminando así todos aquellos platos a rebosar de comida con una luz cálida y agradable.

Ozma no tuvo que decirlo dos veces; todos se abalanzaron sobre el banquete como si no hubiera un mañana, incluida yo. La reina había preferido organizar una fiesta informal, dadas las circunstancias; no había criados, ni sillas suficientes para los invitados, tan solo mesas infinitas con un sinfín de platos, varios cojines repartidos por el suelo y unas cuantas alfombras de lana. La mayoría de la gente optó por cenar fuera de la carpa; muchos se acomodaron entre los jardines o debajo de los árboles. Mientras me llenaba el plato de comida, me percaté de que la gente, al verme, se apartaba o agachaba la cabeza. Fue una sensación muy extraña y, para ser sincera, no me gustó. La discreción siempre había sido mi fuerte, así que me escabullí de la carpa para encontrar un rincón alejado de la muchedumbre.

Y fue entonces cuando Nox me encontró. Por fin habíamos podido burlar al resto del Cuadrante, aunque sabía que no sería por mucho tiempo.

—No hace falta que disimules —murmuró—. Lo he notado antes. Hay algo que no encaja en todo esto, pero no sé qué es.

Dejé el plato sobre el césped. Se me había quitado el apetito de repente.

—Tengo que encontrar un modo de volver a Kansas —dije—. Si el rey Nome tiene a mi madre...

—El Cuadrante no lo permitirá. Las brujas intentarán detenerte. Y, la verdad, no sé si podré contenerlas.

—¿Por qué? ¿Porque estás atado a ellas?

Él asintió con la cabeza.

—Puedo intentar deshacer el hechizo que nos mantiene unidos, pero me temo que no soy lo bastante poderoso como para conseguirlo solo.

—Yo podría echarte una mano.

—Incluso con esos zapatos, Gert y Mombi son más poderosas que tú. No sé qué hacer —susurró, y luego sacudió la cabeza, desanimado—. Quiero ayudarte, pero no sé cómo librarme de ellas.

—Ven conmigo —dije de forma impulsiva—. Si encontramos el modo de volver, claro. Acompáñame a Kansas. Juntos venceremos al rey Nome, estoy segura. Impediremos que vuelva a poner un pie en Oz. Después... podemos quedarnos allí, juntos, y olvidarnos de esta estúpida guerra.

—¿Acompañarte al Otro Sitio? —preguntó, sorprendido—. ¿Y quedarnos allí para siempre?

En cuanto las palabras salieron de mi boca, me di cuenta de lo que le estaba exigiendo.

—Tienes razón —dije—. Lo siento. Me estoy comportando como una niña egoísta y mimada. No puedo pedirte eso.

—Amy, no he dicho que no —respondió él—. ¿Qué me queda en Oz?

—Eh, ¿todo? ¿Toda tu vida?

Nox se encogió de hombros.

—Mi familia está muerta. Mi casa está en ruinas. Pero no puedo marcharme de Oz hasta saber que está a salvo. En un mundo perfecto...

—No vivimos en un mundo perfecto —interrumpí. Si decidía irme de Oz en ese momento, Nox no iba a venir conmigo. Y, en el fondo de mi corazón, no estaba segura de querer sacrificar eso por volver a casa.

Nos miramos a los ojos y él adivinó todo lo que me estaba pasando por la cabeza. Sin pronunciar palabra, se inclinó y me besó. Después deslizó las manos por mis caderas y yo respondí pasando mis manos por aquel pelo tan suave y salvaje. Sabía que, a partir de entonces, siempre que soñara con él, olería a sándalo. Nox me desabrochó los botones del vestido y me besó la mejilla, la mandíbula y el cuello. Sentí un escalofrío por todo el cuerpo; me recordó la sensación que tienes cuando la magia fluye por tu cuerpo, pero aquello era algo totalmente nuevo para mí. Pasé una mano por su espalda y, bajo la tela de la chaqueta, noté cada uno de sus músculos.

—Nox —susurré.

—Shhhh —siseó, y me besó los labios—. Nos lo merecemos. Aunque solo sea por una vez, olvida...

De pronto, oímos unos pasos sobre la gravilla del jardín. Los dos nos quedamos de piedra. Nos incorporamos procurando no hacer ningún ruido. Oímos el murmullo de voces familiares. Nox me cogió de la mano y, juntos, nos elevamos hacia el árbol más cercano. Nos escondimos entre el follaje y nos quedamos allí, en silencio.

—... creo que te preocupas demasiado —estaba diciendo Mombi—. Ozma ya venció al rey Nome una vez. Es un hada lo bastante poderosa como para mantenernos a salvo.

—Eso ocurrió hace mucho tiempo —discutió Glamora. Su voz resonó con un eco muy extraño—. No debemos subestimar al rey Nome; es una criatura muy poderosa. Si encuentra el modo de controlar a Amy, todos estaremos en peligro. Podría persuadirla y ponerla en nuestra contra. Y, gracias a Glinda, Ozma es ahora más precavida, más desconfiada. Juntas, somos tan poderosas como ella. Pero algo me dice que no confiará en nosotras. El Cuadrante está en peligro.

—Amy está enamorada del chico —comentó Mombi con desdén—. Y los zapatos la protegen. Nox está unido al Cuadrante. Él podrá controlar a Amy.

A pesar de la situación, me sonrojé. ¿De veras era tan evidente?

—Ya viste lo que ocurrió cuando intentamos controlarlo a él —espetó Glamora. Nox y yo intercambiamos una mirada. ¿De qué estaba hablando?

—¿Y qué sugieres exactamente, Glamora? —preguntó Mombi con una voz fría y distante—. ¿Traición?

—Por supuesto que no —contestó Glamora—. Si es por el bien de Oz, no puede considerarse traición.

—Oh, claro. Siempre y cuando tú estés moviendo los hilos de todo lo que ocurre en el reino, todo es justificable —replicó Mombi con brusquedad.

—Ozma es otro tema; quien me preocupa ahora mismo es Amy. Tenemos que controlarla —sentenció Glamora—. Es un peligro para todos.

—No volverá a utilizar la magia —dijo Mombi.

—¿Puedes garantizarlo? —preguntó Glamora.

—Pondría la mano en el fuego por ella —respondió Mombi. De pronto, me dio la sensación de que miraba hacia arriba. «Sabe que estamos aquí», pensé. ¿Por qué no dijo nada? ¿Por qué no quiso que Glamora supiera que estábamos allí, espiándolas?

Glamora estuvo a punto de contradecir a la bruja,

pero después se mordió el labio, se tragó las palabras y dibujó una sonrisita.

—Está bien, querida hermana. Estoy convencida de que sabes lo que es mejor para todos. ¿Volvemos a la celebración?

—Adelántate, Glamora —dijo Mombi—. Si no te importa, quiero disfrutar un poco más de la tranquilidad que se respira aquí fuera.

Glamora lanzó una mirada escéptica a la bruja, pero después asintió, se dio media vuelta y regresó al clamor de la fiesta.

Mombi esperó a que la silueta de Glamora se perdiera en la lejanía.

—Está bien —dijo, y miró hacia arriba—. Ya podéis bajar.

TREINTA Y OCHO

$\mathcal{N}$ox y yo observamos a Mombi desde las ramas. ¿De qué lado estaba? ¿Qué conversación acabábamos de escuchar?

—Ya sé lo que me vais a decir. Que Glamora, en realidad, es Glinda —farfulló, molesta. Al oír eso, me quedé boquiabierta, pero Nox asintió con la cabeza, como si lo hubiera sospechado desde el primer momento. Mombi soltó un suspiro—. Es mucho más complicado que eso. Sigue siendo Glamora, pero ahora Glinda forma parte de ella. Creo que aún están librando su batalla particular. Glamora tiene a su hermana bajo control, pero quién sabe cuánto durará eso.

—¿Desde cuándo lo intuyes?

—Desde que acabó la guerra. Gert también debería haberse dado cuenta, pero Glamora está utilizando el don de Gert de leer mentes para nublarle el pensamiento. No podemos enfrentarnos a ella abiertamente. No sería seguro. Pero ahora, después de la charla que hemos mantenido sobre controlar a Amy... —Mombi sacudió la cabeza—, estoy segura de que pasará a la acción. Y tenemos que estar preparados para detenerla. Tal vez Glamora venza, pero Glinda es una bruja con poderes increíbles y, si gana, podrá utilizar la magia del Cuadrante para controlarnos.

—¿Por qué no me lo has contado antes? —preguntó Nox.

Mombi le miró con compasión.

—Lo siento, querido, pero era muy peligroso. No te ofendas, pero Gert y yo somos más poderosas que tú, con o sin Cuadrante —resopló Mombi—. El rey Nome merodeando por el Otro Sitio, Dorothy escondida ve a saber dónde, Glinda intentando derrotar a Glamora para hacerse con el control del Cuadrante... No auguro nada bueno. Y si las fronteras entre Oz y Ev son tan maleables como las fronteras entre Oz y el Otro Sitio, tendremos problemas. El rey Nome tiene a su disposición todo un ejército de criaturas nauseabundas —dijo, y sacudió la cabeza—. Oz nunca ha vivido un momento más oscuro.

—Tengo que volver a Kansas —solté, de repente—. Tengo que salvar a mi madre de las garras del rey Nome.

—Ni de broma —espetó Mombi—. Aunque supiéramos enviarte de vuelta a casa, lo cual, por cierto, no sabemos hacer, no durarías ni un segundo. Sin magia, el rey Nome te destrozaría en un abrir y cerrar de ojos. Ya nos ha demostrado que estar en el Otro Sitio no limita su poder. Te aplastará como a una mosca.

—Pero los zapatos...

—Nada de peros. Lo primero es lo primero: ha llegado el momento de detener a Glinda y recuperar a Glamora.

—Bueno, bueno, bueno —canturreó una voz entre la oscuridad—. Muy bonito eso de actuar a mis espaldas, hermana —dijo. Reconocí la voz de inmediato. Era Glinda, amenazando con su voz melosa y empalagosa. Mombi no se acobardó y la miró a los ojos. Al parecer, no le sorprendió que Glamora hubiera estado espiándonos.

—No te creía tan estúpida como para intentar algo ahora, pero está claro que me equivocaba —dijo Mombi—. Sabes tan bien como yo que, por muy poderosa que seas, no puedes vencer al Cuadrante y a Amy juntos.

—Oh, pero es que no pensaba hacerlo —respondió Glamora con una sonrisa—. Tengo ayuda.

El aire empezó a iluminarse de una luz plateada muy familiar. De pronto, apareció una varita metálica en su mano. La levantó y un resplandor plateado empezó a deslizarse por la varita, como si fuera mercurio. Enseguida se formó un charco de metal fundido.

—Apartaos —nos ordenó Mombi. No tuvo que decirlo dos veces. La superficie del charco titiló y luego se volvió transparente. Podía ver a través de ella, como si fuera una ventana a otro mundo. Y lo era. Reconocí la imagen de inmediato: era el vestíbulo principal del Instituto Dwight D. Eisenhower. Aquellas baldosas desgastadas y las luces fluorescentes eran inconfundibles. Advertí un cuadrado perfecto marcado en el suelo, justo donde antes estaba la maqueta de Dorothy. Las ventanas estaban selladas con tablones de madera; la tormenta del rey Nome había hecho añicos los cristales pero no había escombros. El vestíbulo estaba vacío y, a través de las pocas ventanas que habían sobrevivido a la tormenta, se colaba la luz del sol. Debía de ser hora de clase. Nox me agarró del brazo, como si quisiera impedirme algo. Fue entonces cuando me di cuenta de que estaba tan inclinada sobre el charco que parecía que fuera a saltar sobre él.

—No puedes, Amy —susurró—. No es un portal.

—No. Para ti no es un portal —puntualizó Glamora—. Pero, para algunos de nosotros, funciona de maravilla. —Sonrió y sacudió su varita—. Ha llegado el momento —dijo.

Al principio, no tenía ni idea de a quién le estaba hablando. Y, de repente, el subdirector Strachan apareció en mitad de aquel pasillo desierto. Pero no iba solo. Tenía a Madison agarrada por los hombros. Ella sostenía a Dustin Júnior entre sus brazos. Dustin padre corría detrás de ellos como un poseso. Tenía la boca abierta, como si estuviera gritando, pero no podía oírle.

—¡Salid de ahí! —chillé, pero ellos, obviamente, tampoco podían oírme. La ventana que había creado Glinda solo servía para ver Kansas, para nada más.

—Oh, es inútil —dijo Glamora—. No pueden oírte. Pero él sí. Yo en tu lugar no lo incordiaría. Él cree que eres una pieza clave, pero eso no significa que no vaya a castigarte si le provocas. Nuestro amigo es bastante viejo y, a veces, se comporta como un cascarrabias. Por favor, no le digas que te lo he dicho.

El subdirector Strachan levantó la vista y, a través de la ventana de Glamora, nuestras miradas se cruzaron. Y entonces sonrió. Un humo plateado empezó a salir de sus pies. Segundos después, su cuerpo se retorció mientras la piel se le caía a tiras. Madison observaba aterrorizada cómo el subdirector Strachan se disolvía, destapando así la verdadera figura del rey Nome.

—Ha llegado el momento de acabar el trabajo que empezó el Mago —dijo Glamora con voz alegre. En sus ojos avisté una luz extraña. Me pregunté si la lucha entre las dos hermanas había acabado en una combinación de ambas. Una combinación peligrosa, y demente.

—Creía que el Mago pretendía gobernar Oz —murmuré.

—Oh, el Mago era un tipo de miras cortas, eso te lo aseguro —dijo Glamora—, pero no andaba equivocado. Después de todo, dos mundos son mejor que uno. He-

mos llegado a un acuerdo: acceso ilimitado al poder de
Oz a cambio de que mi nuevo amigo me ayude a liderar
este mundo, y el tuyo.

—No puedes hacer eso —gruñó Mombi, que se había acercado sigilosamente a Glamora. Sin embargo, estar cerca de una bruja trastornada no significaba que
fuera más fácil detenerla. Nox, que estaba a mi lado, se
había puesto muy tenso y miraba a las dos brujas con
escepticismo.

—Puedo hacer lo que me dé la gana, vejestorio —espetó Glamora con el tono petulante de una niña mimada—. Puedo reducir a cenizas este reino, si quiero.
Pero, por ahora, solo voy a dar una pequeña fiesta de
bienvenida. Odio tener que fastidiarle el día a Ozma,
pero esto no puede esperar.

Y entonces rodeó a Mombi y señaló el charco plateado
con su varita mágica. El rey Nome extendió una mano,
pero siguió sujetando a Madison con la otra. Todo su
cuerpo empezó a estirarse, a alargarse. Era como estar
frente a un reloj de arena, pero del revés. La expresión
de Madison era de terror absoluto. El rey Nome arrastró
a Madison por la ventana de Glamora. Y, de repente, el
bebé se le escurrió de los brazos. Nox ahogó un grito y
Mombi estiró el brazo, creyendo que tal vez así podría
cogerlo. Pero ninguno llegamos a tiempo.

Por suerte, Dustin se tiró al suelo y salvó al bebé. En
ese momento entendí por qué le consideraban la estrella
de fútbol del instituto Dwight D. Eisenhower. Se movió
a una velocidad casi sobrehumana y pegó un salto que
cualquiera habría dicho que iba a marcar el *touchdown*
de su vida. Al bebé le fue de un pelo, pero su padre lo había salvado. Y en ese preciso instante, el rey Nome emergió de la ventana de Glamora entre una lluvia de gotas
plateadas. Aquel líquido plateado me quemó el vestido. A
mi lado, Nox se sacudía la ropa. Glamora soltó una car-

cajada triunfante mientras Madison Pendleton, que seguía entre las garras huesudas del rey Nome, no dejaba de gritar «maldito asesino» una y otra vez.

—Cállate de una vez —dijo el rey Nome y levantó la mano, dispuesto a abofetearla.

Madison cerró el pico de inmediato. Abrió los ojos como platos y echó un vistazo a su alrededor. Creo que casi sufre un infarto al verme allí. Le temblaba tanto el cuerpo que, por un momento, temí que fuera a desmayarse.

—Está bien —continuó el rey Nome—. Señorita Gumm, creo que tienes algo que es mío. Y quiero que me lo devuelvas.

TREINTA Y NUEVE

Miré las botas, aunque fue un gesto involuntario. Sabía muy bien lo que quería, pero no tenía ninguna intención de dárselo.

—Esos zapatos no son tuyos —ladró Mombi—, sino de Oz.

—Oz pronto será mío, vieja impertinente —respondió él. Después, accionó los dedos y le arrojó una bola de humo negro. La bruja salió volando por los aires, se golpeó contra un árbol y, al final, cayó al suelo.

—No puedes quitármelos —dije con más confianza de la que realmente sentía. Por el rabillo del ojo, vi a Mombi revolviéndose. Había sobrevivido, lo cual ya era mucho.

—¿Crees que no lo sé? —murmuró el rey Nome—. Y por eso no voy a llevarme los zapatos, sino a ti. Podría usar mi magia para controlarte, por supuesto, pero eres mucho más poderosa si utilizas esos zapatos libremente.

—No pienso ayudarte —repliqué.

—Sabía que dirías eso, así que me he adelantado y he traído algo para convencerte.

Entonces retorció el brazo de Madison y se oyó un grito de dolor. Oí que un hueso crujía. El rey Nome le había roto el brazo y ni siquiera se había inmutado.

—¡Basta! —chillé; no podía soportar ese sonido—. ¡Déjala en paz! ¡Está bien, haré lo que me pidas!

—¡Amy! —murmuró Nox, que seguía a mi lado—. ¡No puedes hacerlo!

Pero había demasiada gente que había sufrido por mi culpa. El rey Nome había secuestrado a Madison por mi culpa. Y, si las cosas no habían cambiado, se quedaría atrapada en Oz durante el resto de su vida, alejada de su bebé, de su familia y de su hogar. Y lo último que quería era ver cómo el rey Nome la torturaba delante de mis narices. Me negaba a creer que no hubiera un modo de detenerle.

—No te imaginas cuánto me alegro de que hayas decidido cooperar —dijo el rey Nome, satisfecho—. Ahora, lo único que...

Y fue entonces cuando Mombi le golpeó. Pero no con magia, sino con una rama. La vieja bruja se había arrastrado a gatas por el suelo y le había atizado con todas sus fuerzas. El rey dejó escapar un grito de ira e indignación y, sin darse cuenta, soltó el brazo de Madison. Glamora se abalanzó sobre Mombi con las manos iluminadas. Y yo me lancé sobre Madison y la tiré al suelo.

—¡Corre! —gritó Mombi—. ¡Amy, corre!

Mombi levantó la rama para golpear al rey Nome de nuevo, pero él lanzó una red pegajosa que se quedó enredada entre los brazos y las piernas de la bruja. Mombi tropezó y cayó al suelo, envuelta en aquella masa plateada. Glamora sacó su varita y apuntó a la bruja con ella mientras el rey Nome alzaba las manos. Iban a matarla. Lo sabía. Y tenía que detenerlos. Mombi me miró con una expresión de serenidad absoluta, como si, por fin, estuviera en paz.

—Vete, Amy —murmuró. Y, de repente, Glamora saltó sobre ella.

—¡No! —grité. Nox me agarró por el brazo.

El rey Nome se giró hacia nosotros y, en ese momento, mis botas cobraron vida; se iluminaron y empezaron a emitir una luz tan brillante que hasta el rey Nome tuvo que taparse los ojos. No perdí ni un solo segundo. Cogí a Madison de la mano y salí disparada.

—¡Cógeme de la mano! —le grité a Nox.

El rey Nome nos pisaba los talones. Podía sentir su magia a nuestras espaldas, como si fuera una onda expansiva plateada. Pero las botas cada vez se movían más y más rápido, transportándonos a una velocidad estratosférica. Oía a Madison llorar. Estaba aterrorizada.

—¡Confía en mí! —grité—. ¡Te mantendré a salvo!

No sabía si podría cumplir la promesa, pero iba a intentarlo, desde luego.

Y entonces tropecé con algo brillante que había en el suelo y me caí de bruces. Estaba sobre el Camino de Baldosas Amarillas. Nox también se cayó, igual que Madison. El camino cedió y comenzó a retorcerse. Con un estruendo ensordecedor, se separó del suelo y se elevó hacia el cielo. El ascenso fue muy rápido.

Estábamos volando. Y estábamos rodeados de estrellas. Me agaché para esquivarlas y, de repente, el camino se detuvo y se quedó suspendido en el aire. Habría jurado que el camino se reía por lo bajo, como un niño impaciente por abrir un regalo.

—Nos está ayudando —comentó Nox con cierta incredulidad, y luego se puso en pie.

—¿Amy? —murmuró Madison. Tenía las mejillas empapadas de lágrimas y la voz le temblaba—. ¿Qué... qué es este lugar? ¿Qué está pasando? ¿Quién es en realidad el subdirector Strachan? ¿Dónde está Dustin?

—Es una larga historia —respondí. Seguía muerta de miedo, pero en su expresión advertí seguridad. Madison era fuerte como un roble. Sabía que en Oz las cosas le irían de maravilla.

—¿Por qué el camino quiere ayudarnos? —le pregunté a Nox.

—No lo sé.

Nox dio un capirotazo a una estrella y empezó a rodar. Nos iluminó como si estuviéramos en un prisma. Mis botas respondieron y se iluminaron.

—Tampoco sé adónde nos está llevando.

Bajo nuestros pies, el camino empezó a palpitar. Se fue extendiendo hacia el horizonte, pero era imposible divisar dónde acababa. Inspiré hondo y cogí a Nox de la mano.

—Bueno —dije—, supongo que solo hay un modo de averiguarlo.

Y, juntos, dimos el primer paso.

Danielle Paige

Danielle Paige se graduó en la Universidad de Columbia. Antes de dedicarse a la literatura para jóvenes, trabajó en la televisión, gracias a lo que recibió un premio de la Writers Guild of America (Gremio de Escritores de América) y fue nominada a varios Daytime Emmys. Actualmente vive en Nueva York.

Otros títulos que te gustarán

¡DOROTHY DEBE MORIR!
de Danielle Paige

———————

Me llamo Amy Gumm… y soy la otra niña de Kansas. He sido reclutada por la Revolucionaria Orden de los Malvados. Me han entrenado para luchar. Y tengo una misión. ELIMINAR el corazón del Hombre de Hojalata, ROBAR el cerebro del Espantapájaros, ARREBATAR el valor al León. Y luego… DOROTHY DEBE MORIR.

———————

LOS MALVADOS SE ALZARÁN
de Danielle Paige

Ha llegado una nueva chica a Oz. Viene de Kansas
y tiene una misión:
ENCONTRAR a Dorothy,
DESTRUIR el camino de baldosas amarillas
SALVAR su hogar.

Segunda entrega de la serie *best seller* mundial
¡Dorothy debe morir!

Como en Oz, en ningún sitio,
La bruja debe arder
El retorno del Mago
y Corazón de Hojalata
solamente disponibles en e-book.

Este libro utiliza el tipo Aldus, que toma su nombre
del vanguardista impresor del Renacimiento
italiano Aldus Manutius. Hermann Zapf
diseñó el tipo Aldus para la imprenta
Stempel en 1954, como una réplica
más ligera y elegante del
popular tipo
Palatino

***

**

*

Baldosas amarillas en guerra
se acabó de imprimir
un día de invierno de 2017,
en los talleres gráficos de Liberdúplex, s.l.u.
Crta. BV-2249, km 7,4, Pol. Ind. Torrentfondo
Sant Llorenç d'Hortons (Barcelona)

***

**

*